Buinidh Aonghas Phàdraig Cai [obscured]
Ghabh e Ceum ann am Poileatai [obscured]
Dhùn Èideann, agus on uair sin tha [obscured] a bhith ag obair na fhear-
naidheachd, na chraoladair, na sgrìobhaiche agus na chleasaiche.
The e air grunn nobhailean agus ceithir chruinneachaidhean de
bhàrdachd fhoillseachadh. Tha e dèidheil air ball-coise agus chluich
e turas aig Hampden ann an Cuach na h-Alba. 'S toigh leis an t-seinn
aig Criosaidh 'Denny' agus Chet Baker.

The Greatest Gift, Fountain Publishing, 1992
Cairteal gu Meadhan-Latha, Acair, 1992
One Road, Fountain Publishing, 1994
Gealach an Abachaidh, Acair, 1998
Motair-baidhsagal agus Sgàthan, Acair, 2000
Lagan A' Bhàigh, Acair, 2002
An Siopsaidh agus an t-Aingeal, Acair, 2002
An Oidhche Mus Do Sheòl Sinn, Clàr, 2003
Là a' Dèanamh Sgèil Do Là, Clàr, 2004
Invisible Islands, Otago Publishing, 2006
An Taigh-Samhraidh, Clàr, 2007
Meas air Chrannaibh / Fruit on Branches, Acair, 2007
Tilleadh Dhachaigh, Clàr, 2009
Suas gu Deas, Islands Book Trust, 2009
Archie and the North Wind, Luath Press, 2010
Aibisidh, Polygon, 2011
An t-Eilean: Taking a Line for a Walk, Islands Book Trust, 2012
Fuaran Ceann an t-Saoghail, Clàr, 2012
Memory and Straw, Luath Press, 2017

An Nighean air an Aiseag

AONGHAS PÀDRAIG CAIMBEUL

Luath Press Limited

EDINBURGH

www.luath.co.uk

A' chiad chlò 2013
An dàrna clò 2017
Ath chlò bhualadh

ISBN: 978-1-910745-46-5

Chaidh am pàipear a tha air a chleachdadh
anns an leabhar seo a dhèanamh
ann an dòighean coibhneil dhan àrainneachd,
a-mach à coilltean ath-nuadhachail.

Air a chlò-bhualadh 's air a cheangal le
Bell & Bain Ltd, Glasgow.

Air a chur ann an clò Sabon 11 le Main Point Books, Dùn Èideann

airson Liondsaidh 's na cloinne le gràdh
Salm CXV111 mar thaing

'Though there be no such thing as Chance in the world, our ignorance of the real cause of any event has the same influence on the understanding, and begets a like species of belief or opinion.'
David Hume, *An Enquiry Concerning Human Understanding*

Buidheachas

Bu mhath leam taing a thoirt do Khirsten Ghreumach, Jennie Renton, Louise Hutcheson agus Gabhain MacDhùghaill o Luath airson an taic ann a bhith a' deasachadh agus a' foillseachadh an leabhair seo. Taing air leth do Lisa Storey, a cheartaich an litreachadh, agus do Dhonnchadh MacGuaire, a rinn cinnteach gu bheil na h-earrannan a tha suidhichte an Eilean Mhuile mar a bu chòir a thaobh cainnt agus cruinn-eòlais an eilein. Rinn an dithis aca an obair sin dhomh saor an-asgaidh agus tha mi moiteil asta air a shon. Mar a rinn John Storey, a chuidich anns gach dòigh. Mo thaing mhòr cuideachd gu Comhairle nan Leabhraichean a thug taic dhomh airson an sgeul a sgrìobhadh. Tha an taing as motha dol gu mo bhean Liondsaidh agus a' chlann airson an gràdh agus an gràs.

I

B' E SAMHRADH FADA teth a bh' ann: an seòrsa a dh'fhuiricheas anns a' chuimhne gu bràth. Cluinnidh mi fhathast dranndan nan seillean, 's ceòl nan calman-creige fad às, 's an uair sin chuala mi iad a' tighinn a-nuas on bheinn.

Ged nach robh e buileach mar sin a bharrachd, oir an toiseach chuala mi an gìosgan 's an gnùsgain aig astar, mar gun robh an talamh tioram fhèin a' mèaranaich 's a' sgàineadh. Nach eil cuimhn' agad – mar a nochdadh na tuiltean tana sa mhòintich a-null mu mheadhan an Earraich?

Dh'fhosgail geata, 's chuala sinn gliog-glag an eich na clachan a bha còmhdachadh Dìg a' Bhodaich, a bha dìreach a-mach à sealladh. B' e Èireannach, fear O' Riagain, am bodach – seann cheàrd bochd air choreigin a ghabh tè mhòr a bharrachd uaireigin 's a thuit dhan dìg, 's nach do dh'èirich.

Nochd iadsan an uair sin – Alasdair agus Ceit, nan suidhe gu sunndach air muin nam pocannan-mòine anns a' chairt. Esan le bonaid bheag dhonn air, 's pìob-chrèadha stopte na bheul, fhad 's a shuidh ise ri thaobh a' fighe fhad 's a bha i a' seinn. Cha robh leasachadh air an t-saoghal. Cha b' urrainn dha a bhith na b' fheàrr. Cha do dh'ith Adhamh is Eubha riamh am meas ud.

Bha iad a' togail sgothaidh, ged nach robh esan neo ise òg.

Aig an àm, bha mi fhèin gu math òg, ged nach robh fhios a'm air an sin an uair sin. An oilthigh air mo chùl 's an saoghal romham, ged nach robh for agam dè dhèanainn leis. Nach robh gu sìorraidh agam, le solas an latha a' dòrtadh timcheall orm air gach taobh o mhoch gu dubh, gach latha gun chrìoch, gun cheann, gun deireadh?

Chunnaic mi an toiseach i air an aiseag fhad 's a bha sinn a' seòladh suas tron Chaolas Mhuileach. Falt camagach dorcha agus breacan-siantan agus gàire a sgàineadh na speuran. Chaidh mi fodha ann an tobar a sùilean: choimhead sinn air a chèile nuair a bha ise a' dìreadh agus mise a' teàrnadh na staidhre eadar an deice agus an seòmar-bidhe.

'Duilich,' thuirt mi rithe, a' feuchainn ri seasamh gu aon taobh, 's rinn i 'n gàire 's thuirt i,

'O, na gabh dragh – gheibh mi seachad.'

Bha mi airson a gàirdein a shuathadh fhad 's a bha i dol seachad, ach chùm mi mo làmh agus dh'fhalbh i. Saoilidh mi gun tàinig i far a' bhàta ann an Tobar Mhoire, ged a dh'fhaodadh e bhith gur ann an Tiriodh neo an Colla bha e. Oir aig an àm sin bhiodh am bàta a' tadhal anns gach àite sin, a tha nis nan aon. An do cheangail am bàta suas taobh a' chidhe, neo am b' e siud an t-àm nuair bhiodh na sgothan beaga a' tighinn a-mach gu cliathaich a' bhàta, 's an luchd-siubhail an uair sin a' dìreadh 's a' teàrnadh a-mach 's a-steach air dorsan beaga?

'S dòcha gum b' e cidhe eile a bha sin an àiteigin eile, uaireigin eile.

Algeciras gu Tangier: saoilidh mi gur e sin a' chuairt-mhara a b' fheàrr a ghabh mi riamh, an turas ud a ghabh mi trèana sìos tron Spàinn, an aiseag a-null gu Tangier, agus trèana eile às an sin tarsainn na fàsaich dheirg gu Casablanca. Bha h-uile rud air chrith anns an teas: tha cuimhn'm air ceòl a' ghiotàr, agus seann bhodach na shuidhe cluich tàileisg aig stèisean aonranach falamh, 's tùran òr Ghranada a' deàrrsadh air a' chùlaibh anns a' chiaradh.

Bha uinneagan na trèana paisgte fosgailte fhad 's a shiubhail sinn tro Mhorocco, a' coimhead a-mach air daoine ann an kaftans fada geala a' cromadh anns na h-achaidhean. B' e sin treas bliadhna na h-oilthigh, mus do thòisich tìm.

Choisich mi null far an robh Alasdair is Ceit 's an t-each 's a' chairt a-nis air nochdadh san t-sealladh.

'Sin thu fhèin, Eochaidh,' thuirt mi ris an each, a' suathadh na muinge.

'Aidh, aidh,' thuirt am bodach fhad 's a choisich sinn a-null gu sruth nan each. Fhad 's a dh'òl Eochaidh a shaoghal, ghiùlain Alasdair 's Ceit 's mi fhèin na pocannan-mòine chun na cruaich. Dhèanadh iad a-rithist i.

Rinn Ceit am biadh agus shuidh an ceathrar againn mun bhòrd ag ithe ham-is-uighean is cnapan mòra de chàise 's feòil.

Ruairidh Mòr a bh' air an fhear a bha os mo chionn – am fear a b' fheàrr san t-saoghal airson togail bhàtaichean nuair bha e sòbarra, a rachadh air seachran an-dràsta 's a-rithist 's a thilleadh an uair sin le neart às ùr, mar gum feumadh an cruinne-cè a bhith air a chruthachadh às ùr. Aig an àm seo bha sinn aig toiseach a' chruthachaidh: bha gach taisbeanadh fhathast romhainn.

B' e dìreach tràill a bh' annam-sa. Searbhanta Ruairidh Mhòir.

'An sàbh-tarsallan,' dh'èigheadh e an-dràsta 's a-rithist, 's ruithinn 's gheobhainn grèim air a leithid. Am fear beag meanbh le na fiaclan goirid biorach airson gearradh-tarsainn. Bha sin airson an obair gharbh aig an toiseach mus tàinig am mìneachd, nuair a nochdadh am bogsa-fiodh aige fhèin loma-làn dhe na gilbean biorach gleansach.

'Ciamar tha dol dhuibh?' dh'fhaighnich Alasdair.

'O,' arsa Ruairidh. 'Chan eil adhbhar gearain. Bidh i air bhog ro mheadhan an t-samhraidh.'

'Beannachdan,' arsa Alasdair. 'Nach duirt mi riutha nach robh do leithid-sa an taobh seo dhen Chluaidh?'

'Nach àlainn an fhìrinn,' thuirt Ceit.

B' e Katell an t-ainm a bh' oirre an toiseach. Katell Pelan à Becherel anns a' Bhreatann Bhig, ach a bha air a beatha a chur seachad a' siubhal an t-saoghail còmhla leis an fhear bheag seo a phòs i o chionn faisg air leth-cheud bliadhna. Bhon a choinnich iad an toiseach ann an taigh an Dùn Èideann far an robh i na h-oileanach, ach ag obair air mhuinntireas ann am Bruntsfield agus esan a' glanadh uinneagan mus do thòisich e a chiùird. Greis an uair sin ann an Lìte fhad 's a bha esan ag obair aig gàrraidhean-iarainn Henry Robb's, agus Bruaich Chluaidh às dèidh sin fo fhaileas John Brown's, mus deach iad a Bheul Feirste agus Harland & Wolff, agus na bliadhnachan mòra fhad 's a bha esan aig muir 's a' chlann a' tighinn 's a' fàs. An toiseach bloighean Breatnais is Gàidhlig 's an uair sin a' Bheurla chumanta agus mu dheireadh thall seo iad aig ceann na cùrsa, a bha air tighinn cho luath.

Bha Ruairidh Mòr 's mi fhìn a' calcadh nan cìrean-tarsainn eadar na bùird. Cho furasta agus a bha e bàta a thogail: mar mìrean-measgaichte. Cha robh agad ach tùr a chleachdadh. Aon phìos a cheangal ri pìos eile.

'Logaic, a bhalaich,' chanadh Ruairidh Mòr. 'Tha thu dìreach a' cur pìos ri pìos 's mus can thu Jack Robinson tha sgoth agad.'

Ged a bha deagh fhios aig an dithis againn nach robh sìon san t-saoghal cho sìmplidh ri sin. B' e an duilgheadas fios a bhith agad dè am pìos a bha dol càite, dè na mìrean a bha dèanamh ciall.

Ghabh sinn fois greis aig deireadh a' bhàta, a' coimhead a-mach chun a' Chuan Shiar. Bha soitheach mòr air choreigin a' seòladh tuath.

'Seadh,' thuirt e an uair sin. ''s an do dh'ionnsaich thu sìon a b' fhiach aig an oilthigh sin?'

Well – dè chanainn? Nach do dh'ionnsaich – a' bhreug mhòr? Neo gun d' dh'ionnsaich – a' bhreug bu mhotha? Sartre is Marx is Hegel 's mar sin air adhart.

'Dh'ionnsaich,' thuirt mi. 'Ged nach eil mi buileach cinnteach dè am feum a nì iad dhomh.'

Thog e an gilb a-mach às an aparan. 'Na can riumsa gu bheil rud sam bith gun fheum. Fhuair thu cothrom nach d' fhuair mise riamh. Leis a' ghilb bheag seo obraichidh mi fiodh. Ach le d' fhòghlam-sa…'

Sheas e suas, a' comharrachadh an t-soithich a bha fada muigh aig muir.

'Thig an latha,' thuirt e, 'nuair nach bi latha mar seo ann. Nuair a bhios sinn uile nar coigrich agus nach creid sinn rud sam bith. Cùm d' fhòghlam airson an latha sin.'

Agus chùm sinn oirnn a' gleusadh an fhiodha an còrr dhen latha.

2

B' E EILIDH AN T-AINM a bh' air an nighinn air an aiseag: nuair a thionndaidh i mun cuairt, bha an fhidheall air a dhol à sealladh.

Stèisean Waverley.

Cha robh i ach air a cur sìos air a' bheinge airson diogan fhad 's a bha i coimhead san sporan, 's nuair a sheall i air ais cha robh sgeul oirre. Cha b' urrainn dhi chreidsinn: feuma gun do dh'fhàg i aig an taigh i, air an sgeilp àrd aig bonn na leapa os cionn na h-uinneig mhòir air beulaibh a' ghàrraidh, neo 's dòcha muigh ann an seada a' ghàrraidh, far am biodh i nis a' dèanamh a cuid practais air làithean brèagha an t-samhraidh. Ach gur e an t-Samhain a bh' ann a-nis.

Cha tug duine san t-saoghal an aire, oir chùm e dol mar a bha e a-riamh. Bha i 8.20 a.m. Àm na cabhaig. A h-uile duine nan ruith. Cha robh fidheall fo achlais dhuine sam bith. Bha pìobaire sgreataidh a' bìogail thall mu Phlatform 17, far an robh dùil ri trèana Euston mionaid sam bith. Bha seann bhodach, 's e fhathast air a dhalladh on oidhche roimhe, na laighe na chlod air beinge. Bha i 'g iarraidh a chrathadh, ach cha bhiodh fhios aige dè an saoghal san robh e.

Choimhead i anns gach àite. Fon bheinge agus air a cùl

's ri taobh. Timcheall gach beinge eile. Feadh an raoin gu
lèir agus anns gach bùth. Anns na bionaichean agus anns
na taighean-beaga. Dh'innis i do gheàrd-stèisein, a thuirt
rithe dhol chun a' phoileis. Sgrìobh an t-oifigeir-poileis am
fiosrachadh mun fhidheall sìos còmhla leis gach fiosrachadh
eile a bh' aige.

'Feuch anns na bùitean-pawn,' thuirt e.

Agus bha e gu math cuideachail, a' toirt dhi seòladh gach
seòrsa bùth mar sin a bha sa bhaile.

Cha robh fidheall dhe seòrsa air a bhith air a thoirt gu gin
dhiubh, agus ged a thill i gu gach bùth-pawn anns a' bhaile
gach latha airson dà mhìos, cha do dh'atharraich am fonn:
Duilich, a m' eudail.

Chaidh i gu bailtean eile faisg air làimh, a' tadhal agus ag
ath-thadhal air gach bùth-iasaid an sin cuideachd, ach cha
robh duine air sgeul fhaicinn air an ionnstramaid. Chuir i
sanas anns na pàipearan-naidheachd agus ann an uinneagan
nam bùitean, ach cha do fhreagair duine.

Bha an fhidheall air a bhith san teaghlach airson
ginealaichean, air a toirt dhachaigh o Naples le a sìth-seanair
taobh a màthar uaireigin anns na 1880an. Ged nach b' e
Stradivarius a bh' innte, bha i dèanamh fuaim àlainn – an dà
chuid domhainn is mìn agus sgairteil is ceòlmhor.

'B' e sìthiche rinn i,' chanadh cuid dhe na seann daoine, 's ga
coimeas ris an fheadan ainmeil a bhiodh Clann MhicFhionghain
a' cluich, a bha air a dhèanamh le sìthichean Dhùn Bheagain.
Cha rachadh aig duine sam bith eile ach fear de Chlann
MhicFhionghain am feadan ud a chluich, agus nuair a rachadh
cinneach sam bith eile faisg air, shiubhaileadh an ceòl.

Bha e air a thoirt do Sheumas Òg air an t-slighe air ais
o Blàr Sliabh a' Chlamhainn. Chaidh an t-òganach a leòn
dìreach os cionn na glùine, ach fhathast rinn e an gnothach
air gluasad gu cuagach gu tuath, ga nighe fhèin anns na

h-aibhnichean 's beò air uisge is coirce.

Aon oidhche 's e dol tarsainn Mòintich Rainich chual' e caoineadh anns an fhraoch. Bha boireannach an sin a' bàsachadh le leanabh na h-uchd.

'Thoir an leanabh seo dhachaigh don Eilean Sgitheanach,' thuirt am boireannach. Agus thug i dha pocan beag cuideachd. ''S ma bhios tu gu bràth ann am fìor èiginn, fosgail seo is siùbhlaidh gach cunnart. Ach na fosgail e gun èis.'

Fhad 's a bha e dol tro Ghleann a' Comhainn leis an leanabh na ghàirdein, thòisich i cur an t-sneachda. Nuair chaidh e air bhog sa chathadh rinn e chùis air am pocan fhosgladh, anns an robh sionnsar airgid. Chuir e an sionnsair gu bhilean agus anns a bhad sguir i chur an t sneachda agus nochd gealach mhòr bhàn agus iarmailt a' deàrrsadh le reultan. B' e MacCruimein a bh' anns an leanabh, ach an oidhche ud fhuair Clann MhicFhionghain cuideachd an gibht.

B' e maraiche a bh' ann an seanair Eilidh anns na làithean a bha na soithichean air an dèanamh à darach is canabhas. Bha beul-aithris ag innse gun do reic e fear dhen chriutha airson na fìdhle, ach cha robh sin ach tuairisgeulan na feadhnach a dh'fhàs eudmhor mun chliù a choisinn e mar sheòladair nuair thàinig e gu tìr às dèidh bliadhnachan mòra a' siubhal an t-saoghail. Bha a' Bhànrigh Bhictoria fhèin gu math dèidheil air a chuid ciùil, agus gu dearbha tha dealbh iongantach dhen Bhànrigh le Scott Skinner air aon taobh agus Gilleasbuig Caimbeul air an taobh eile fhathast ri faicinn anns na sealairean ann an Taigh Tasgaidh Nàiseanta nan Deilbh air Sràid na Bànrigh an Dùn Èideann.

Bha Eilidh fhèin a dhà-dheug nuair a thug a màthair dhi an fhidheall. Nuair a dh' eug Gilleasbuig, bha i air a cluich airson greis le a mhac, Fearchar, agus nuair a bhàsaich esan còmhla le na muilleanan mòra eile anns na trainnsichean, bha an fhidheall balbh airson dà ghinealach. Lorg màthair Eilidh an fhidheall aon latha fo chnap feòir ann an lobhta na bàthcha, agus chaidh aice a h-ùrachadh, an toiseach le Seòras Mac a' Ghobhainn, saor na sgìre, agus an uair sin gu ceart gleusach le luchd-ciùird nan ionnsramaidean ann an Lunnainn, Deroille and Sons aig Charing Cross.

Shaoil ceannard na companaidh, Vincent Deroille, an saoghal dhen fhidhill, agus dh'fheuch e ri ceannach, ach dhiùlt màthair Eilidh airgead mòr air a son, ag ràdh gum buineadh i do teaghlach agus nach tigeadh i mach às a chrò fhad 's a bha ise beò co-dhiù. Rud a bha caran dol an aghaidh eachdraidh, às dèidh dhi laighe gun fheum gun shùil anns a' bhàthaich airson leth-cheud bliadhna.

'Na gabh dragh mu dheidhinn,' thuirt a màthair rithe nuair a dh'fhòn i a dh'innse na naidheachd.

'Chaidh gealladh nach tig i air chall gu bràth. 'S dòcha gun deach i às ar sealladh, ach bidh a shùil-san oirre.'

B' e an t-sùil uile-chumhachdach seo a seanair a bha fhathast a' cumail sùil air an fhidhill o thaobh thall na h-uaighe.

'Loisgidh i ann an làmhan a' mhèirlich,' thuirt i. 'Cha tig port aiste.'

Cha b' e rud mi-reusanta a bh' anns a' chreidimh seo. Nach do thionndaidh a h-uile rud a bha riamh air a bhith air a ghoid gu luaithre aig a' cheann thall? Am b' e dìreach tuiteamas a bh' ann gun do dh'eug cèile a peathar aon uair 's gun do phòs e a-rithist? Agus dè mu dheidhinn an turas ud a chaidh motor-baidhsagal a' mhinisteir a ghoid o thaobh muigh a' mhansa, 's mar a fhuair iad am baidhsagal agus am fear a bha air, marbh aig bonn a' ghlinne an ath Shàbaid?

Bha Eilidh air a rathad dhachaigh a dhèiligeadh ris. Cha b' e dìreach call na fìdhle, ach an dòrainn agus an sgeul a bha air cùl sin. Thug i am baidhsagal aice fhèin leatha

dhachaigh. Bha a làmhan a' faireachdainn nas sàbhailte –
nas suidhichte – mar sin, le grèim air rudeigin cinnteach, ga
phutadh gu socair sìos am platform aig Sràid na Bànrigh.
Cho brèagha 's a bha na spògan a' tionndadh fhad 's a bha i
ga chuibhleadh. Am bràiste beag Raleigh dearg a' deàrrsadh
leis gach tionndadh.

Chuir i am baidhsagal ann an seòmar a' gheàird, 's shuidh
i ri taobh na h-uinneig ann an caraids B, Suidheachan 24.
Chan e gun robh sin gu diofair: dìreach gun tug i an aire dha.
Am Baile Siar is Dail Mhoire is Dùn Bhreatann, 's an uair
sin an lùb mòr fada a' dìreadh tro Bhail' Eilidh Uachdrach,
Ceann Loch Ghèarr, An t-Àrchar is An Tairbeirt.

Leugh i Pynchon 's choimhead i mach air an uinneig. A'
challtainn a' lùbadh a dh'ionnsaigh nan uinneagan. B' iad
sin cuideachd na craobhan a b' fheàrr son nam bruachan a
chumail teann. Ghreimicheadh am freumhan fada anns an
talamh a bu thaine, a' ceangal na nithean a bu laige.

B' ann am Muile a bha iad air seatlaigeadh aig a' cheann
thall, ged a dh'fhaodadh e bhith gur e facal fada ro stòlta a
bh' ann an 'seatlaigeadh'. Tuathanas beag, neo co-dhiù cruit,
far an robh a màthair air 'a dhol air ais chun an talmhainn',
's air an ceathrar aca a thogail ann an nèamh de mhucan 's
de chearcan 's de ghobhair is caoraich is crodh is eich, ann
am pàrras de eòrna is seagal is curainnean is càil is buntàta
is measan.

Cho àlainn 's a bha e dùsgadh sa mhadainn chun an
fhàileadh ud de dh'aran ùr. Mar a sgaomadh tu an t-uachdar
far a' bhainne 's mar a chumadh tu sin ann an cuinneagan-
fiodha gus an dealaicheadh am miùg 's an gruth agus an
uair sin innleachdas – mìorbhail! – a' mhaistridh a rinn an
t-ìm. Mar a bu shalaiche am buntàta tighinn às an talamh
's ann a b' fheàrr. Rinn i fiamh gàire. Cho milis 's a bha na
ciad thomàtothan beaga, 's dhùin i a sùilean 's chunnaic i

na h-ùbhlan 's na peuraichean a' tuiteam, aon às dèidh aon, dhan bhasgaid bheag chuilc aig a piuthar. Muile nam fuar bheann àrd, meas-eden nan oifigearan.

Nuair a bha i beag bha i uamhasach dèidheil air uaireadairean. Chan fhaigheadh i seachad air mar a bhiodh comharran na h-uarach daonnan a' fuireach far an robh iad fhad 's a bha spògan nan diogan, nam mionaidean agus nan uairean fhèin an-còmhnaidh a' gluasad. Spòg na h-uarach cho slaodach, spòg nam mionaidean cho stadach, agus spòg nan diogan cho luath. Dhùineadh i a sùilean agus chunntadh i gu trì fichead, ach b' ann glè ainneamh a fhuair i buileach ceart e. Nuair a chanadh i 'Trì-Fichead!' bhiodh spòg nan diogan dìreach a' tighinn suas gu dà fhichead 's a naoi deug, neo dìreach air ruith seachad gu aon diog às dèidh na h-uarach.

Bha uaireadair àlainn òr aig a màthair le còmharran Ròmanach air an robh Eilidh cho dèidheil. Bhiodh i ga fhàgail air an dreasair uair sam bith a rachadh i mach a dh' obair anns na h-achaidhean, agus bhiodh Eilidh an uair sin daonnan ga fheuchainn oirre. Bha e ro mhòr, ach nan suaineadh i an crios dà thuras timcheall a gàirdein, dh' fhuiricheadh e oirre. Bha comharran na h-uarach air an dèanamh a-mach à grìogagan beaga daoimein a bhiodh a' dèalradh san dorchadas, 's chrùbadh Eilidh a-steach dhan phreasa bheag fon staidhre far am faiceadh i iad a' dèarrsadh uaine anns an dubhair.

Bha cuimhn' aice bhith dol a-staigh gu seann bhùth bheag nan clocaichean ann an Tobair Mhoire far an robh tìm silteach. Bha ficheadan de chlocaichean aig Eairdsidh air a' bhalla, le àm diofraichte air gach cloc. Bha soidhne beag ann an làmh-sgrìobhaidh Eairdsidh fhèin fo gach cloc ag innse dhut nuair a bha i meadhain-latha ann am Muile gun robh i dà uair feasgar ann am Berlin, seachd uairean feasgar ann an

Kuala Lumpur agus sia uairean sa mhadainn an New York.

Bhiodh grunn chlocaichean agus uaireadairean aige cuideachd nan laighe sgaoilte air a' bheinge fhada fon uinneig. 'Eil thu 'g iarraidh sùil a thoirt orra?' dh'fhaignich Eairdsidh agus thug e dhi a' phrosbaig bheag làidir a bhiodh e fhèin a' cleachdadh son an càradh, 's chaidh i fodha ann an saoghal mòr loma-làn chuibhlichean is spògan is dubhain is ùeirichean.

'Seall,' thuirt Eairdsidh, 'ma nì thu seo, dè thachras.' Agus shuath e oir cuibhle le snàthad, 's ghluais a' chuibheall a' glacadh na cuibhle eile agus iad a' dannsa timcheall còmhla. 'Feuch e.' Agus shuath i seo, agus ghluais siud, agus shuath i siud agus seo agus ghluais an rud ud agus an rud ud eile.

'Nì sinn fhèin uaireadair,' thuirt a màthair rithe air an rathad air ais dhachaigh 's chaidh iad sìos dhan chladach a thogail shligean. Coirealan beaga bìodach dhe gach cumadh is dath a cheangail iad an uair sin còmhla le snàthlainn sìoda nuair a thill iad dhachaigh. 'Seall,' thuirt a màthair rithe. 'Faodaidh e a bhith uair sam bith dhut a-nise.' Agus coltach rinn uile rinn ise cuideachd uaireadairean a-mach à sìtheinean, agus bhiodh i sèideadh nam bearnain-Brìde son an uair a thomhas: sèid cruaidh agus bha i tràth, agus socair agus bha i anmoch.

Feuma gun do shiubhail mi air an trèan na bu tràithe, neo bhithinn air a faicinn an uair sin. Bha i cianail àlainn, le falt cuachach donn is breacan-siantan, ged nach eil an sin ach suathadh maise. Bha i na h-oileanach ann an Eacologaidh, a' dèanamh a tràchdas air a' choille dhùthchasach anns an Ros Mhuileach.

B' e cuairt gu math aithnichte a bha seo. Aon uair 's gun tàinig thu far na trèana, an tionndadh clì sìos seachad air barrall nam maorach, 's an uair sin an seòladh a-mach

seachad air Cearrara leis an Linne Latharnach agus Lios
Mòr chun an taoibh dheis agus Ceann Ghèarr Loch agus
A' Mhorbhairne dìreach air adhart. Ceann Ghèarr Loch –
ceann an leth-locha.

Fhad 's a shuidh ise na speuclairean-grèine air an deic,
feuma gun robh mise shìos gu h-ìseal anns an steerage, ag òl.
Cha robh ann ach dram sna làithean sin, le ceòl a' bhogsa is
coin a' comhartaich is seòladairean a' tilleadh 's a' seinn mu
South Georgia.

'O, gin I were far Gaudie rins, far Gaudie rins, far Gaudie
rins' aig na dròbhairean air an rathad gu sèilichean Uibhist,
'O gin I were far Gaudie rins at the back o Bennachie,'
agus suas leinn tron Chaolas Mhuileach le drongair air
choreigin na sheasamh air fear dhe na bùird 's e rànail,
'Fareweel tae Tarwathie, adieu Mormond Hill, And the dear
land o Crimmond I bid thee fareweel, I am bound now for
Greenland and ready to sail, In the hopes I'll find riches
a-hunting the whale...'

Bha feum agam air èadhar. Àile glan. Shuas air an deic
bha am fraoch air Màm Chuillich dorcha às dèidh nam
falaisgeirean agus na speuran soilleir liath chun an iar-
thuath, far an robh an saoghal. Bha an t-acras orm 's rinn mi
air an taigh-bidhe shìos an staidhre.

Bha ise aig bonn nan ceumannan nuair a theàrn mi. Falt
donn casurlach agus breacain-siantan agus fiamh-ghàire
a reub an iarmailt. Choimhead sinn air a chèile fhad 's a
dhìrich ise agus a theàrn mise.

'Duilich,' thuirt mi rithe, a' feuchainn ri seasamh gu aon
taobh, 's rinn i gàire 's thuirt i

'O, na gabh dragh – gheibh mi seachad.'

Bha mi airson a gàirdein a shuathadh nuair a chaidh i
seachad, ach chùm mi mo làmh 's dh'fhalbh i.

Saoilidh mi gun do ghabh mi dìreach brot, ged nach eil

buileach cuimhn'm. 'S dòcha gun deach mi dhan bhàr às dèidh làimh, neo gun do dhìreach mi na staidhrichean suas chun an deic a-rithist ga lorg, ach cha robh i ann. Stad an t-aiseag an toiseach an Tobair Mhoire far an tàinig na ceudan de luchd-turais dhith. Thàinig luchd-siubhail eile dhith ann an Colla 's ann an Tiriodh 's ann am Bagh a' Chaisteil, agus tha fhios gun tàinig ise dhith ann am fear dhe na h-àiteachan sin, oir chan fhaca mi i tuilleadh.

Tha cuimhn'm air nighean a bhith a' giùlain baidhsagal thar a guailne aig aon dhe na puirt sin, a' teàrnadh nan staidhrichean gu faiceallach 's an uair sin a' leum gu sgiobalta air a bhaic agus a' falbh tarsainn a' chidhe, seachad air na portairean.

Aon uair 's gun do dh'fhàg i an cidhe dhìrich i am bruthach seachad air an taigh-òsta 's an uair sin ghabh i seann rathad na muilne a thug seachad i air an taigh-ghrùdaidh a-mach dhan rathad shingilte a bha dol gu Dearbhaig agus an uair sin air adhart gu Caileagearraidh. B' e madainn chùbhraidh Chèit a bh' ann, leis na dìgean a' taomadh le buidheagain is sòbhragain. Lìon ceilearadh nan eun na speuran: b' aithne dhi iad uile air am fead. Smeòraich is crìonagan-giuthais is gealbhuinn is glaisein. Feadagan àrd os a cionn. Na h-adharcan a' dannsa tro na glinn. A Dhè ghràsmhor, na làithean geala ud ro thrafaic!

Bha a màthair a' bleoghan Daisy shìos taobh a' gheata. Bha coltas nighinn òig oirre fhèin fhathast, a falt fada, le corra riabhag ghlas, a' sèideadh anns a' ghaoith. Stad Eilidh aig mullach a' bhruthaich a dh'èisteachd ris an t-sealladh: ceileireadh maireannach nan eun; a' ghaoth anns a' bheithe; fuaim a' bhainne a' stealladh a-steach dhan pheile. Dh'fhairich a màthair gun robh i ann 's thionndaidh i 's thug i smèid. Chaidh i air a' bhaidhsagal sìos ga h-ionnsaigh, 's shlìob i Daisy fhad 's a lìon am peile leis a' bhainne.

A-staigh, phòg iad.

'Tha e cho math d' fhaicinn, a ghràidh,' thuirt a màthair. 'Tha thu coimhead math.'

'Thusa cuideachd,' thuirt Eilidh. 'A-muigh fad na h-ùine!' Rinn iad tì is sgonaichean.

'Ciamar tha Glaschu?'

'O – san àbhaist. Mar a bhiodh dùil. Fuaim is fealla-dhà. Is gànrachadh.'

'Ag obair trang? Chan e gu bheil e gu diofar.'

'Tha. Chan eil. Chan ann o chionns gu bheil e gu diofar... ach... o chionns gu bheil e gu diofar.'

Rinn an dithis aca gàire.

'Agus,' thuirt a màthair. 'Chaill thu an fhidheall.'

'Chaill. Duilich.'

'Mar a thuirt mi air am fòn, chan eil e gu diofar. Nochdaidh i. An àiteigin. Uaireigin.'

'Tha mi duilich,' thuirt Eilidh a-rithist. 'Cha robh ann ach mionaid. Dìreach diogan, agus siud i a-mach à sealladh.'

'Sin mar a tha e daonnan.'

'Am faod sinn a dhol a mach?' thuirt Eilidh. 'Dhan lios-ùbhlan?'

Bha i a' bruidhinn mu dheidhinn bàs a h-athar. Cha robh Eilidh an uair sin ach còig. Cha robh adhbhar sam bith air a shon mar sin – dìreach latha àbhaisteach, gun ghaoth sam bith air am b' fhiach bruidhinn, ach air dhòigheigin ghlac ròpa nan clèibh air an unndais 's chaidh i fodha ann an diogan a rèir luchd-obrach a' bhàta-teasairginn.

'Nuair a chailleas sinn rud,' bha a màthair ag ràdh, 'bidh e daonnan a' dol a dh'àiteigin. Chan eil rud sam bith dìreach a' dol à bith. 'S aithne dhut an seanfhacal – thig trì nithean gun iarraidh, an eagal, an t-eudach 's an gaol...'

''S cò am fear dhiubh sin...' dh'fhaighnich Eilidh.

Rinn a màthair gàire.

'Na trì. Ged nach fheum iad a bhith san òrdugh sin.'

Sheas i 's bhuain i ubhal on chraoibh.

'Bha gràdh iongantach agam dha. 'S eagal iongantach mu dheidhinn. 'S bha eud orm, ga chumail bhuaithe fhèin. Ged a dh'fhàillig mi. Oir fàilligidh sinn uile.'

Chuir i an ubhal sìos còmhla leis an fheadhainn eile anns a' chrannachan-fhiodha 's thionndaidh i an làmhag a' dinneadh a-mach an t-sùgh a shil sìos na bhoinnean bheaga dhan chrogan.

Choisich iad còmhla gàirdein ri gàirdein tro lùb nan seileach agus suas am bruthach aig cùl an taighe. Bha an cù-chaorach, Glen, mun sàilean, làn dòchais mar às àbhaist. Ghabh iad fois aig mullach a' bhruthaich a' coimhead siar gu Colla far an robh am bàta air an robh mise a' seòladh, aig a' mhionaid ud a' dol seachad air Rubha Sgùrr Innis agus an t-Eilean Mòr, a' dèanamh air a' chuan fhosgailte.

3

NUAIR A BHA E NAOI thug a sheanair e a-mach a dh'iasgach airson a' chiad turas.

B' e seo a chiad Shathairne de làithean-saora an t-samhraidh, agus cha bu lugha a' mhìorbhail o chionns nach robh sìon a dh'fhios aige gun robh i dol a thachairt. Dhùisg fuaim an uisge air mullach zinc an taighe e, 's nuair a thug e sùil a-mach tro leòsan bheag na h-ataig bha an latha dorcha is trom.

Leum e air ais dhan leabaidh 's laigh e air a dhruim dìreach ag èisteachd ri bragadaich an uisge. Bha e bualadh cruaidh air an t-zinc, 's nan èisteadh tu gu faiceallach chluinneadh tu na boinnean a' sgaradh air na luidheirean 's an uair sin a' ruith nan sruthan sìos druim an taighe chun an sgibheil. Rèis e iad an aghaidh a chèile. Bha còig sruthan gu gach siota corrugated. Chùm e aire air an fhear a bha os a chionn. Anns a' chlais a-muigh bha Paavo Nurmi. Ann an clais a dhà bha Jesse Owens. Joie Ray ann an clais a trì. Jackson Scholtz ann an ceithir, agus Eric Liddell anns a' chlais a b' fhaisge.

Trì, dhà, aon 's a-mach leotha, Ray air thoiseach sìos na cabair, ach siud agad Scholtz ann an clais a ceithir le Owens is Liddell cho faisg, taobh ri taobh, ceum air cheum, ach anns an t-srùthlaidh luath mu dheireadh sìos chun na sparr-gaoithe siud agad Paavo Nurmi seachad orra uile, 's e glèidheadh a-rithist, 's thòisich an rèis às ùr.

Nuair a dhùisg e an dara turas bha a h-uile nì socair agus sàmhach. Chual' e guth a sheanar shìos an staidhre 's leum e gu sgiobalta a-mach às an leabaidh, aodach uime ann an diogan 's bha e ri thaobh mus do shìol a ghuth.

'Alasdair!' thuirt a sheanair. ''S ann a bha dùil againne gun do dh'fhalbh na sìthichean leat feadh na h-oidhche! Dè chùm cho fad thu?'

'An rèis,' thuirt e. 'Bha e iongantach. Ghlèidh Nurmi a-rithist!'

Rinn a sheanair gàire.

'Aon latha, Alasdair, ruithidh tu fhèin cho luath ris. Nise – cà 'il do ghnothaichean?'

'Mo ghnothaichean?'

'Aidh. Do ghnothaichean.'

'O,' thuirt Alasdair, a' ruith a-mach dhan bhàthaich.

Dhìrich e an seann àradh fiodh suas dhan lobhtaidh far an robh an t-slat air a falach anns a' chonnlaich. Bha a sheanair air a dèanamh dha meadhan geamhraidh na bliadhna roimhe, dìreach nuair a thuit an sneachda mòr. Bha iad air a bhith a-muigh aig na coineanaich feadh an latha, agus an àite tilleadh dhachaigh mar a b' àbhaist taobh a' chladaich, bha iad air gearradh sear tron aon choille bhig a bha san àite. ''S fheàrr beithe neo calltainn,' thuirt a sheanair, 'ach gabhaidh sinn an rud a thuit.'

Bha iad a' sireadh ùine mhòr, ach bha gach geug a lorg Alasdair laigseach an dòigh air choreigin – ro bheag neo ro lapach neo ro bhog neo ro bhriseach – ach mu dheireadh thall lorg e geug tana seileach 's thuirt a sheanair 'Shin thu bhalaich, cha b' urrainn dha bhith na b' fheàrr.'

'Thoir sin leat dhachaigh,' thuirt a sheanair, 's cha do

chaismeachd saighdear riamh cho moiteil le a ghunna thar
a ghualainn. B' esan Alasdair MacColla agus Gille Pàdruig-
Dubh agus Robin Hood agus Daniel Boone còmhla.

Nuair a ràinig iad an taigh, thug a sheanair a-mach an
sgian bhiorach 's ghèarr iad dheth na gnopain 's na cnapan.

'Nise fàgaidh sinn i air bhog san tuba mhòr son na
h-oidhche.'

Bha seann thuba nan caorach air a lìonadh le maistreadh
airson a' chlòimhe.

'Bidh am fiodh snog sùblaichte dhuinn sa mhadainn.'

'S bha. Sa mhadainn lùbadh Alasdair an t-slat sheileach
taobh sam bith a bha e ag iarraidh.

'Tha thu ga h-iarraidh sùblaichte mar sin airson nam
bradain mhòra a ghlacas tu!' thuirt a sheanair ris.

Agus an uair sin fhad 's a bha i cur an t-sneachda fad
cealla-deug shuidh an dithis aca ri taobh an teine a' sgoltadh
na slaite, a' snasadh an t-snàith, a' dèanamh fearsaidean dhe
na fuigheagain, 's a' dreacadh 's a' grèidheadh an fhiodha.

Fhuair e grèim oirre a-nis a-mach às a' chonnlaich, 's
leum e sìos às an lobhtaidh.

'Chan eil sin ach airson sealladh is coltas an-diugh,' thuirt
a sheanair. 'Chan eil sinn a' dol chun na h-aibhne an-diugh.
Ach na innis dhad mhàthair. Cumaidh sinn e na iongnadh
bhuaipe gu nas anmoiche!'

Às dèidh a bhraiceist choisich e còmhla ri sheanair sìos
taobh na cruaiche-mòine 's tarsainn rathad na mòintich a
thug sìos iad taobh na h-aibhne eadar Loch Sgalabhait agus
Loch a' Mhuilinn. Ach aon uair 's gun robh iad a-mach
à sealladh air an taigh, thionndaidh a sheanair dhan ear
's theàrn e an sgùrr bheag a bha a' gearradh a' mhonaidh
bhon t-sliabh. Dhìrich iad gus an do ràinig iad àrd os
cionn na mara taobh thall Buail' a' Chàirn. Bha a' mhuir a'

deàrrsadh airgeadach fada fodhpa. Fada gu deas chitheadh iad beanntan bheaga Bharraigh gorm air fàire. A-mach gu siar cha robh ann ach cuan a-null gu Ameireagaidh. Thall fan comhair bha beanntan àrd an Eilein Sgitheanaich a' suathadh nan speuran.

'Saoil?' smaoinich Alasdair, ged nach do labhair e na faclan. Ghluais a sheanair – cho luath agus a bha e a' leum! – sìos an cnoc. Cha mhòr nach robh e a' ruith. Ràinig iad am bàgh far an robh an sgoth aige. *Reul-na-Mara* an t-ainm a bh' oirre. A liuthad uair a bha Alasdair air bruadair mun mhionaid seo: a bhith na sheasamh an seo taobh a sheanar 's a' dol a sheòladh.

'Suas leat, 'ille,' thuirt a sheanair, ga thogail suas le aon ghluasad. 'Cùm thusa grèim air an ròpa sin,' agus thòisich an saoghal.

Ghabh a sheanair na ràimh fhad 's a shuidh Alasdair aig a' chùl aig an fhalmadair aislingeach. Dh'iomair a sheanair gu socair stòlta, a' toirt a' bhàta bhig a-mach on chamas, timcheall nan sgeirean far an robh na ròin a' gabhail na grèine. Chitheadh Alasdair bonn gainmheineach na mara tro na ròineagain feamad. Bha muilleanan de dh'èisg bhig, nach robh sìon nas motha na a lùdaig fhèin, a' snàmh fon uisge.

'Sìolagan,' thuirt a sheanair. 'An tèid agad an cunntais?'

Dh'fheuch Alasdair.

'Muillean,' thuirt e. ''S a h-aon.'

Aon uair 's gun d' fhuair iad seachad na sgeirean thug a sheanair dha na ràimh.

'Suidh dìreach ann a shiud,' thuirt e ris. 'Deas anns a' mheadhain. ''S cùm grèim air an ràmh seo mar siud – sin e – dìreach eadar an òrdag mhòr 's an deàrnag, 's obraichidh mi fhìn an ràmh eile gus am fàs thu cleachdte leis.'

Cha do rinn Alasdair ach bualadh is plodraigeadh gun fheum, ach an ceann ùine dh'obraich e mach gum feumadh tu an ràmh a chur a-steach dhan uisge air fhiaradh gus an treabhadh e 's an èireadh e a-rithist.

'Feuch am fear seo cuideachd,' thuirt a sheanair, a' toirt dha an dà ràmh. Thug sin na b' fhaide buileach – ag obrachadh a mach mar a dh'fheumadh tu an cur sìos is suas còmhla. Chaidh iad timcheall ann an cearclan beaga son ùine mhòr. Ach bha coltas toilichte gu leòr air a sheanair fhad 's a chaidh iad mu chuairt 's mu chuairt, a' lasadh na pìoba agus a' suidhe gu comhfhurtail an cùl a' bhàta. Mu dheireadh thall rinn Alasdair an gnothach air a' bhàta bheag iomradh air adhart le gluasadan tapaidh air na ràimh a' gearradh tron uisge.

'Cùm do shùil air an rubha ud thall an sin,' thuirt a sheanair, ''s iomair ga ionnsaigh. Chan urrainn dhut a dhol ceàrr.'

Chùm Alasdair a shùil daingeann air bàrr an rubha, far an robh mullach seann eaglais Eòlaigearraidh a' sìor thighinn am follais. Bha a ghàirdein agus a làmhan cho goirt 's gun robh e faisg air caoineadh, ach cha leigeadh e fios mun a sin gu sheanair. Cha bhiodh Paavo Nurmi a' fàs sgìth a-chaoidh.

'S gun rabhadh sam bith, thàinig iad san t-sealladh, a' leum àrd a-mach à doimhneachdan na mara.

'Mucan-mhara!' dh'èigh e. 'A sheanair – seall! Mucan-mhara!'

Bha treubh dhiubh a-muigh air am beulaibh, a' dèanamh boghan-froise anns a' chathadh.

'Mucan-biorach, a bhalaich,' thuirt a sheanair, le gàire. 'Leumadairean. Och, tha na ceudan de dh'ainmeannan againn air an son – leumadairean, deilfean, bèistean-ghorma, peallaichean, a rèir dè an seòrsa th' annta.'

Chuir e a sheann làmhan timcheall a shùilean.

'Tha coltas dhòmhsa gur e na mucan-bhiorach fhèin a tha seo. Nach eil iad eireachdail? An giomach, an rionnach, 's an ròn – trì seòid a' chuain! Cò dh'abair a leithid? Sgudal! Chan fhaic thu seòid nas motha na iad seo sa chruinne-cè gu lèir. Ged a shiùbhladh tu an saoghal chan fhaic thu rud cho brèagha, Alasdair.'

Bha Alasdair airson na sgeulachdan a chluinntinn a-rithist, mar a bha deagh fhios aig a sheanair.

'Innis dhomh mun deidhinn! Siuthadaibh,' thuirt Alasdair, agus thòisich a sheanair a-rithist a dh'innse dha mar a sheòl e timcheall air Cape Horn anns a' bhàta-shiùil.

'Bha mi còig-latha-deug shuas an-sin, anns a' chrannaig, le sliseagan fada deighe a' crochadh om fheusaig.'

Bha fhios aig Alasdair gum biodh na sliseagan-deighe a sìor fhàs nas fhaide air gach innse.

'Dè cho fad 's a bha iad?'

'O', thuirt a sheanair, 'cho fada seo.' 'S shìn e mach a làmhan cho farsaing 's a b' urrainn dha. 'Bha iad a' crochadh bho mo smiogaid gu bonn mo ghlùinean. Aig a' cheann thall, b' fheudar an sgiobair fhèin an gearradh dheth le deamhais theth.'

Na b' fhaisge, thuig Alasdair nach b' ann dubh a bha mucan-biorach idir mar a bha e saoilsinn, ach glas is liath. Cha robh dòigh dèanamh a mach cò mheud dhiubh a bh' ann, oir gach turas a rachadh a dhà neo trì dhiubh fodha, nochdadh a dhà neo trì eile air uachdar na mara. Aig àm sam bith bha mu sheachd neo h-ochd dhiubh a' dannsa anns na speuran.

'A Dhia bheannaichte,' thuirt e ris fhèin fo anail. 'Fuirich gus an innis mi seo do Dhòmhnall 's do Sheumas.'

''S e fìor dheagh chomharra a th' ann cuideachd,' thuirt a sheanair. 'Gu bheil iasg gu leòr timcheall.' Thog e na pocannan-clòimhe a bha mu chasan agus an sin, falaichte, bha na duirgh.

'Aon dhutsa, 's aon dhan bhodach,' thuirt a sheanair, a'

34

toirt fear dhe na duirgh do dh'Alasdair. Clàrag-dharach le meidh làidir air a chòmhdachadh le sreang is na dubhain a' ruith ri na casan-ghaoisid.

'Faiceallach le na dubhain sin,' 's shuidh an dithis aca ri taobh a chèile a' fuasgladh na staimeanan 's an luaidhe. Thog a sheanair an seann phoca clòimhe eile a bha mu chasan, far an robh bogsa a' bhiadhaidh falaichte.

'Gu leòr an-sin a chumas a' dol sinn fad an latha,' thuirt a sheanair, 's thòisich an dithis aca a' càradh cinn nan sgadan 's na grùthain 's na boiteagan air na dubhain. 'Chan eil sìon a dh'fhios agad dè as fheàrr leotha,' thuirt a sheanair, ''s mar sin airson a' chiad thilgeadh cuiridh sinn diofar bhiadh air gach dubhan.'

Dh'ionnsaich e do dh'Alasdair mar a' leigeadh e an dorgh a-mach gu siùbhlach sàbhailte.

'Fairichidh tu fhèin an grèimeachadh,' thuirt e ris, ''s nuair a dh'fhairicheas, dìreach dragh an dorgh agad a-steach.'

Chùm Alasdair deagh shùil fhad 's a sheòl dubhan às dèidh dubhan a-steach dhan mhuir ghorm air an cùlaibh. Leig a sheanair leis grèim a chumail air a' chròcan airson a' chiad tharraing.

'Cuir deiseal e,' thuirt e sheanair ris, agus fhad 's a rinn e sin thòisich an sreang a' teannachadh 's ag èirigh. Fhuair iad ceithir rionnaich air a' chiad tharraing ud, uile air a' bhoiteig.

'A!', thuirt a sheanair. 'Latha nam Boiteagan!'

B' e siud an latha a b' fheàrr riamh ann am beatha Alasdair. An latha a bha na shlat-tomhais air gach latha eile. Grunn bhliadhnachan às dèidh sin, an latha a phòs e Katell aig Eaglais Naomh Moire Reul na Mara, bha na leumadairean gorm ud a' dannsa air cùl na h-altarach. Chunnaic e rithist iad an latha a chuir Rìgh Seòras am bàta mòr air an robh e air a bhith ag obair – an *Queen Mary* – air bhog. 'S i bha àlainn. Bha iad an siud a' leum àrd anns na speuran an latha a chaidh a shaoradh bho Stalag 383, agus an latha mìorbhaileach ud eile ann an 1953 nuair a bha e air tìr fad seachdain aig na Portland Docks 's rinn e an gnothach air ticeid fhaighinn ann an taigh-seinnse airson a dhol gu Wembley far am fac' e Ferenc Puskas agus na Magyar Magicians. Agus a-nis gun robh e an seo, air chluainidh na sheann aois, còmhla le a ghràdh Katell, bha an aisling a' tighinn beò a-rithist.

Bhiodh a sgoth fhèin aige, dìreach mar a bha tè aig a sheanair uaireigin. 'S bhiodh i coltach ri sgoth a sheanar, ged a bhiodh i na bu mhotha. Chan ann a thaobh leòm – cha robh iarraidh sam bith aige air a sin, ach dìreach nas motha feuch 's am faigheadh e mach beagan nas fhaide leatha, dha na doimhneachdan far an robh na liughannan mòra a b' fheàrr. Agus bhiodh i bòidheach cuideachd, a bharrachd air dèante. 'S bhiodh i air a dèanamh à fiodh. Rud ceart, chan ann mar an treallaich fibre-glass ud eile. Agus mu dheireadh thall bha Ruairidh air gealltainn gun cumadh e sòbarra, agus seo sinn a' togail na h-aisling.

Cha robh ann ach dìreach tuiteamas gun robh mise an sàs sa ghnothach. Bha dùileam a dhol a-null a dh'Ameireagaidh airson an t-samhraidh mu dheireadh ud, ach cha d' fhuair mi am visa aig a' mhionaid mu dheireadh 's mar sin chuir mi romham fhìn tilleadh dhachaigh dìreach aon turas eile. Bha na balaich eile air a dhol an slighean fhèin, 's cheana bha làithean na h-oilthigh a' faireachdainn cianail fad às, mar shaoghal eile.

Bha còignear againn air a bhith anns am flat anns a' bhliadhna mu dheireadh, a' leigeil oirnn gur e na Famous Five a bh' annainn, 's a-nis bha sinn uile sgaoilte, 's cha robh sinn a' dol a choinneachadh gu bràth tuilleadh, mar a tha fhios agam a-nis. Sheila, a thug a mach Dotaireachd agus a tha nis fo chùram a h-oghaichean ann an Afraga a Deas. Emily, a chaidh a marbhadh ann an tubaist a' streap an Eiger an samhradh às dèidh dhuinn uile ceumnachadh. Iain, am fear-deasachaidh ainmeil air an *Times*, agus làmh-dheas Mhurdoch fhèin. Abair rebholution airson an anarchist sradagach a b' aithne dhòmhsa. Agus Len, air an do ghreimich na drugaichean agus mun cuala mi mu dheireadh 's e siubhal sear gu Bangkok dìreach às dèidh a' chogaidh a thug dùsgadh dhuinn uile.

Cha robh sìon a dh'fhios agamsa a bharrachd dè bha romham. Bha na h-aislingean àbhaisteach agam, gun teagamh – rudeigin ann am poileataics, 's dòcha, neo ann an naidheachdas neo sgrìobhadh – 's gun bheachd sam bith gun crìochnaichinn mar a tha mi. Tha mi cinnteach nach eil beachd aig duine sam bith air a sin. Mar sin, bha an samhradh ud na sheòrsa de Hurràh deireannach, neo na chiad chaibideil, nam bithinn air sin a thuigsinn. A dh'innse na fìrinn 's e seòrsa de Limbo a tha air a bhith ann anns a bheil mi air a bhith leth-bheò on uair sin, agus tha fhios a'm glè mhath gur e seo mi a-rithist a' feuchainn ri briseadh a-mach às, neo a-steach ann. Seo an cothrom mu dheireadh a bhios agam, dìreach o chionns gu bheil an fhìrinn cuideachd a' crìonadh le aois is cleachdadh.

Ghràdhaich mi i on a' mhionaid a chunna mi i an toiseach, agus chan eil an gràdh sin air carachadh. Tha e air cuartachadh gach taghadh a rinn mi riamh, 's cha do rinn mi aon rud fad mo bheatha nach robh ceangailte ri a h-ìomhaigh an àiteigin. Tha a gàire air a bhith na fhaileas timcheall gach gàire eile; tha a gruag donn, gu mi-chothromach, air a bhith a' còmhdachadh gach falt eile air an do laigh mo shùil; tha a breacan-siantan air nochdadh far nach robh iad, a sùilean rim faicinn anns gach àite. Tha mi cho duilich mu dheidhinn uile. Airson a gàirdein neo-fhaicsinneach a chur an àite na gàirdein a bha gam chuartachadh, airson a' suathadh gach turas a shuath 's a phòg mi tè eile. Ged a bu chòir dhomh a ràdh nach robh sìon dheth sin air a dhèanamh mar bhreug 's ise a' dol na feòil a-nis air mo bheulaibh fhad 's tha na bliadhnachan a' leaghadh.

4

CHA ROBH SÌON riamh nas susbaintiche na an sgoth a thog
sinn an samhradh ud. Chleachd sinn darach airson an ùrlair,
's uinnseann mun druim 's mun chlaiginn. Bha na bùird air
an dèanamh a-mach à learaig agus rinn sinn na ràimh à
giuthas bàn. Thuirt Alasdair gun robh e ag iarraidh aona
chrann le acfhainn shìmplidh, 's mar sin rinn sinn aon sgòd
shiùil dha a bha a' ruith o cheann gu deireadh.

B' e rud iongantach a bh' ann Ruairidh Mòr fhaicinn a'
dèanamh a chuid obrach. Airson duine mòr foghainteach
bha e gluasad le aotromachd air an toireadh tu gràs, 's
bha dòigh aige na h-innealan-ciùird a làimhseachadh le
ealantachd. Cha robh e uair sam bith dìreach a' cleachdadh
neart a-mhàin, 's e daonnan ag obair leis an fhiodh neo tron
inneal seach na aghaidh. Bha e cianail mi-fhoighidneach le
daoine, ach bha e mar naomh nuair a thàinig e gu bhith
làimhseachadh gnothaichean-làimhe.

'Tha anam aig gach rud,' chanadh e rium an-dràst sa-
rithist, ''s na creid duine sam bith a chanas nach eil.'

Thogadh e pìos daraich.

'Dè tha seo?' dh' fhaighnicheadh e.

'Pìos daraich,' fhreagrainn-sa.

'Òinsich,' chanadh e. 'Chan e. Ach meas na craoibhe.' 'S
dhèanadh e gàire. 'Oir aithnichear gach craobh air a toradh!'

Agus bha e dà-rìreabh a' creidsinn sin. Chan ann an dòigh
ceòthach sam bith, ach mar rud soilleir, bunaiteach.

'Cuir mar seo e,' chanadh e leam nuair a ghabhadh e
fois aig deireadh an latha, 'dèiligidh an saoghal leinn mar
a dhèiligeas sinne ri-san. Mar as fheàrr a choimheadas sinn
às a dhèidh, 's ann as fheàrr a choimheadas an saoghal às
ar dèidh-ne. An seann sgeulachd, 'ille – buainidh sinn na
chuireas sinn. Oir dè a dh'itheas sinn nuair a bheir sinn an
sgadan mu dheireadh a-mach às a' mhuir, 's am buntàta mu
dheireadh a-mach às an talamh thioram?'

'S tha e àraidh smaoineachadh a-nis gun robh seo uile dà
fhichead bliadhna mus do thòisich daoine a' bruidhinn mu
bhlàthachadh na cruinne. Ruairidh Mòr còir, nach maireann.

Bha fhios aige glè mhath nach robh anam is cridhe is
eanchainn aig craobh neo iasg neo flùra. Bha e dìreach a'
ciallachadh an rud a tha sinne uile a-nis ag aithneachadh,
neo ag aideachadh: gu bheil ceangail eadar an dealan-dè
agus an tuil. Dh'fhaodadh tu pìos maide a chleachdadh gu
cùramach neo gu h-aineolach.

Rachadh agad air tarran a bhualadh a-steach le
brùidealachd neo le ealantachd. Dh'fhaodadh tu clàr darach
a theasachadh gu slaodach 's an uair sin a' lùbadh gu
faiceallach, neo a' lùbadh 's a bhriseadh gu luath le geimhlean
is òrd. B' e an aon rud a bha Ruairidh Mòr a' dèanamh. 'S e
a bhith làimhseachadh rudan le faiceall.

Agus beag air bheag, dh'ionnsaich mi fhìn an dearbh rud
a dhèanamh. An àite pìos fiodh a shàbhadh gu cabhagach,
cho luath 's a b' urrainn dhomh, dh'ionnsaich mi m' ùine
ghabhail. Aon phìos a thaghadh bho na ceudan dè phìosan a
bha laighe timcheall. Ùine ghabhail ann a bhith ga thomhas
sìos chun na cairteil-òirlich mu dheireadh. Dèanamh

cinnteach gun robh an gearradh cho dìreach 's a ghabhadh leis a' ghràin 's gun robh oirean nan oisnean cuimir mar a bu chòir. An uair sin an sàbh-biorach a ghabhail agus loidhne a' pheansail a leantainn, ag èisteachd cho math ri coimhead. A' cluinntinn an dùrr-ùrr ud fhad 's a bha na fiaclan ag ithe an fhiodh, a bharrachd air cinnte na sùl gun robh an loidhne dìreach, gus am tuiteadh an iarmaid nach robh thu ag iarraidh air falbh, a' fàgail an iomlain. Oir nuair a thig an nì a tha iomlan, cuirear air cùl an nì sin nach eil ach ann an cuid.

Bha an aon rud ann a bhith ag obrachadh na locrach. B' e am peacadh a bu mhiosa a bhith arraideach is faondrach, coltach ri droch fhìdhleir. B' e an obair an rud nach robh a dhìth fhaighinn air falbh, a' fàgail dìreach an rud air an robh feum. A' sireadh an aingeil anns a' mharabhail. Tha am fiodh a' dèanamh a' bhàta, chan e an dòigh eile timcheall. Fiù's a-nis nam sheann aois, saoilidh mi nach eil fuaim nas mìlse na cuideigin a' locradh pìos fiodha gu iomlanachd, 's nach eil sealladh nas àlainne na coimhead air na sliseagan cuaileanach a' taomadh far na locrach sìos chun an ùrlair. 'S dè an ciall a tha aig dad dhe sin às aonais an fhàilidh? Bhiodh seada Ruairidh Mhòir daonnan a' fàileadh de dh'fhiodh is citronella is ola, 's nuair a dhùineas mi mo shùilean a-nise 's a' smaoinicheas mi air an samhradh ud, tha mi fhathast a' faighinn blas cùbhraidh na h-ola na mo chuinnleinean 's tha mo bheul a' fàs tais.

Dh'obraich dà rud airson mo thoirt gu cosnadh an t-samhraidh ud – bha Alasdair agus Katell a' fuireach an ath dhoras dhuinn, agus bha feum aig Ruairidh Mòr air gille-coise. Choinnich mi ris aon latha anns a' phub far an robh e na sheasamh aig ceann cunntair a' bhàir ag òl uisge 's e sòbrachadh.

'Chan urrainn dhomh dìreach stad mar sin', thuirt e.

'Feumaidh mi mi fhèin a dheoghal dheth. Seachdain dhen uisge seo agus bidh mi cho fut ri fiadh. Airson sia mìosan co-dhiù.'

Bha e eòlach orm – neo b' aithne dha mo phàrantan co-dhiù.

'Ciamar tha d' athair?', dh'fhaighnich e. ''S do mhàthair?'

'Ceart gu leòr,' thuirt mise. 'Gu math.'

'An t-iasgair as fheàrr san àite,' thuirt e. 'Agus a' bhanaltram as fheàrr. Tha i air mo shàbhaladh grunn thursan.'

Dh'fhaighnich e dè bha mi ris agus thuirt mi, 'Chan eil sìon. Well, chan eil mòran co-dhiù. Tha mi dìreach air crìoch a chuir air an oilthigh agus...'

Cha do leig e leam crìochnachadh.

'Dhèanainn an gnothach le cuideachadh. Tha mi tòiseachadh air sgothaidh Alasdair is Khatell Diluain ma tha thu suas ri beagan obrach.'

Thuirt mi ris nach robh dad a dh'fhios agamsa mu dheidhinn togail bhàtaichean.

'Ionnsaichidh tu,' thuirt e. 'Tha ceann ort, nach eil?'

Agus sin mar a thòisich mi.

Uaireannan leig mi chreids orm fhèin gun dèanainn seo mar bheòshlaint an còrr dhem bheatha. Dè a b' urrainn a bhith na b' fheàrr – obair-làimhe, a' deasachadh rudeigin brèagha agus feumail? A' togail thaighean, a' dèanamh cocannan-feòir, a' spealadh, a-muigh sa pholl le trèisgeir. A' cruthachadh rudan a chitheadh tu 's a chleachdadh tu. Neo am faodadh e bhith gun robh ealain nan daoine seo eadar-dhealaichte? 'S dòcha gun robh sgil neo tlachd neo loidhne a' ciallachadh barrachd an seo? 'S dòcha nach b' fhiach sìon ach an rud a bheireadh glòir do Dhia, neo an rud a chleachdadh tu? Cò bha dol a ràdh?

Ach ann an doimhneachdan mo chridhe bha deagh fhios

a'm nach b' e obair a bha seo a mhaireadh. Chan ann o chionns gun toireadh Ruairidh Mòr a' bhròg dhomh neo a chionns nach biodh obair eile mar seo ann aon uair 's gun dèanadh sinn am bàta seo, ach o chionns nach maireadh sìon.

Dh'fhalbhadh e air an deoch a-rithist, 's cha thachradh dad airson mìosan mòra, 's co-dhiù an robh mi freagarrach airson stòldachd ealanta na h-obrach seo? An robh mi creidsinn gum faicinn mi fhèin fhathast ann am bliadhna neo dhà neo deich neo fichead a' creidsinn ann an dà-rìreabh gum b' fhiach e a bhith dèanamh sgothan? Oir às aonais a' chreideamh sin, cha b' fhiach sìon. Chan eil mi ciallachadh creideamh ann an Dia neo ann an rudeigin os-nàdarrach, ach creideamh anns an rud fhèin, anns an rud a bha thu a' dèanamh, anns a' bhàta a bha thu togail, anns a' chainnt a bha thu cleachdadh, anns an fhear neo an tè a bha còmhla riut, anns an litir a bha thu sgrìobhadh. Cha robh sìon dhe sin annam-sa: dìreach creideas aimsireil anns an rud a bha air mo bheulaibh aig an àm, ann an luach na mionaid.

Agus abair luach glòrmhor! A' teannachadh 's a' caolachadh 's a claonadh 's a' sparradh 's a' grèimeachadh 's a h-uile -achadh eile, agus am mìorbhail a bh' ann nuair a thionndaidheadh an rud a bha thu a' dèanamh a-mach mar a bha thu 'g iarraidh, 's an druim 's na cromagan 's an claigeann 's an t-aparan 's na lìonaidhean-toisich 's na bacain-bràghad 's na pìosan beaga eile a' gleusadh còmhla gu coileanta.

Ged nach eil rud sam bith mar a bhiodh tu ag iarraidh, oir chan eil an geàrr-bhòrd buileach ceart, 's chan eil na slatagan-sgòid buileach cho teann 's a bha thu 'g iarraidh. Fiù 's an latha brèagha gorm ud a sheòl i siar, le Alasdair aig a' chuibheall agus Katell ri thaobh, bha fhios againn uile gum faodadh i a bhith na b' fheàrr, gum faodadh i a bhith dìreach beagan na b' àirde anns an uisge, gum faodadh an seòl tionndadh dìreach beagan nas sgiobalta, agus gun robh beagan aotromachd a bharrachd, agus tuilleadh soillse, a dhìth.

'S dòcha gun do dh'fheuch sinn ro chruaidh. Tha mi cinnteach gur e sin a bha cur Ruairidh Mòr air an daorach agus a tha mo ghiùlain-sa cuideachd chun a' bheatha eile seo far a bheil na laigsidhean beaga sin air an ùrachadh 's air am fuasgladh, ann an dòchas faoin gun dèan – aon latha – briathran a chùis. Gun seinn na faclan.

Chitheadh tu an spiorad a' teàrnadh beag air bheag air Ruairidh Mòr. Bhiodh e fhathast ag obrachadh leis an aon dùrachd is mìlseachd, ach beag air bheag, latha às deoghaidh latha, chitheadh tu iomagain – angst a theirinn ris – a' crùbadh timcheall air, nuair a thuigeadh e – turas eile – nach robh an sgoth gu bhith cho coileanta 's a bha e a' dùileachadh, dìreach o chionns nach robh a leithid de choileantachd ri ruigsinn.

Dh'fheuchainn a mhisneachadh.

'A ghaisgich,' chanainn leis, 'Tha thu air na bùird a tha sin a chur còmhla cho math 's a ghabhas!'

Choimheadadh e orm 's cha chanadh e sìon. Neo 'Aidh', ma bha e faireachdainn duilich air mo shon. Agus bha an obair aige da-rìreabh coileanta: am fiodh mìn, na ribheidean rèidh, an crann na obair ealain. Bha esan cuideachd a' strì ris an aon diabhal: coileantachd na beatha neo na h-obrach. Agus bha esan cuideachd mi-dheònach a chùl a chur ris an dachaigh nèamhaidh a tha mise fhathast a' sireadh a dh'aindeoin dìomhanais an là.

B' e mi-chinnt a chuir às dha, 's e sèideadh gu luasganach eadar dòchas is aithreachas, uaireannan a' creidsinn gum biodh an obair – an turas seo – dìreach iongantach, ach an uair sin a' gèilleadh gu spiorad an eu-dòchais, nuair a thòisicheadh e às dèidh sin a' deoghal an spiorad ud eile a theireadh sìos dhan uaigh e airson mìosan mòra. Ach aon rud: bha an strì aige-san fosgailte is poblach, seach am fear agamsa a bha dìomhair is falaichte is mar sin nas breugaiche 's nas cronail.

'S cha robh mi fiù 's ann, nuair a dh' eug e, mu dheireadh thall air a ghlacadh san uaimh leis an donas. Bha mi an àiteigin eile. Aig an àm air prògram-telebhisean ann an Canada, a' leigeil orm gun robh fhios agam air rudan 's mi spùtadh asam an sin mu dheidhinn 'Ceòl nan Eilthireach', agus mar a bhiodh eilthirich daonnan a' giùlain na dachaigh còmhla leotha nan cuid òrain.

Sgudal is dramalaisg a bha gam dheagh chumail beò eadar na meadhanan agus na h-oilthighean a bha cho gòrach 's gun tug iad dhomh obair òraidiche far am bithinn a' dòirteadh asam mu dheidhinn an dàimh eadar Dualchas is Dùthchas agus – aon turas aig co-labhairt ann an New York – 'The Power of Paradigm in Pre-Millennial Presbyterian Poetry from a Post-colonial Phenomenological Perspective'. Neo mar a chuir mi e sa Ghàidhlig – 'Samhlaidhean Samhlachais ann an Suidheachaidhean Sailmean Soisgeulach o Sheallaidhean Saor Shaoghalta.'

Rinn mi a h-uile facal dhe suas agus fhuair mi standing ovation air a shon, saoilidh mi dìreach o chionns gun do sheinn mi an dara leth dhen òraid mar channtaireachd a chruthaich mi fhad 's a bha mi ga bhorbanaich. Bha dùileam gun do thuig iad an joke, ach gu mi-fhortanach bho na còmhraidhean a bh' agam riutha às dèidh làimh tha mi duilich a ràdh gun robh iad uile smaointinn gun robh mi ann an da-rìreabh.

Bha barrachd gliocais na sin aig Ruairidh Mòr, 's deagh fhios aige gun robh mòran rudan air an dèanamh suas, ach 's dòcha na rudan a bha air a bheulaibh air a bhòrd.

Bhiodh Katell a' dèanamh *galletes* a bha cianail blasta, agus cuideachd *kougin amanns* – seòrsa de thaois le ìm is siùcair air a chòmhdachadh le *almonds* agus angelica, a bha an uair sin air a phasgadh mar sheòrsa de *chrepe*. Bha iad uamhasach blasta, agus gu sònraichte math às deoghaidh biadh saillte leithid uan is buntàta, a bhiodh sinn a' faighinn cha mhòr gach dàrnacha latha.

B' e boireannach iongantach a bh' ann an Katell fhèin. Ann an iomadach dòigh bha i air a beatha agus a dreuchd fhèin ìobairt airson falbh le Alasdair leth-thimcheall an t-saoghail, ach uair sam bith a chanadh tu leithid chanadh ise dìreach, 'Chan e ìobairt sam bith a th' ann an gaol.'

Fhad 's às cuimhne leam a-nis, rugadh i air Latha na Sìthe ann an 1918, 's air a' togail mar sin fa chomhair-sheallaidh Verdun agus am Marne, ged coltach ri gach seann duine a-bhos an seo fhèin cha duirt i mòran mu dheidhinn, a dh'aindeoin gach oidhirp a rinn mi. Tha fhios a'm gun deach a h-athair a mharbhadh aig a' front-line dìreach mìosan mus do rugar ise 's gun do phòs a màthair, a bha na dotair, an uair sin meadaic Eadailteach a bha gu mòr an sàs anns an Resistance nuair a thàinig an ath chogadh. Aig an àm sin bha Katell ann an Glaschu còmhla ri Alasdair, a cheangail e fhèin leis an 51st Division dìreach seachdainean ro iomairt Normandy.

Bha i air tighinn a Dhùn Èideann anns an t-samhradh 1935 airson Ceòl a dhèanamh aig an Oilthigh, ach bha i air ruith a-mach à airgead agus air grunn obraichean a ghabhail anns a' bhaile airson cumail beò. 'Bha mi cutadh èisg son seusan a-muigh ann am Musselburgh, agus an uair sin fhuair mi obair a' glanadh nam botail ann am Factoraidh Lemonade Royston, 's an uair sin nam sgalaig anns na taighean-òsta, a' sgùradh nan ùrlairean agus a' glanadh bhùird.

'Ach b' e an obair a b' fheàrr a fhuair mi,' chanadh i

daonnan, 'a bhith cluich a' phiàna anns an taigh-dheilbh air Sràid Lìte. Shealladh iad na filmichean-sàmhach dà thuras gach oidhche air Diciadain, Diardaoin agus Dihaoine, agus còig tursan tron latha 's tron oidhche Disathairne 's bhithinnsa dìreach a' cur ceòl riutha! Bhiodh ceòl air cuid aca cheana ceart gu leòr – an fheadhainn a b' ainmeile, mar an fheadhainn aig Charlie Chaplin, ach cha robh ceòl sam bith leis a' mhòr chuid. Chòrd e gu sònraichte rium a bhith cluich còmhla le na filmichean mòra Ruiseanach a bhiodh a' tighinn, oir dh'fhaodainn ceòl mòr trom domhainn a dhèanamh!'

A dh'aindeoin 's gun robh i air a bhith cho fada air falbh on Fhraing, bha fhathast tomhas math de bhlas na Breatainne Bige air a' cainnt nuair a choinnich mise rithe anns na 70an. Anns a' chumantas, rachadh a guth sìos aig deireadh gach seantans, seach suas mar a bha dualtach dhuinne. Bha deagh fhios aice air a sin agus saoilidh mi cuideachd gum biodh i cluich air, 's cur a cuideam sìos neo suas a rèir a sunnd.

Bha i faireachdainn uamhasach sean dhòmhsa aig an àm, ged a bha i fada na b' òige an uair sin na tha mi fhèin a-nis, agus tha aithreachas mòr orm mu cho beag 's a dh'fhaighnich mi mu rudan, oir bha an t-eagal orm gum biodh i coma freagairt. Aig an àm sin, bha am beàrn eadar aois is òige a' faireachdainn fada nas farsainge na tha e an-diugh, 's bha e faireachdainn cho mi-mhodhail tòiseachadh air faighneachd (dhan t-seann bhoireannach ud, mar a shaoil mi) ceistean pearsanta sam bith a bharrachd air na gnothaichean a thagh i fhèin – neo a thachair dhi – innse dhomh.

Na bu chòir dhomh a bhith air faighneachd! Ach eadar na *galettes* agus togail na mòine agus còcaireachd nan eisirean thuig mi gum b' e seo tè a bha eòlach air gràdh. Agus lìonadh Alasdair cuid dhe na beàrnan, ag innse mu na saighdearan leòinte a dh'altram i sa Chogadh, agus mu na h-amannan a bhiodh i fhathast a' seinn, 's i a-nis gun phiàna neo inneal-ciùil sam bith eile fad iomadach bliadhna. Cha chuala mise riamh i seinn, ged a thug Alasdair orm fhèin 's air Ruairidh sgur a dh'obair turas 's a bhith sàmhach feuch an cluinneamaid i a' seinn.

Chuir sinn sìos ar n-innealan agus dh'èist sinn mar na h-eòin, ach cha tàinig guth air a' ghaoith a-nuas on taigh, ged a sheas Alasdair fhèin an sin ri ar taobh, a' dùrdanaich an òrain a bha e a' cluinntinn.

'Domééspaislejasmin...', thuirt e, 'Mullachchocùbhraidh...' agus sheinn e airson an aon turas riamh a chuala mi e a' seinn, ann an guth làidir domhainn,

> 'Mullach cho cùbhraidh
> Le fàileadh nan ròs,
> Madainn an t-sùgraidh,
> 'S an saoghal na ghlòir,
> Thugainn a sheòladh
> Air muir àlainn chiùin
> Dithis sa gheòla
> 'S grian os ar cionn...'

'S ghlac e e fhèin, ag ràdh 'Ach – òran gaoil! Ach brèagha na dheoghaidh sin...' fhad 's a choisich e suas an cnoc gar fàgail-ne a' tolladh 's a tàirngeadh.

Ach b' e gràdh a' chiad sheallaidh a bh' ann: thuig mi sin. Agus gràdh a bha, gu follaiseach, air maireachdainn. Chan eil mion-fhiosrachadh agam mar sin, 's chan eil sin gu diofar co-dhiù, oir tha e soilleir gu leòr – dìreach gun do choinnich dithis òg, gun do ghabh iad gaol air a chèile 's gun do phòs iad. B' e nàdar a' ghràidh a chuir iongnadh orm: gnothach a bha cho nàdarra agus cothromach, mar gum faodadh an dithis neo aon na thogradh iad a dhèanamh, 's gun toireadh

sin toileachas dhan neach eile. Tha mi creidsinn gum faod
thu saorsa a thoirt air a sin, ged a shaoileas mi gun robh e
na b' fhaisg air earbs' is urram, oir nach e fàth ach buaidh a
th' ann an saorsa.

Bidh mi dìochuimhneachadh cuideachd gum buin mise
dhan ghinealach-sa, mar a bhuineadh iadsan dhan ghinealach
aca pèin, ged a bha iad bho dà dhiofar dhùthaich. Nach robh
i fo smachd, bidh mi faighneachd dhomh fhèin? A' trèigsinn
gach rud air a shon-san, chan ann uair sam bith an dòigh
eile mu chuairt. Cò aig tha fios mu rèite? Tha mi cinnteach
gun do ghràdhaich i esan airson a laigsichean cho math ri a
neartan, airson a amaideis a bharrachd air a ghliocais. 'S cò
mise beachdachadh air carson a ghràdhaich neach sam bith
neach eile? Oir an aon rud as fhiosrach dhomh – agus 's gann
gu bheil fhios agam mun a sin fhèin – 's e mo laigsidhean
fhèin anns na gnothaichean sin. Tha dìreach fhios agam nam
biodh leth dhen t-sìth agus dhen aoibhneas a bh' acasan air
a bhith agamsa, gum biodh taigh-còmhnaidh nèamhaidh air
a bhith agam.

Tha fhios a'm a-nis gum b' e togail a' bhàta comharradh
deireannach a' ghràidh. B' e seo am bàta air an robh e air
bruidhinn mu dheidhinn a' chiad mhadainn ud a choinnich
iad ann am Bruntsfield. Bha ise anns an t-seòmar ris an
canadh iad an 'drawing-room' a' mhadainn ud, a' dustadh
son bean an taighe, nuair a chual' i fuaim agus thionndaidh
i 's chunnaic i duine a' crochadh air ròpa taobh a-muigh
na h-uinneig. Rinn e gàire agus smèid e agus chùm e air a'
glanadh na h-uinneig fhad 's a chùm ise oirre a' dol timcheall
an t-seòmair, a' lìomhadh nan soithichean airgid air an
dreasair, an uair sin a' dustadh nan sgeilfichean, 's an uair sin
a' gluasad a-null chun na h-uinneig, far an robh am piàna. B'
e madainn reòite a bh' ann, agus rinn e aodann san leòsan:
dà shùil chruinn, agus sròn bhrèagha, agus beul le gàire,

agus rinn ise gàire.

On a bha bean an taighe air a dhol a-mach air chèilidh, shuidh Katell sìos aig a' phiàna 's thòisich i ri cluich.

Taobh muigh na h-uinneig, stad Alasdair a' glanadh agus ghluais e air an ròpa ann an ruitheam a' chiùil. Rinn an dithis aca gàire. Aon uair 's gun do chrìochnaich i, ghnog esan air an uinneig, a' comharrachadh dhi a' fosgladh. Rinn i sin. Chuir i a sùilean ri bhrògan, 's thug e dheth iad, gan toirt dhi, 's leum e steach. Sheas iad air beulaibh a chèile, caran air an nàireachadh, gun sìon aca ri ràdh. Rinn e an rud foirmeil – chuir e a làmh a mach 's thuirt e,

'Alasdair.'

'Katell,' thuirt ise.

Chòrd am blas-cainnt aice ris. Agus rithe-se.

'Breton,' thuirt i.

'Hebrides,' thuirt esan.

Sheas an dithis aca sàmhach a' coimhead timcheall an t-seòmair. Cha mhòr nach do rinn e fead an comhair a bheartais, ach chùm e grèim air fhèin. Air taobh eile an t-seòmair, faisg air an doras, bha dealbh mòr de bhàta.

''S toigh leam sgothan,' thuirt e. 'Bha sgoth bhrèagha aig mo sheanair. Aon latha bidh sgoth bhrèagha agamsa.'

Chual' iad fuaim.

'A Dhia nan Gràs!' thuirt ise. 'Mach! Sin agad i fhèin air tilleadh!'

Thilg i na brògan dha 's leum e mach air an dreallaig aige 's thòisich e suathadh nan uinneagan. Dhùin Katell an uinneag 's thòisich i lìomhadh a' phiàna leis a' chlobhd, dìreach nuair a thàinig bean an taighe a-steach. 'Oh,' thuirt i ann am deagh Bheurla Dhùn Èideann, 'Everyone's busy! And Mister Alasdair's here!' Thug i smèid dha tron ghlainne, agus rinn esan gàire, a' smèideadh air ais leis a' chlobhd. Dh'fhalbh i.

Chuir Alasdair anail air an leòsan, a cheòthaich anns a'

bhad. '7pm. Fri. Canonmills Clock?' sgrìobh e, an comhair a chùil. Ghog Katell a ceann, a' leantainn bean an taighe a-mach.

Phòs iad dà mhìos às dèidh sin aig Eaglais Reul na Mara ann an Lìte, far an robh an t-seann altair air a dèanamh a-mach à beul bàta, 's an uair sin thàinig a' chlann, agus an gluasad a Ghlaschu airson cosnadh 's an gairm dhan Arm 's às dèidh a' chogaidh gu Baile Feirste is Liverpool, tuath a-rithist gu Burntisland, agus air ais a Ghlaschu, far an do chrìochnaich esan na sheòladair air a' bhàta-smùid, a' Waverley. Ghiùlain Katell deichnear chloinne, a mhair beò, agus mun àm san d' fhuair mise eòlas oirre bha i bruidhinn air ochd ogha fichead, ochd iar-oghaichean, agus 'dà chàraid bheag bhòidheach a tha nis sia mìosan a dh'aois nach fhaca mi fhathast. Tha iad a fuireach ann an Astràilia.'

Thàinig beatha eadar iad fhèin 's am bàta. An toiseach, ann an Lìte, cha robh sgillinn ruadh aca. Ag obair a latha 's a dh'oidhche muigh an sin air na h-Atlantic Convoys. An uair sin, ann an Glaschu, mar a thàinig a' chlann, cha robh ùine aca. Ann am Beul Feirste, 's iad uile air am pronnadh a-steach ann am flat beag, cha robh rùm aca, agus ann an Liverpool is Burntisland 's an Glaschu a-rithist thàinig mìle rud eile san rathad. Cha robh e iomchaidh: am b' urrainn dha dìreach air tòiseachadh air sgoth a thogail, 's gun sgillinn aige, anns an oisean-chùil ann an Springburn?

An tòisicheadh ise, nuair a thigeadh e gu aon 's gu dhà, a' seinn aria bho Mozart shìos aig an steamie? Chan e gun cuireadh sin daoine sìos neo suas, 's nan cuireadh, dè an diofair? Ach chuireadh e dragh oirre fhèin, a bha cho mòr a' creidsinn gun robh àm is àite airson gach nì. Neo, mar a chanadh Alasdair fhèin an-còmhnaidh – 'Aig gach nì tha tràth, agus àm aig gach rùn fo nèamh.'

Mar sin, cha d' fhuair iad riamh cothrom gus mu dheireadh

thall, 's iad faisg air bliadhnachan a' gheallaidh, rinn iad an gnothach air sgillinnean bheaga gu leòr a chruinneachadh an siud 's an seo airson tilleadh dhachaigh. Neo co-dhiù gu dachaigh Alasdair, 's cò mise a ràdh nach b' e an aon rud a bh' ann?

Dìreach an dèidhs dhaibh pòsadh thug caraid dha a bha ag obrachadh còmhla leis anns a' ghàrradh-iarrainn iasad dha dhen mhotar-baidhc aige, air an robh càr-cliathaich, 's mar sin dh'fhalbh iad air cuairt nam pòg, anmoch agus gun robh e, air an inneal chliogadach sin.

'Chuir sinn seachad a' mhòr-chuid dhen ùine ga phutadh suas nan cnoc', chanadh Katell, 's dh'innseadh esan an uair sin mar a chuir poileasman stad orra ann an Sruighlea air an rathad gu tuath.

'Eil làidhseans agad?' dh'fhaighnich am poileasman. ''Eil thu tuigsinn gum feum thu làidhseans sònraichte airson dithis?'

'Ach tha an dithis againn nar n-aon,' thuirt Katell, 's leig e leotha siubhal air adhart.

'S bha àm is tràth air tighinn, ma-thà. Bha na làithean lainnireach le teas. Bha mi air fàs ro chleachdte ri ciùineas Oxford 's bha e dìreach sgoinneil eòlas fhaighinn a-rithist air gèiread-maidne an Uibhist, le dealt fhathast air an fheur air madainn shamhraidh.

Cha mhòr nach robh mi air dìochuimhneachadh mu shoilleireachd an t-solais 's an dòigh anns an robh an sàl beò anns gach nì, 's mar a bhlaiseadh tu e air do bhilean fiù 's nuair a dhùisgeadh tu san leabaidh. 'S cha mhòr nach robh mi air dìochuimhneachadh cuideachd cho luath agus a dh' atharraicheadh a h-uile rud. An t-àite cho fosgailte 's cho faondrach 's nach maireadh nì.

Aon mhionaid a' ghrian a' deàrrsadh, an ath mhionaid sgal uisge a' taomadh a-steach on Atlantaig, a dh'fhalbhadh ann am priobadh na sùla. 'S mar a dh'èireadh ceò às an talamh fhad 's a bha e a' tiormachadh. Ceò de dhiofar sheòrsa a rèir an latha. Smùidre 's sionnach 's sgùdach 's soirbheas is eile. Toit às an teine is torranaich anns an adhar, 's an fheadhainn a b' fheàrr a' giùlain saoghal nan eun.

'Marbh-laogh Fhèill Pàdraig,' chanadh Alasdair rium. 'Gaoth fhuar an t-Samhain. Fuaradh froise – sgal gaoithe ro uisge aig deireadh an Fhaoillich. Fadag chruaidh,' chanadh e a shùil dhan iar. 'Bloigh dhen bhogha-fhrois a tha na comharradh air droch shìde nuair a chì thu thall an sin, neo anns a' mhadainn mhoch. Breacadh rionnaich air an adhar, 's latha math a-màireach. Spadag – sgòth bheag bhìodach ann an adhar liath.'

Cha b' e teine a chleachdadh e a bharrachd, ach aingeal. 'Cha chleachdainn am facal gu bràth faisg air nuair a tha laiste, oir tha deagh chlaisneachd aig an fhear dhubh. Cha bu chòir dhuinn ar briathran a thoirt dha.'

'S dh'iarrainn air daonnan an seanchas ud innse dhomh a-rithist mun teine-bhiorach, 's lasadh e a' phìob 's sgaoileadh e toit (air neo an e ceò bh' ann?) dhan adhar.

'Tha dà thionndadh oirre,' chanadh e. ''S e cruth-atharrachadh a th' anns an teine-bhiorach a thachair do chaileag òg à Beinn a' Bhaoghla a chaidh a thional freumhan an rùdh às a' chnoc air a' mhachaire. Aig an àm ud, eil fhios agad, bha càin a' dol air duine sam bith a dhèanadh a leithid, oir chrìonadh na cnuic mar thoradh air a sin. 'S thuirt a màthair ris an nighinn mus do dh'fhalbh i, a dh'aindeoin a comhairle, "Gum bu tig an latha a thilleas tu 's na fuiligte tu bhos 's na fuiligte tu thall." Cha deach a corp fhaighinn riamh, ma-thà, ach dìreach a plàd, 's tha i fhèin a' dol timcheall an t-saoghail mar theine-biorach on latha sin.'

'Agus 's e an seanchas eile gum b' e gobha a th' anns an teine-bhiorach aig an robh beatha shalach, 's chaidh flaitheanas a dhiùltadh dha 's chaidh e air chrith sìos a dh'ifrinn ach bha sin dùinte air a bheulaibh cuideachd le cho dona 's a bha e. Ghlaodh e airson èibhleag-teine a chumadh blàth e, 's tha e air a bhith a' siubhail an t-saoghail leis an èibhleag sin riamh on uair sin. Sin esan a chì thu a' ruith gu sìorraidh nuair a chì thu an teine-biorach a' gluasad shìos air a' mhachaire.'

'Agus gu bu dè an rud eile a bha siud mun dèideadh?'

Rinn e gàire.

'Och, sin! Chan eil thu 'g iarraidh an t-seann ròlaist sin a chluinntinn, a bheil!?'

'Tha. O tha, 's mi thà,' chanainn 's dh'innseadh e dhomh turas eile mun leighis.

'Gheobh thu clach mhath chruinn 's thig thu chun an locha as fhaisg leatha. Tiligidh tu a' chlach an uair sin cho fad a-mach anns a' phìos às doimhne dhen loch 's às urrainn dhut, a' cantainn seo aig an aon àm "Cha tig dèideadh an taobh seo gus am faic mi rithist thu." Cuiridh mi geall dhut ma thilgeas tu gu math agus gu domhainn nach fhuiling thu fiacail ghoirt gu bràth tuilleadh.'

''S nach robh dòigh eile ann cuideachd?'

'Nach eil fhios agad gun robh! Tha daonnan dòigh eile ann.'

Stad e, lasadh na pìoba a-rithist.

''S e an dòigh eile cur às dhan dèideadh grèim teann eadar d' fhiaclan a chumail air cnàimh a thàinig à uaigh. Nì cnàimh sam bith a-mach à uaigh fhosgailte an gnothach, ach 's fheàrr buileach cnàimh-meòir pàiste. Tha e laighe nas fheàrr.'

Bhithinn a' dol air mo bhaidhsagal gu m' obair a h-uile latha, a' gabhail seann rathad nan cairtean a bha ruith timcheall a' chladaich. B' e an t-àm sin dhen bhliadhna bh' ann nuair a bha an talamh fo bhlàth – na machraichean còmhdaichte le seamragan is neòinean is popaidhean agus – mus caill sinn cuimhne air – cuideachd còmhdaichte le daoine gan obrachadh. An siud 's an seo nan aon 's nan dithis 's nan triùirean anns na raointean beag aca fhèin, cuid a' spealadh, cuid a' cliathadh, cuid a' cur a' bhuntàta. Chì mi fhathast iad, a' cromadh fon ghrèin anns a' ghaoith, mar figearan a-mach à Lowry air fàire. 'S bhiodh na seillein a' crònan.

A h-uile latha cuideachd chumadh Alasdair agus Katell sùil air fàire far am faiceadh iad an rathad mòr o astar, a' dol timcheall na tràigh-gainmhich. Dh'fheumadh duine sam bith a bhiodh a' tighinn neo falbh an rathad sin a ghabhail, 's mar sin chanadh iad an-dràsta 's a-rithist 'Sin agad Am Posta air a shlighe', neo 'Bhan Fhionnlaigh', neo 'Tha Seonag a' dol chun na faochagan'.

Bha iad a' cumail sùil cha b' ann o chionns gun robh iad srònach, mar a thuirt a' chailleach eile, ach o chionns gun robh dùil aca ri fear dhe na mic aca, a bha air a bhith siubhal tron Roinn Eòrpa, nochdadh latha sam bith. Shuidheadh Alasdair an sin air beinge bheag fhiodh a bha na laighe air mullach seann chliabh, a shùilean ri fàire. Nuair a thigeadh an gaoir-theas chitheadh e crith shealladh: Dòmhnall a' tilleadh o Woodstock, Anndra a' tighinn air ais on Tuirc, Ealasaid a' tighinn dhachaigh à Glaschu. Ach an uair sin shoillearachadh an crith-theas, 's cò bh' ann ach coigreach air choreigin le poca-droma, Seonaidh a' seòladh dhachaigh le carry-out, aon de pheathraichean chlann 'Ic Nèill air a slighe dhan bhùth.

Agus tha ceòl an t-samhraidh ud agam – Joni Mitchell agus James Taylor a' seinn mu Chalifornia, a' tabhainn dhuinn an làmh-cuideachaidh. Bhithinn fhathast a' dol dhan aifreann an uair sin, 's gràdh agam air an tùis ag èirigh on t-suiribil 's mar a rachadh na coinnlean a lasadh 's a mhùchadh 's a mhòmaid mhìorbhaileach ud nuair a chuireadh an sagart an iuchair dhan taibearnacal ga fhosgladh 's mar a thogadh e mach a' chailis agus an t-siborium òr. Cho àlainn agus a bha lasair buan na coinnle dheirg agus còmhdaichean dathte nan sagart – an Chasuble agus an t-Alb agus an t-Amice agus an Stole agus an Cincture. B' e seo na làithean cuideachd nuair a bha an vernacular air gabhail thairis, ged a chluinninn-sa fhathast na cailleachan a bh' air mo thaobh ag ràdh Gratias agus Domino Deo nostro. Oir b' e iadsan gràdh mo chridhe: am poball cumanta a bha timcheall orm air an glùinean. Bha iad a' creidsinn, agus a' nàireachadh mo dhìth. 'S cha robh sìon dhen creideamh fuadan neo sgleogach, 's tha aithreachas mòr orm nach buininn dhaibh, a dh'aindeoin ar n-oidhirpean. Cha tèid gràdh a dhìteadh.

Tha e ro fhurasta a choire a chur air Oxford, le chuid fhìon is spirisean aislingeach is bheachdan, oir fhuair iomadach duine nas fheàrr na mise thairis air an sin. Gu dearbha, chaidh an cuid creideamh a bhiathadh ann. Tha mi bruidhinn mu Chardinal Newton agus na bràithrean mòra, na Wesleys, gun ghuth a ràdh air Tolkien agus C.S. Lewis a fhuair lasadh, seach mùchadh, nan creideamh fhad 's a bha iad aig Magdalen agus Merton. Chùm na tiolaidhean aca laiste an sin mar an dealan.Tha mi air mo fhèin a' sgrùdadh mun chuspair seo, agus chan fhaigh mi fianais sam bith gun deach ionnsaigh sam bith a dhèanamh on taobh a-muigh.

Gun teagamh sam bith, thàinig mi fo bhuaidh guthan cumhachdach an latha – b' e Ayer fhèin a bha teagasg feallsanachd dhomh agus an sgoilear iomadach Isaiah Berlin (aiteist a dh'aindeoin ainm an fhàidh) a bha gu pearsanta os cionn mo thràchdas anns a' bhliadhna mu dheireadh – ach a dh'aindeoin sin, b' e mo cho-dhùnaidhean mo cho-dhùnaidhean fhèin, ged a tha deagh fhios a'm nach eil neo-eisimeileachd ann. Cha duirt duin' aca riamh gur e feallsanaiche na b' fheàrr a bh' ann am Marx seach ann an Crìosd (well, cha chanadh pluralists a leithid – neo vice-versa – gu bràth co-dhiù!) 's cha mhotha thuirt iad gur e politician na b' fheàrr a bh' ann an Crìosd seach Marx! Leugh thu neo chruinnich thu am fianais cho math 's a b' urrainn dhut 's rinn thu d' inntinn fhèin suas.

Agus seo m' fhianais, cho breac 's cho tuiteamach ri ugh circe. Bhiodh Katell a' cumail chearcan. Na ficheadan dhiubh, saor air feadh na cruite. Gheobhadh tu na h-uighean a b' fheàrr o na Rhode Island Reds: creutairean beaga bòidheach le itean dathach uaine mun tòin, a bheireadh dhut uighean mòra donn a bha cho blasta ris an aran mhilis fhèin. Dhèanadh iad oimealaitean agus souffles fìor mhath – rudan a bhiodh Katell a' dèanamh gu tric. Agus bha dòigh àraidh aice an dèanamh cuideachd – cha b' ann am pana mar a bha cumanta ach ann an inneal beag 'ramekin'. Agus cha bhiodh i a' cleachdadh na h-òbhain a bharrachd, ach dìreach gan dèanamh air mullach na teine-mòine le bhith cladhach a-steach dhan mheadhan airson seòrsa de uamh beag a dhèanamh dhan soufflé fhad 's a bha i ga chòcaireachd.

A bharrachd air na stuthan àbhaisteach – ìm nach deach a shailleadh, min, bainne, càise gobhair, uighean agus parmesan – chuireadh i ris cuirm de luibhean a bha i fhèin air fàs. 'S mar sin nuair a ghabhadh tu grèim dheth, chan e mhàin gum blaiseadh tu gach rud a tha mi air ainmeachadh mar-thà (agus blas na mòna nam measg!) ach cuideachd tarragon, chervil, rosemary agus thyme.

Bha na h-oimealaitean aice a cheart cho blasta, air am bruich gu sgiobalta ann am pana mòr a ghabhadh teas cianail: pana a chaidh a dhèanamh le na gobhaichean ainmeil MacGrìogair Inbhir Nis air thùs airson seòladairean. Tha iadsan cuideachd a-nis a-mach à bith.

Sin mar a rinn sinn am bàta: mar phàirt dhen t-samhradh

ud. Bhiodh e air a bhith na dhiofar bhàta samhradh eile,
oir cha bhiodh cuid againn air a bhith ann an uair sin, agus
b' e bàta diofraichte a bhiodh air a bhith ann cuideachd nam
biodh an t-sìde air a bhith fliuch is meabach.

Ach mar a thachair, chaidh a togail ann am blàths na
grèine, agus 's toigh leam smaointinn gun do chòmhdaich
spiorad an lainnireachd sin (a dh'aindeoin amharasan
Ruairidh Mhòir) am bàta fhèin. Saoilidh mi gu bheil
eachdraidh gam dhearbhadh.

Fhad 's a bha sinn a' togail na sgothaidh bha Alasdair ag
iarraidh Reul-na-Mara 2 a thoirt oirre, agus a dh'innse na
fìrinn bha an clàr-ainme dèanta agam nuair a dh'atharraich
e inntinn.

'Cha bu chòir a dhà bhith ann,' thuirt e rium aon latha, 's
e tighinn a-nuas on chladach le pìos maide fo achlais.

''S mar sin tha mi dol a thoirt An Leumadair Gorm oirre.
Chunna mi treud dhiubh a' dannsa turas, nuair a bha mi òg.'

'S sheall e dhomh am pìos maide a bha, ceart gu leòr,
coltach le leumadair a' leum, nan coimheadadh tu air bho
aon taobh.

'Thalla 's faic an tèid agad air an t-ainm sin a shnaigheadh
dhan fhiodh. Dhèanainn fhèin e, ach cha do dh'ionnsaich m
riamh mar a sgrìobhainn Gàidhlig.'

Choimhead e orm, le fiamh a ghàire.

''S dèan cinnteach gum dèan thu ceart e.'

5

CHUIR EILIDH SEACHAD a beatha ag èisteachd airson na fidhill chaillte. Cha b' ann a dh'aona ghnothach, neo le iomagain, ach dìreach gun robh i daonnan beò an dòchas gum faiceadh i i aon latha, ann am bùth-pawn an Amsterdam, neo air stàla robach am Bengal, neo gun cluinnidh i i aon latha ann am fear dhe na pubs bheaga a bhiodh na mèinnearan a' cleachdadh anns an Rhonda, far an robh i ag obair mu dheireadh mar Chomhairliche Àrainneachd do Bhòrd a' Ghuail.

Neònach mar a dh'obraich cùisean a mach. Anns an taghadh eadar ceòl agus an àrainneachd, cha robh gin air gleidheadh aig a' cheann thall. An latha ud eile air ais ann am Muile dh'fhaodadh i a bhith air taghadh eadar na dhà, oir bha roghainn da-rìreabh eadar iad.

'Mar sin – a bheil thu a' fuireach?' dh'fhaighnich a màthair dhi, aon uair 's gun do thill iad a-staigh on lios-ùbhlan. 'Tha fhios agad fhèin gu bheil gu leòr ri dhèanamh an seo, a luaidh.'

Bha i da-rìreabh gun mhealladh, a màthair. Fosgailte, onarach, 's dìreach a' miannachadh an rud a b' fheàrr dhi. Breacan-siantan fhathast a' dathadh a gruaidhean, a bha fhathast a' coimhead cho òg, gun aon shuathadh de mhaise-ghnùise.

'Saoilidh mi… saoilidh mi nach fuirich. Tha mi smaointinn gun tig mi air ais airson a' bhliadhna post-grad.'

Cha robh ann ach oidhirp eile tìm a cheannach mus rachadh i a-mach an sin dhan t-saoghal mhòr fharsaing, a choinneachadh ris a' mhadadh-allaidh. Bha ùine aice fhathast a bhith san dà shaoghal: ceòl air an fheasgar agus an cùrsa àrainneachd feadh an latha.

'Dh'fhaodadh tu daonnan…' thòisich a màthair.

'Tha fhios a'm. Tha fhios a'm,' thuirt Eilidh. 'Gu robh math agaibh, Mum.'

Bha gaol dìomhair aice cuideachd: peantadh. A thòisich gu sìmplidh. Aon latha bha i dol seachad air an t-seann bhùth seo nuair a laigh a sùil air rud iongantach. B' e dealbh pàisteil a bh' ann, loidhnichean beaga dubha air an sgròbadh o mhullach na duilleig chun a' bhonn le tòrr eaglaisean taobh a staigh agus eadar nan loidhneachan, agus beanntan dubha mar triantan beaga air fàire aig a' chùl. 'S dòcha gun aithnich sibh pèin dè bh' ann: am meanbh-dhealbh a rinn Paul Klee fon ainm 'Kirchen am Berg' – Baile nan Eaglaisean – agus thug e buaidh mhòr air Eilidh. Ciamar a b' urrainn rud sam bith a bhith cho breòite? An robh baile, eaglaisean, beanntan, cho lag ri loidhne?

'S dh'fheuch i an saoghal sin a dhealbh, ach cha robh anns na h-oidhirpean aice ach *pastiche* – atharraisean bochda truagh de Khlee agus na Nuadhaichean eile air an do dh'fhàs i cho dèidheil. Cha robh anns na sgròban aice-se ach dìreach sgròban, seach fìrinn; a dh'aindeoin rùn, cha robh i faicinn an t-saoghail mar Klee, na loidhnichean. Thionndaidh i gu cearclan, ged nach robh sin sìon na b' fheàrr, bho nach b' e manach Ceilteach a bh' innte. Ach leasaich i. Chuidich clasaichean-oidhche ann an *drawing* gu mòr. 'S nuair a rinn i clasaichean-oidhche ann an *sculpture* thuig i na b' fheàrr gun robh gach nì a' crochadh air gach nì eile. Chuidich cùrsa ann an Eachdraidh Ealain dhi frèam a chur timcheall ghnothaichean: gum buineadh Mìchelangelo dha latha, dhan Renaissance, dìreach mar a bhuineadh Dàibhidh eile do chùirt Napoleon.

Ach a dh'aindeoin tuigse, bha a h-oidhirpean fhèin fhathast gun lasair. Thug e fad beatha dhi faighinn a mach cà' robh an lasair sin. Chuir i gu aon taobh e, a' tulgadh eadar ceòl agus eacologaidh.

Mar gach limbo eile bha e eadar cinnt agus mi-chinnt, air a nàbachadh leis na teagmhaich agus na mealltairean, letheach-slighe eadar balbhachd is tràilleachd. Ann an iomadach dòigh b' e àite gu math snog a bh' ann, caran saor bho argamaid mhòr neo throd sam bith a b' fhiach, le deagh shealladh air ach taobh a-null gu glòirean nèamh agus gu àmhgharan ifrinn. Bheireadh ceum ghoirid thu taobh seach taobh, far nach robh misneachd sam bith aig a' chuid a b' fheàrr agus teas na h-oidhche a' losgadh suas an fheadhainn bu mhiosa. Bha far an robh i nas sàbhailte, an-dràsta co-dhiù, gus am fàsadh gnothaichean beagan nas soilleire.

Fhuair i cosnadh pàirt-ùine ann am bar air Sràid Sauchiehall, a chùm gach roghainn fosgailte dhi. Aig an deireadh-sheachdain, bha i cluich còmhla le dà dhiofar còmhlan, uaireannan a' siubhal feadh na dùthcha chun na diofar fhèisean a bha a' tòiseachadh suas anns gach ceàrnaidh dhen rìoghachd: Cambridge, Glastonbury, An Aghaidh Mhòr, Sealtainn. Cheannaich i fidheall eile, ged nach robh i riamh a' faireachdainn an aon rud: ro imidealach 's ro chlàbhaisteach, gun doimhneachd neo binneas na fidhle a bh' ann. Ged a bha i mothachail gur e fuaim na cuimhne a bha dìreach an sin.

Ach rinn an fhidheall ùr a' chùis, 's chòrd an ceòl ris an òigridh a bha a' leum 's a' dannsa air am beulaibh, oir cha robh e gu mòran diofar dhaibh fhad 's a bha an ceòl luath

is àrd 's fhad 's a gheobhadh iad gàire 's càirdean is deoch is
deagh spòrs. 'S cha robh i cur coire sam bith orra airson sin,
oir bha i fhèin òg is saor. Cò an diabhal a bha ag iarraidh
an rud 'cudromach prìseil' sin eile co-dhiù, le criotaig leamh
air choreigin na shuidh an sin a' cumail a' mhùin 's a'
beachdachadh an robh an A-flat Major allegro beòthail agus
susbainteach gu leòr air neo an robh an adagio a thàinig às
a dhèidh tiamhaidh agus drùiteach gu leòr?

Ged a bha fhios aice a-nis gun robh e gu diofar. An
diofar eadar beatha is bàs, ealain is kitsch, nèamh is ifrinn,
àilleachd is amaideas – na roghainnean mòra sin. Bha i air
iadhadh, agus b' e seo i, mar thoradh, na suidh' air ais far an
do thòisich i, aig Stèisean Waverley, a' feitheamh ri trèan gu
siar. Agus cho eadar-dhealaichte 's a bha e uile: didsiotach is
glan, 's gach fiosrachadh san t-saoghal a-nis a' plathadh suas
air sgrìonaichean mhòra.

Choisich i null far an robh a' bheinge air a bhith aig aon
àm, a bha nis na thoiseach dhen escalator airgeadach a bha
sruthadh suas gu Sràid nam Prionnsachan. Airson tiotan
smaoinich i gun leumadh i air an escalator: cò aig a bha fhios
nach fhaigheadh i an fhidheall na laighe an sin a' feitheamh
air a son aig mullach na staidhre? Ach dh'fhiosraich sgrìon
agus guth marbh dhi gun robh an trèan aice deiseil 's chaidh
i tron gheata null gu Platform 7. Shuidh i an comhair a cùil,
a' coimhead sear.

Chaidh an caisteal seachad os a cionn, 's chaidh iad tron
tunail is stad iad aig Haymarket. A bha a-nis cuideachd
ann an Gàidhlig. Margaidh an Fheòir. Ged nach fhacar feur
ann o àm Màiri na h-Albann. Stadium Murrayfield gu clì,
PC World gu deas. Chaidh i air ais tro Linlithgow 's an
Eaglais Bhreac 's Polmont is Croy gus an d'fhuair i i fhèin
a-rithist aig Sràid na Bànrigh. Deich ceumannan gu deas

agus bha i air trèan an Òbain.

An turas seo bha suidheachan saor airson coimhead air adhart, aig bòrd. Thug i mach an laptop a thoirt sùil air na puist-dealain 's air na làraichean-naidheachd 's choimhead i mach an uinneag fhad 's a shiubhail iad gu slaodach siar gu Westerton. Cho beag 's a bha air atharrachadh ann an da-rìreabh: bha an trèana seo fhathast a' gluasad mall, na flataichean àrda fhathast an siud, abhainn Chluaidh fhathast glas nuair ghlacadh tu sealladh oirre bho na drochaidean. Bha Eòsaph air a ràdha leatha turas gun robh Alf Tupper a' fuireach shìos an siud, aig cùl nan garaidsean ann an Dùn Bhreatann.

Bha roghainn air a bhith aice. Bha aon dhe na còmhlain ag iarraidh a dhol làn-ùine 's dh'fhaighnich iad dhith. Bha riochdaire às A' Ghearmailt air cùmhnant a thoirt dhaibh agus a' tairgsinn gigs dhaibh air feadh an t-saoghail aig ìrean agus aig tuarastalan proifeisanta – a-null gu Iapan an toiseach, trì mìosan a' siubhal 's a' cluich feadh an eilein, a bharrachd air consartan ann a Hong Kong agus ann a Singapore aig toiseach is deireadh na cuairt. An uair sin deitichean eile ann an Astràilia, agus 's dòcha thall an Canada às dèidh sin. Chuir an còrr dhen chòmhlan ìmpidh oirre, ach bha ise ag iarraidh siubhal leatha fhèin airson greis gun uallach chlàr-amannan is rehearsals is seiseanan anmoch is eile. Bha i air pailteas dhe sin a dhèanamh cheana na fìor h-òige agus na deugaire, a' cluich anns gach orchestra a bha dol, a' siubhal tro na dùthchannan Lochlannach le Orchestra Òigridh na h-Alba agus an uair sin tarsainn na Roinn Eòrpa le Orchestra Òigridh Bhreatann. Fòghnaidh na dh'fhòghnas de shiubhal tarsainn autobahns is air aiseagan anns an dorchadas an cuide ceud cluicheadair eile.

An àite sin, chunnaic i sanas. Aon fheasgar, às deoghaidh leasan aig na Botanics chunnaic i an sanas ann am bùth beag air Byres Road. Tha mi cinnteach gun robh i air an sanas fhaicinn grunn thursan mar-thà, oir bhiodh i a' tadhal air a' bhùth gach latha airson bainne is pàipear-naidheachd is treallaich eile, ach b' e seo a' chiad turas a leugh i e.

Cha b' e sìon iongantach a bh' ann a bharrachd: dìreach fear dhe na postairean beaga cumanta aig VSO ag iarraidh air daoine òga bliadhna dhem beatha a thoirt seachad airson daoine bochda a chuideachadh thall thairis. Ghabh i nota dhen t-seòladh agus an àireamh-fòn an Lunnainn agus dh'fhòn i thuca sa mhadainn, 's thuirt nighean rithe gun cuireadh i thuice fiosrachadh is bileagan is leabhar neo dhà tron a phost.

Rinn i gàire, a' coimhead a-mach tro uinneag na trèana. Cho seann fhasanta 's a bha sin uile fuaimneachadh an-diugh! A' sgrìobhadh sìos seòladh is àireamh-fòn le peansail, an uair sin a' fònadh 's a' feitheamh a dhà neo tri làithean gus an tàinig an stuth tron phost, anns na seann làithean ud ron eadar-lìon agus instant downloading! Saoil dè thachair dhan nighean a fhreagair am fòn an latha ud, a bhiodh a nis mar i fhèin – na caillich – ma bha i beò idir! Co-dhiù, thàinig am fiosrachadh mu na ceudan – na mìltean – de phròiseactan anns an robh iad an sàs air feadh an t-saoghail. A' teagasg an ceann-a-tuath Fhionnlainn, togail dhamaichean ann an Thailand, 's mìltean de sgeamaichean-cobhair eile tro Afraga, anns na h-Innseachan, an Ameireagaidh a Deas.

Bha iad a' coimhead airson luchd-cuideachaidh a dh'obraicheadh bliadhna ann am Peru air sgeama nuadhachadh nan aibhnichean còmhla leis na tùsanaich Yagua a bha còmhnaidh air taobh siar bun na h-Amason faisg air Iquitos. Toradh cruinneachais: bha na loigearan agus na companaidhean-ola agus na buidhnean-togail air tighinn agus air an sgìre a chreach, ag adhbharachadh milleadh mòr air siostam-eco na dùthcha, 's bha bàrr is àiteachancòmhnaidh nan tùsanach air a bhith air am bàthadh ri linn nan tuiltean a thàinig an cois nan 'leasachaidhean'. Bhiodh an sgeama VSO seo a' toirt taic dha na tùsanaich ann a bhith a' togail suas bruachan nan aibhnichean a-rithist agus ri bhith a' cur às ùr an aghaidh an sgrios.

Bha i thall còmhla riutha taobh a-staigh mìos, an cuide ri grunn dhaoine òg eile o air feadh an t-saoghail mhòir. Thug muinntir an àite fàilte mhòr dhaibh agus thuig i cha mhòr sa bhad nach robh dòigh a b' urrainn dhut an sgeama anns an robh i an sàs, an RRSP (an River Reclamation Scheme Project), a bha i air fhaicinn air a shanasachadh anns an iris aig VSO, a sgaradh bho na mìltean de rudan eile a bha a' tachairt anns a' choimhearsnachd agus a dh'fheumadh tu dèiligeadh ris. Dh'fheumadh i – air neo co-dhiù shaoil i gum bu chòir dhi – cànan nan tùsanach fhèin ionnsachadh ma bha i dol a bhith gu feum sam bith.

Dh'fhuirich i còmhla le teaghlach ionadail – fear, bean, agus seachdnar chloinne – a bha nan teaghlach dhi. Chuidich i cho math 's a b' urrainn dhi leis an fheadhainn bheaga; dh'iarr i air a màthair fhèin dèideagan agus leabhraichean dhealbhan a chur a-null thuca; chuidich i ri màthair na cloinne leughadh agus sgrìobhadh ionnsachadh, ged a bha iomagain oirre an robh i fhèin na colonialist, a' sparradh na Beurla is ìomhaighean is dòighean an t-saoghail mhòir air daoine air nach dèanadh e ach cron. Air neo an dèanadh? Nach robh iad cheana air an sgrios leis na cumhachdaich a thàinig, agus nach b' fheàrr an armachd gu ìre air choreigin airson strì nan aghaidh? Air neo tionndadh a-steach coltach riutha? Bha i mothachail gur e an t-seann argamaid a bh' ann mu dheidhinn Columbus agus na Tùsanaich, neo eadar Riaghaltas Bhreatainn agus na Gàidheil.

Ghabh i fhèin bochdainn agus airson grunn sheachdainean bha i ann an cunnart a beatha, agus i gu tur an eisimeil na teaghlaich. Dh'altram is mhisnich iad i; sheinn iad dhi; theagaisg iad dhi – aon uair 's gun do dh'fhàs i na b' fheàrr – dè na biadhan a bu chòir dhi ithe 's cò an fheadhainn a bu chòir dhi sheachnadh; dh'ionnsaich iad dhi mar a dhèanamh i fuaigheil anns an t-seann nòs, 's mar a dhèanadh i fighe a' cleachdadh sliseag adhairc bà mar sheòrsa de shnàthad mhòr; dh'ionnsaich iad dhi cuid dhe na sgeulachdan 's na geasan 's na h-ubagan 's na leigheasan aca. 'S aon uair 's gun robh i ceart air a casan chuidich ise iadsan a' leudachadh nan lusan a bha iad a' fàs, 's dh' iarr i air a màthair diofar sheòrsachan shìol a chur a-null airson fàs. Dh'fhàs na Kerrs Pinks à Muile, ged nach do chòrd iad ri duine sam bith eile ach rithe fhèin.

Beag air bheag chaidh bruach na h-aibhne a neartachadh 's a dhaingneachadh agus le cuideachadh bho einsinnearan às an Eilbheis chaidh siostam-glanaidh ùr a chur tron abhainn a dh'fhàg e nas glainne na bha e riamh. Chuir na h-Eilbhich cuideachd air dòigh pìoban-uisge a thug uisge glan a-steach do chuid dha na taighean airson a' chiad uair riamh. Cha robh pìoban gu leòr, 's cha robh neart gu leòr anns an dynamo, airson an t-uisge thoirt a steach dhan a h-uile taigh, agus mar sin chaidh fhàgail aig muinntir an àite fhèin cò gheobhadh an t-uisge steach.

Thuirt cuid gum bu chòir do na pìoban a bhith dìreach air an ceangal a-steach do aon tobar mòr am meadhan a' bhaile, às am faodadh gach neach tarraing, agus cuid eile gum bu chòir dhaibh dìreach crannchur a thilgeil, ach aig a' cheann thall chaidh aontachadh gum faigheadh gach deicheamh taigh an t-uisge a-steach, oir b' e àireamh a deich àireamh seunta na treud. Mar sin chunntais iad chun an deicheamh bothan a b' fhaisge air an abhainn agus gach deicheamh bothan eile on a sin.

Bha amharas air Eilidh gun adhbhraicheadh sin trioblaid

anns na bliadhnachan roimhpe, ach cò ise sin a ràdh le muinntir an àite? B' e an t-eagal a bh' oirre gum fàsadh gach deicheamh làrach nas 'luachmhoire' 's gun adhbhraicheadh sin seòrsa de mhargaid fharpaiseach aig a cheann thall nach dèanadh feum dhaibh. Ach nach b' fheàrr sin na bhith gun phìoban uisge-glan a thoirt do dhachaigh sam bith, air eagal 's na thachradh?

Ach bha còrr air dà fhichead bliadhna on uair sin, agus cha robh i air a bhith air ais, 's mar sin cha robh fhios aice. Thàinig smuain thuice aig a' mhionaid sin fhèin nach biodh aice ach dìreach ainm a' bhaile a' stobadh a-steach ann an Google agus gheobhadh i a-mach, ach chuir i am buaireadh air a cùl. Air dhòigh air choreigin bha sin a' faireachdainn cearbach, mar cìogadh a-steach gun fhiost' air uinneag-chùil chuideigin.

An àite sin, chuir i air an ceòl a bha air a bhith aca air an i-pod. Seann chlàradh a bha i air a dhèanamh air caiseat ach a bha i air gluasad a-null dhan mheadhain ùr. Saoil an e sin an ceòl a bh' aca fhathast? Saoil an robh Rodriguez agus Quinila fhathast beò – agus a' chlann? Rodrigo beag, Juan… cho uabhasach 's bha e nach robh cuimhn' aice air ainmean an fheadhainn eile. Cho uabhasach buileach nach do chùm i suas riutha, 's an saoghal air a dhol seachad.

Cho math 's a bha an ceòl. An *sutendiu*, seòrsa de dhuiseil bheag, agus an *chinu*, an druma. Ach bha fidheall aca cuideachd – ionnsramaid bheag shìmplidh le trì sreanganan a bha fuaimneachadh dìreach sgràthail nuair a rachadh a dhroch chluich (leatha-se), ach a bha dìreach àlainn fhèin nuair a chluicheadh Rodriguez, neo fear eile de mhuinntir a' bhaile, e.

Dh'fheuchadh i an *sutendiu* ceart gu leòr – oidhirp a bha còrdadh cho mòr ri luchd a' bhaile, a bhiodh a' cur an corragan nan cluasan agus a' bualadh basan a chèile nuair a dhèanadh i an oidhirp. Ach an uair sin bheireadh i an fhidheall do Thùpac, fear a chaidh a thogail shuas sna beanntan, 's bheireadh esan ceòl nan ainglean às an ionnsramaid bhig. Ged a bu inneal beag eile air an robh an *gua* a b' fheàrr leis: inneal beag cruinn le tri teudan às am faigheadh Tùcan fuaim nan ainmhidhean agus nan eun.

An oidhche mus do thill i air ais a dh'Alba chruinnich an nàbachd gu lèir airson cuirm mhòr de aran is eòrna is measan is deoch-làidir ionadail, 's chluich Túcan an *gua* o dhubh gu moch, aon mhionaid a' faighinn dùrdanaich an jaguar às an inneil, an ath mhionaid ceilearadh àrd nan toucans.

Bha cuimhn' aice gun robh gealach bhuidhe shlàn ann fad na h-oidhche sin: gealach an abachaidh mar a dh'abradh iad uaireigin an t-saoghal ann am Muile nam fuar bheann àrd. Ghuil i an oidhche sin, gu cinnteach. Pàirt mar shoraidh 's pàirt mar thoradh na dibhe, ach a' mhòr-chuid le aoibhneas na h-oidhche agus blàths a' chàirdeis, 's mar a thug na daoine aislingean gu bith le bhith a' dannsa.

Nuair a thill i dh'Albainn, bha i faireachdainn gum biodh e faoin is falamh dìreach tilleadh gu dèanamh ceòl nan còmhlain. Chùm i sùil air duilleagan eadar-nàiseanta *An Times* agus *An Guardian* 's chuir i a-steach airson grunn obraichean còmhla le companaidhean a bha an sàs ann an leasachadh eadar-nàiseanta a thaobh na h-àrainneachd. Thug iad uile agallamh dhi, agus thabhainn iad uile cosnadh dhi, 's mu dheireadh thall thagh i obrachadh còmhla le Roinn Leasachaidh Eadar-Nàiseanta an Riaghaltais, a bha dèiligeadh le diofar shuidheachaidhean air feadh an t-saoghail.

Gu h-annasach, shaoil i, b' ann gu Carraig Gibraltar a chuir iad i an toiseach, far an robh Riaghaltas Bhreatainn a' rannsachadh eacolagaidh na mara anns a' Chaolas an sin. Gu mionaideach, bha an rannsachadh a' feuchainn ri faighinn a-mach an robh diofar sam bith – neo diofar susbainteach sam bith – eadar cor na mara an iar air a' charraig, taobh na h-Atlantaig, agus an ear, taobh na Mediterranean.

Bha: bha fianais ann gun robh an siostam-eco taobh na h-Atlantaig nas beairtiche, agus rinn iad an uair sin rannsachadh eile air cùl sin feuchaidh an dèanadh iad a-mach carson. Cha tàinig iad gu co-dhùnadh cinnteach sam bith mun a sin, ged a bha tuairmse aig cuid gum b' e adhbhar dha sin gun robh an Gulf Stream na bhuannachd air taobh siar na carraig, agus cuid eile dhen bheachd gun robh barrachd truailleadh air an taobh sear ri linn na bha dè bhàtaichean a' ruith eadar Portugal agus an Spàinn sìos gu Afraga a Tuath.

B' e strì a bh' ann do dh'Eilidh co-dhiù. An coimeas ri bhith ann am meadhain coimhearsnachd ann am Peru bha an obair seo caran fuar is fuadan, 's deagh fhios aice gur e aonta beag bog poilitigeach air choreigin a thachradh aig a' cheann thall. Rachadh am fiosrachadh agus an rannsachadh agus na statistics a chuir air ais gu Westminster far an tigeadh a bhàthadh ann am biurocrasaidh na Seirbhis Chatharra, neo a mhùchadh às dèidh sin ann an Comataidhean nan Cumantan.

Às dèidh bliadhna an Gibraltar, chaidh a cur gu deas gu Madagascar, far an robh sgeama an sàs airson measan ionadail an àite fhàs agus a reic dhan Roinn Eòrpa: margaidh a bha sìor dol am meud. B' e an obair aice-se lìonradh a stèidheachadh am-measg luchd-fàis aig ceann a deas an eilein feuch am biodh cumhachd aca fhèin, seach dìreach a' fàgail a' chumhachd gu lèir aig na companaidhean mòra bho Afraga a Deas a bha buailteach obrachadh tro na h-agents aca fhèin air an eilein.

Bha an obair cunnartach gu leòr, oir far a bheil airgead ri dhèanamh tha daonnan cunnart. Chaidh bagairt oirre grunn thursan fuireach sàmhach agus clìoras an gnothach, ach beag air bheag chuir na daoine ionadail earbsa innte, agus chuir sin fhèin dìon oirre. Dh'fhuirich i an sin còig bliadhna, agus anns an àm sin chaidh aca air marsantan reamhar Durban agus Cape Town agus Port Ealasaid a chuingleachadh gu dìreach 20% dhen mhargaid, leis an 80% fo shealbh agus a buntainn ri luchd-fàis is luchd-reic ionadail na sgìre.

B' e roinn cothromach gu leòr a bha sin, shaoil Eilidh, oir fhathast bha e fàgail doras fosgailte dha na daoine mòra. 'Cha bu chòir dhuinn an doras a dhèanamh buileach ro thana airson nan daoine reamhar,' mar a thuirt Tsiti Rakoto, a bha na cheannard air a' cho-chomunn.

Ann an dòigh dh'fhaodadh tu ràdh gum b' e seo fìor thoiseach an rud air an toir iad an-diugh Malairt Cothromach ged nach eil gin dhe na leabhraichean-eachdraidh air mòran aire a thoirt dhan obair a rinn Eilidh O' Connor ann a bhith a' stèidheachadh sin.

Bhuineadh a h-athair dhan treud mhòr Èireannach sin a thàinig a-nall a dh'Albainn às dèidh an dara Cogaidh a shireadh cosnadh. An toiseach na sgalag aig na tuathanaich, dh'obraich e seusan neo dhà anns na achaidhean bhuntàta agus na pàircean mheasan shuas mun Charse of Gowrie agus timcheall Siorrachd Pheairt, ach an uair sin fhuair e obair an toiseach aig an sgeama hydro-dealan a bha dìreach air tòiseachadh aig Loch Sloy, agus an uair sin aig Cruachan an Earra-Ghàidheil.

Obair mhìorbhaileach – uairean fada cruaidh, ach le deagh phàigheadh. Dh'fhuirich e ann an carabhan. B' e an rud mu dheidhinn nach robh e ag òl idir, agus mar sin an ceann ùine shàbhail e gu leòr airson fear dhe na seann taighean beaga a b' àbhaist a bhith aig muinntir an railway a cheannach ri taobh Loch Òdha.

Choinnich e ri màthair Eilidh aig dannsa anns an Òban. B' e fìor dheagh dhannsair a bh' ann, a' gluasad gu h-aotrom. Bha i shuas san sgìre còmhla le a teaghlach airson làithean-saora an t-samhraidh. 'Bho dheas,' thuirt i ris nuair a dh'fhaighnich e dhith.

'Dè cho fada deas?'

'Deas às an seo,' 's tha mi creidsinn gur e a' ciad ping-pong de dh'fhaclan mar sin eatorra a bha tarraingeach.

'Ach tha tòrr Deas ann,' thuirt esan.

'Agus a' cheart uimhir de Thuath.'

'Ah, ach tha mis' às an Iar.'

'A dh'fheumas a bhith an ear air àiteigin...'

B' ann à deas a bha e fhèin. À County Clare – gille dhan t-seinneadair ainmeil seann nòs Máire Ní Chonaola, dham b' athair am fidhleir Seosamh Mac Eòin – agus ged a rachadh aig Sean fhèin air seinn agus an fhidheall a chluich b' e am bogsa beag a b' fheàrr leis. Rud a bha daonnan na chois airson port a thogail. ''S an fheadhainn as fheàrr leat?'

'Och – cà 'n tòisich mi? Neo cà 'n crìochnaich mi? – The Foggy Dew, The Fields of Athenry, The Kesh Jig, Rakes of Kildare...'

'Bha e cho ceòlmhor,' thuirt a màthair. 'Meileoidean beag dearg aige air an tug e Brìghde! Bhiodh e 'g ràdh gum bu toigh leis a bhith ga fàsgadh an-dràsta sa rithist! Bha e ciotach, mar tha fhios agad, 's mar sin bhiodh e cluich a bhogsa bun-os-cionn, mar gum bitheadh. "Tha na puingean far a bheil iad co-dhiù", chanadh e fhèin. "'S e C C ge brith cà' bheil e!" Agus an uair sin ghluaiseadh e a mheuran cho fìor shocair tarsainn nam putan, 's dhùisgeadh an ceòl iongantach seo a mach às a bhocsa. Mar gun robh e air a bhith glaiste na bhroinn chun an sin, cleas nan sìthichean.'

Choimhead Eilidh air a failes fhèin ann an uinneig na trèana. Cha robh i cho sean sin. Gann seasgad, nach robh na aois idir sna làithean seo. Gann gun robh esan air a bhith leth a h-aois nuair chaidh a bhàthadh, gun uaigh mur a meas thu an Cian Siar gu lèir na uaigh. Bha i cho òg aig an àm, ach sean gu leòr gus a chuimhneachadh. 'O Dhia, O Dhia,' chual' i a màthair ag èigheach shìos an staidhre 's nuair a ràinig i bun na staidhre fhuair a màthair grèim teann oirre 's cha do leig i air falbh i gu sìorraidh.

Cha deach a chorp riamh a lorg, rud a bha annasach oir bha dùil aig a h-uile duine gun toireadh an sruth-mhara a cholainn uaireigin gu tìr anns an raon mhòr fharsaing sin eadar An Ros Muileach agus Rubha Àird nam Murchan. Ach ghluais an cuan dòigheigin eile, agus riamh anns na leth-cheud bliadhna on uair sin, cha deach corp neo cnàmhan neo skeleton fhaighinn a bha co-ionnan leis an DNA aige. 'S bha an saoghal air dìochuimhneachadh, oir bha cho fad on uair sin.

Bha àite-tiodhlaigidh aig a màthair ge-tà: an t-seann chladh àlainn sin ann an Caileagearraidh, le a shealladh sònraichte tarsainn a' Chuain Shiair a-null gu Tioradh 's Colla agus a-mach, air làithean brèagha samhraidh, chun na h-eileanan a-muigh, a Bharraigh 's a dh'Uibhist, ged a chitheadh tu cuideachd mullach A' Chuiltheann air na làithean samhraidh sin.

Cha robh duine air a bhith air a thiodhlagadh anns an t-seann chladh sin o dheireadh na 19mh Linn (tè Màiri Dhòmhnallach, 'pauper' 1884), ach bha màthair Eilidh air a bhith caraideil ri bodach, Tomaidh MacIlleathain, aig an robh sealbh-teaghlaich air dà uaigh aig ceann a tuath a' chlaidh, agus bha e gu math dùrachdach gum faigheadh ise tè dhiubh an latha shiùbhladh i.

'Thig mi fhèin dhan tè eile,' thuirt Tòmas, 'oir nuair a dh'èireas mi tha mi ag iarraidh a bhith measg mo chuideachd fhèin.'

Cho neònach 's a bha e a bhith tilleadh dhachaigh a

dh'àite nach b' e nis an dachaigh. Nach robh air a bhith airson ùine mhòr. Ged nach b' e sin an fhìrinn: b' e seo an dachaigh bhuan, ged a bha a màthair marbh 's an taigh falamh 's a h-athair air chall cho fada. Cha robh e gu diofair. Thàinig gàire gu sùilean, fhathast a' faicinn na gobhair air an t-sliabh, na sùbhan-làir air an ùr-bhuain air bòrd a' chidsin, a màthair crom a' rùsgadh nan caorach. Bha an càrdagan angora a rinn i dhi airson an 21mh co-latha-breith fhathast aice.

Agus bha i air a bhith air ais ron a seo: cha b' e pilgrimage dhen t-seòrsa sin, adhradh dha na làithean a dh'fhalbh, a bha seo. Dìreach cuairt chumanta, ma bha a leithid idir san t-saoghal. A dh'fhaicinn seann charaidean – neo na bha air fhàgail dhiubh. A chur fhlùraichean ùra air an uaigh. A thilgeil shìtheinean ùra a-mach air a' mhuir.

B' e sin daonnan an rud bu drùitiche: a' buain nan dìtheanan nàdarrach, 's an uair sin a' falbh a-mach ann an seann eathair Lachainn. A thionndaidheadh dheth an einnsein agus a thigeadh sìos gu h-ìseal a dhèanamh tì dha fhèin fhad 's a' spìon ise na peatalan far na flùraichean, gan tilgeil, aon às dèidh aon, dhan fhairge. Sheòladh iad daonnan, 's cha rachadh gin aca fodha, ach dìreach mu dheireadh thall a-mach à sealladh cùl a' bhàta.

Bhiodh an trèana seo daonnan a' call na h-aiseig mu dheireadh cuideachd. 'S chuireadh i seachad an oidhche san Òban fhèin mus faigheadh i a' chiad aiseag sa mhadainn. Agus sin nuair a chunnaic mis' i a-rithist às dèidh nam bliadhnachan mòra sin gun aithne.

6

BHITHINN AIR FUIREACH air an eilean às dèidh togail a' bhàta mura b' e gun do choinnich mi ri Dr Margherita Johnson an oidhch' ud.

Bha an lainseadh air a dhol cho math sa dh'iarraidh tu a' mhadainn sin, leis a h-uile duine san sgìre air tighinn a-mach ga fhaicinn. 'S ann a shaoileadh tu, mar a tha mi a' bruidhinn, gur ann air lainseadh a QE2 a tha mi a-mach, seach air bloigh beag de bhàta a bha Alasdair is Ceit a' dol a cleachdadh an-dràst 's a-rithist airson plonndrachadh timcheall a' bhàigh air neo – aig a' char as fhaide – airson a dhol a-mach gu Rubha Thòir airson beagan liughannan fhaighinn.

Chaidh an sgoth bheag aca a lainseadh co-dhiù, le facal ùrnaigh o Mhaighstir Ruairidh, 's mhol a h-uile duine i agus ghabh iad dram 's iad ag èigheach bheannachdan fhad 's a shuidh Alasdair is Ceit innte 's a rinn iad iomradh a-mach dhan bhàgh. "Feuch nach buail sibh sa *Qhueen Mary*," dh'èigh cuideigin. "Chun an Rubha agus an uair sin hard-a-starboard gu New York," dh'èigh Seonaidh Dubh, a bha air a bhith bliadhnachan mòra air na whalers.

B' e madainn shoilleir Shathairne a bh' ann aig toiseach

Sultain, gun osag gaoithe, agus na speuran a' deàrrsadh liath os ar cionn, gun aon sgòth. Shuidh sinn uile air tomain bheaga agus air na creagan ag òl o chanaichean leann agus o leth-bhotail agus à flasgaichean tì a' coimhead orra-san a' tilgeil an dubhain a-mach anns a' chaolas bheag eadar An Òrdag agus Clach Oscair, far an glacadh iad rudeigin gu cinnteach. Bha sinn uile cho toilichte a' coimhead orra a' tarraing, a' cluinntinn an gàire tighinn tarsainn a' bhàigh tro shàmhchair na maidne.

'Àm lasadh suas,' thuirt Eàirdsidh, agus dh'fhalbh a' chlann uile nan ruith a chruinneachaidh bhioran airson an teine. Bha àm ann a rachainn còmhla riutha, ach shuidh mi far an robh mi ag òl às a' chrogan lager. Bha tè Deborah leth-rùisgte air cliathaich a' chrogain. Thìll a' chlann an ceann ùine, gach fear is tè dhiubh le dòrlach bhioran aca fon achlais air am togail bhon chladach.

Aon uair 's gum faca Alasdair agus Ceit an smoc ag èirigh on teine, thòisich iad ag iomradh dhachaigh: an ceann uair bha na liughannan agus na saoidhein a' ròstadh air an teine agus bha cuid dhe na boireannaich air tòiseachadh air seinn. Òrain luaidh bu mhotha – Oighrig an toiseach agus an uair sin Seasag is Catrìona. Seann rannghalan a bha null 's a nall an lùib a chèile, aon mhionaid faclan mu fhear a chaidh air chall aig muir, an ath rann mu shuirghe a-muigh air an t-sliabh. Cha robh sin gu diofar, oir nach b' e sin cor an t-saoghail co-dhiù.

Mhair an lainseadh gu tràth feasgar, nuair a thòisich daoine falbh dhachaigh a dhèiligeadh ri gnothaichean eile an latha. Dh'fhaighnich Ruairidh Mòr dhomh an robh mi airson a dhol sìos dhan phub còmhla ris 'airson tè bheag', ach bha deagh fhios a'm dè bha sin a' ciallachadh: seachdainean gun sgur dhàsan air an deoch, 's mar sin dhiùlt mi.

Rachadh esan a-steach dhan t-sìthein co-dhiù, ge brith dè

dhèanainn-sa. Ach ghabh mi lioft air ais dhachaigh còmhla ris gu ceann rathad an taigh-sheinnse. 'Dìreach tilg do bhaidhsagal an sin an cùl na bhàn,' thuirt e.

'Seadh,' thuirt e nuair a stad e aig ceann an rathaid, a' leigeil leis an einnsean ruith fhathast, 'Sin e ma-thà. Bidh sinn gad fhaicinn?'

'Aidh – aidh, gu cinnteach,' fhreagair mi. 'Uair sam bith a dh'fheumas tu hand, dìreach faighnich. Bidh mi deònach gu leòr ionnsachadh bhuat.'

Chan fhaca mi riamh tuilleadh e.

Shiubhail mi dhachaigh air a' bhaidhsagal, 's chuir mi romham cuairt a ghabhail sìos air a' mhachaire air an fheasgar às deoghaidh mo bhiadh. Ghabh mi rathad beag na h-aibhne a bha dol timcheall an t-seann mhuilinn agus a bha an uair sin a' dol seachad air Loch an Eilein agus sìos chun a' mhachaire fhèin.

Bha seann tobhtaichean thall aig taobh sear an locha agus stad mi an sin airson greis mus do sheas mu suas air na creagan àrd a bha toirt cothrom dhut gearradh sìos chun a' mhachaire.

Bha mi faisg air mullach nan creag nuair a chuala mi èigh gu mu làimh chlì 's sheall mi null chun na seann fainge far an robh cuideigin a' seasamh air mullach seann bhalla na fainge a' smèideadh orm.

Choisich mi null agus mar a b' fhaisge choisich mi bha e soilleir gum b' e dealbhadair a bh' ann, le dà chamara crochte fo h-amhaich.

'Sorry for shouting at you,' thuirt i, 'but you're the first person I've seen down here for hours. The light is just perfect right now, and I thought...'

'You could do with a prop?' dh'fhaighnich mi dhi. 'A human prop, as it were?'

Gràs gu leòr aice 's gun do rinn i gàire.

'I'm afraid I'm not much of a crofter to pose amidst these ruins for you,' thuirt mi. 'I'm only a pretend native. Just a student, really.'

'That's all right,' ars ise, 'because I'm just a sort of pretend photographer. Only joking – what I really need anyway is the silhouette of a figure against the old disused fank.'

Thuig mi a' chùis. An rud àbhaisteach. Dealbhadair fansaidh air choreigin a' tadhal air na peasants a' dèanamh ealain. Faileasan an aghaidh sgrios. Tobhtaichean. Falamhachd. Leig mi orm gun robh mi bragail..

'It'll cost you,' thuirt mi. 'Five pounds for every snap.'

Dh' aontaich i. Chan ann mar sin, ach thuirt i,

'Don't worry. If any of them are used professionally, you will be paid. The *National Geographic* always honour their contracts.'

'Ah!' thuirt mi rium fhìn. 'The good old *NG*.'

'What's the commission?' dh'fhaighnich mi.

Choimhead i sìos orm bho mhullach a' bhalla chugallaich.

'The commission is called 'From the Lone Shieling".

'Where would you like me to stand?' dh'fhaighnich mi.

'There,' thuirt i. 'Right where you are.'

'Right here? At the centre of the universe, as the old fool put it?'

'So,' dh' fhaighnich mi dhi às dèidh làimh fhad 's a choisich sinn tarsainn na boglaich chun a chàr aice, 'you just came today?'

'Yes. Just this morning.'

'And why didn't you bring your own silhouette with you? Or at least arrange one beforehand? We do have telephones, you know.'

'They're always best done impromptu. Setting everything up always ruins it.'

'Bare ruined choirs?'

Dh'fhaighnich i dhomh an robh mi ag iarraidh lioft 's thuirt mi nach robh – gun robh mi dol a choiseachd shìos air a' mhachaire.

'You can join me if you like,' thuirt mi. 'As long as you leave your camera in the car.'

Stad i tiotan.

'Don't worry,' thuirt mi. 'No-one will steal it. Especially if you leave the car open.'

Choisich sinn sìos tro ìochdar a' bhaile agus chluinninn na ceistean cùl nan cùrtairean.

'Nach e sin…?'

'Aidh – o aidh. 'S e gu dearbh. Ach cò am boireannach ud a tha còmhla ris?'

'Chan eil mi smaointinn gum buin i dhan àite. Chan eil mi smaointinn gum faca mi riamh reimhid i.'

'Och, 's e bhios ann tè dhe na caraidean aige on university, an seo air na saor-làithean.'

Choisich sinn seachad air an taigh mu dheireadh sa bhaile, far an robh am bùth cuideachd, agus timcheall Achadh an Tairbh a thug sinn gu rathad a' mhorghain a bha dol sìos dhan chladach. Bha an geata mòr air a cheangal le seann ùeir, 's mar sin dhìrich sinn tarsainn 's choisich sinn sìos tron ghainmhich aig oir nan achaidhean a bha dìreach air a bhith air am buain an latha roimhe. Bha fàileadh an fheòir fhathast làidir san àile o na cocannan.

'An interesting job, then?' thuirt mi. 'The Hebrides one month, Hawaii the next?'

'Wonderful,' fhreagair i. 'Couldn't be better. But I'd really rather not talk about my job. Look at that building over there. What is it?'

'The old seaweed factory.'

'Mmm.'

Choisich sinn a-null thuige. Dà mhablach de sheann làiridh a' meirgeadh air a' choincreat, agus na dorsan mòra iarainn a bh' air an fhactaraidh air an cliathaich san fheur.

'About twenty locals worked here until it closed a few months ago. I don't really know why it shut – I suspect artificial fertilisers are more economical.'

Ghluais sinn sìos seachad an fhactaraidh chun na tràghad. Mar bu dual, cha robh duine beò air, 's a' ghainmheach a' sìneadh a-mach à sealladh deas is tuath. Bha a' ghrian an impis dol fodha cùl Orasaigh.

'Your name – Margherita. It's not – common.'

'No, I don't suppose so. It means daisy. Italian. My grandfather was from Naples.'

'It would be Maighread in Gaelic. That means pearl.'

'Just call me Daisy.'

Choisich sinn, gun amas, oir cha robh adhbhar amas air rud sam bith. Uaireannan còmhla, 's uaireannan dh'fhalbhadh ise leatha fhèin sìos gu oir na mara, a' togail molag neo slige neo bad feamainn. Uaireannan, choisichinn-se suas dhan mhuran, far an robh cuid de sgudal an t-saoghail air tighinn air tìr – seann bhotalan, corcan, pìosan ròpa, canastairean ola. Bhiodh Seonaidh Beag cheana air falbh leis a chuid a b' fhiach. Turas fhuair e uaireadair am broinn bogsa meatailt: Rolex daoimean a bha dol cho math agus a latha chaidh a dhèanamh.

Choisich sinn gu tuath a dh'ionnsaigh taighean-cruinn Linn an Umha. Suas chnuic agus sìos thomain. Mar ruith a-mach 's a-steach a ghàirdeinean do mhàthar. Chan eil iongnadh gun robh na sìthichean a' fuireach an seo, slàn sàbhailte fon talamh, a' dannsa 's a' cluich. Rugar thu dhan ghrèin agus chaidh thu deiseil, a' bàsachadh anns an àite dhorcha gu tuath eadar siar is sear.

Mu dheireadh shuidh an dithis againn air toman beag aig oir a' mhachaire, a' coimhead deas a Bharraigh.

'What else have you planned?' I asked. 'While you're here.'

'The assignment is for a week. I spent two days in Lewis, a day in Harris, and now here. I fly off on Tuesday morning. The reporter was here two months ago. He gave me a list of things to photograph, and I'm just going through them, meticulously, one by one. Sheep, cattle, eagles, fishing-boats, stark Protestant churches, pretty Catholic ones, Marian shrines, empty shielings, single-track roads, old tractors, bicycles, close-ups of marram grass, water-lilies, and of course people. The older and more weather-beaten, the better.'

'And fanks with silhouettes?' dh'fhaighnich mi.

Rinn i gàire

'I got bored. Humanity always makes stone and grass more interesting.'

Choisich sinn air ais dhan bhaile.

'Maybe I could give you a hand while you're here over the next couple of days? I know all the places, and the people, around here so could make it just that bit easier for you?'

Dh' aontaich i, agus gu dearbha rinn e rudan nas fhasa dhi ann an iomadach dòigh – thug mi i a dh'fhaicinn Dr John, eòlaiche nan eun, a thug cuairt fhiosrachail dhi timcheall àrainneachd nan eun, agus thug mi suas i dh'fhaicinn Maighstir Ruairidh a bha deònach gu leòr seasadh na làn-èideadh dhi aig an altair le na cailisean òr na làimh, agus a dh'fhaicinn Aonghais Òig aig an robh am bàt'-iasgaich a b' fheàrr sa sgìre agus a bha gu math toilichte a toirt a-mach cùl Bhàgh Hartabhagh airson deilbh fhaighinn dhe na clèibh-giomaich a' tarraing, agus a dh'fhaicinn Peigi Eòin Bharraich a bha nis 110, ach fhathast a' fuireach na taigh-tughaidh fhèin. B' e sin na prìomh dhealbhan a nochd a-rithist anns an *National Geographic*, a dh'aindeoin an liosta a bha an neach-naidheachd ud eile à Washington air a thoirt dhi an toiseach.

Agus fhuair sinn eòlas air a chèile. Bha nòisein mhòr agam dhi: bha i brèagha, cliobhar agus dìomhair, ged a rinn i gu math soilleir nach robh miann sam bith aice dhòmhsa air an dòigh sin.

'I like you,' thuirt i. 'You'll need to do something with your life.'

'S cha do chuir sin dragh orm, oir 's fheàrr a bhith beò an dòchas. Cò aig tha fios. Ma chumas tu teann ri gnothach, nach iomadh rud àraid agus iongantach a thachras? Thòisich mi smaoineachadh sa Bheurla. Miracles can develop like photographs. Seall air Deirdre is Naoise, 's mar a shiubhail sgaradh gu gràdh. A' ghràin a bh' aig Saul air Crìosd mus do dh' atharraich e ainm. Can you learn to love? No, thuirt ise. It's a miracle.

'S mar sin dh'fhaighnich mi dhi, oir cha robh sìon ri chall. Ged a dh'fhaighnich mi e an toiseach mar sheòrsa de 'joke' -

'What then? What do think I should "do with my life?"'

Fhreagair i gun ìoranas sam bith, fhad 's a thuiginn.

'Leave here. Come with me to London. Get yourself a job. Get to know the world. Then you can come back here if you want.'

'When I am old and grey and full of sleep...?' thuirt mi

'Please yourself,' ars ise.

'S ghabh mi a comhairle. Dh'fhàg i cairt agam nuair a dh'fhalbh i air an itealan air an Dimàirt. Dr Margherita Johnson, Photographer, Chelsea.

'Phone me when you get to London,' thuirt i.

Rinn mi sin. Thàinig i mach gu Heathrow a choinneachadh rium agus fhuair sinn an trèan a-staigh dhan bhaile.

'Not so many silhouettes here?'

'More than you'd care to imagine.'

Bha spare-room aice, 's chaidil mi sin treis. Saoilidh mi gun robh sin ag obair dhìse cuideachd, oir gu tric bha i air falbh ag obair air assignments agus 's dòcha gun robh e nas sàbhailte cuideigin a bhith anns a' flat aig na h-amannan sin. Lorg i obair pàirt-ùine dhomh cuideachd, aig Colaiste Ealain Slade far am biodh i fhèin a' teagasg an-dràsta 's a-rithist.

An toiseach mar neach-cuidichidh, far an robh agam dìreach na stuthan – taois is eile – a dheisealachadh airson nan òraidichean agus airson nan oileanach, ach mhisnich i mi an uair sin mo CV a chur a-steach agus Module a theagasg dha na clasaichean-oidhche air Ealain Dùthchasach – The Art of Indigenous Cultures a thug iad air – agus feumadh gun robh an taisbeanadh agus an agallamh a rinn mi math gu leòr, oir thug iad dhomh cead sreath a dhèanamh air na rudan sin.

B' e seo an argamaid a bh' agam: gun robh na h-Ealain Lèirsinneach (le E agus L mhòr) air a bhith air am faicinn agus air an taisbeanadh anns an Rìoghachd Aonaichte mar ealain a' chanabhais agus a' ghaileiridh, agus mar shnaigheadaireachd an taisbeanaidh agus a' ghàrraidh, agus gun robh sin fhèin gan dèanamh nan Ealain a bhuineadh dhan bhourgeoisie, oir b' e iadsan an aon chlas aig an robh airgead is cothrom na gnothaichean sin fhaighinn. Mar sin, thuirt mi, bha ealain nam bochd air a chur ann an suarachas.

Bha amannan ann. Dh'fheuch sinn. Dh'fheuch sinn ann an da-rìreabh. Neo dh'fheuch mise co-dhiù. Bha i air a bhith air falbh a' togail dhealbhan ann an ceann a tuath Afraga agus thìll i ann am fìor dheagh shunnd, às dèidh a bhith siubhal fad trì mìosan ann an teantaichean còmhla le treubh dhen Yahia Bedouin an taobh sear Morocco. Chaidh mi mach chun a' phort-adhar a choinneachadh rithe. Bha i coimhead dìreach àlainn: a' deàrrsadh le slàinte a bha cho eu-choltach ri na tanaichean clis air na dròbhan a bha tighinn o làithean-saora na Spàinne.

Chaidil sinn còmhla airson a' chiad turas an oidhche sin, agus bha e dìreach brèagha fhèin. Cha robh sìon ceàrr nuair a laigh sinn air ais às dèidh làimh, a' smocadh agus a' bruidhinn. Bha i air ciogaireats iongantach a thoirt air ais à Marrakech. Bha mi làn chinnteach gun robh iad air an treabhadh troimhe le marijuana, ach thuirt i nach robh, agus chreid mi i.

'Och, chan eil chan eil chan eil' thuirt i. 'I saw the man himself, Attayak Ali, making them and rolling them. Just pure black Moroccan tobacco. The spiced coconut oil is what gives it the zing.'

Bha amannan sònraicht' againn còmhla, air an dèanamh nas mìlse, saoilidh mi, o chionns gun robh fhios againn nach maireadh e. Gun a bhith robh mhilis mu dheidhinn, coltach ri tè dhe na dol-fodha-grèinean ud a tha cho tlachdmhor o chionns gu bheil fhios agad nach fhaic thu tuilleadh e, agus chan ann o chionns nach tachair e mar sin a-rithist an ath oidhch' ach o chionns gu bheil fhios agad nach bi thus' ann an uair sin, oir bidh thu air an itealan dhachaigh, neo air dràibheadh air adhart dhan ath bhaile, neo air bus neo trèan a ghlacadh a dh'àiteigin eile. 'S mar sin, fuirichidh tu, ga shìneadh a-mach, 's fosglaidh tu crogan leanna eile air an tràigh 's cuiridh tu dòrlach eile de dh'fhiodh air an teine, ach aon uair 's gun tig a' ghrian fodha, thig cianalas air choreigin, a dh'aindeoin gach mìle oidhirp air aoibhneas. 'S falbhaidh cuid an uair sin, sìos an tràigh, neo suas dha na taighean-seinnse 's tha teine a' bharbecue air fhàgail a' crìonadh anns a' chiaradh.

Tha mi feuchainn ri cuimhneachadh anns an dorchadas. 'S chan eil buileach cuimhn'm air rudan ceart. Cumadh a beòil neo dath a sùilean neo a h-àirde neo a guth neo mar a bhiodh i seasamh. Bha i àrd is seang is àlainn 's a' gluasad gu h-ealanta le gàire sònraichte agus làn beatha ach chan urrainn dhomh a bheatha sin ainmeachadh. 'S dòcha nach eil sin gu diofar ged a tha cuimhn'm cho prìseil agus a bha gach rud beag bìodach mionaideach mu deidhinn aig an àm. An aon rud air a bheil cuimhn'm a-nis 's e ar aoibhneas a bhith òg is beò.

Dhealaich sinn gun trod sam bith, 's chithinn i an-dràsta 's a-rithist 's ghabhamaid cofaidh 's dh'ùraicheadh sinn naidheachdan bheaga a chèile, oir cha robh mi air gluasad cho fada sin air falbh – dìreach gu Parsons Green. Chùm mi orm le mo clasaichean-oidhche aig an Slade, ach cuideachd ghabh mi obair feadh an latha mar bhàr-man ann an taigh-seinnse An White Horse. Bàr ainmeil a bh' anns An Each Bhàn, a' frithealadh luchd-obrach na Seirbheis Chatharra a bha anns na h-oifisean timcheall an àite, agus dh'fhàs mi eòlach gu leòr air feadhainn dhiubh, a thuirt leam gum bu chòir dhomh fhèin cur a-steach airson obair anns an t-Seirbheis. Rinn mi sin.

Bha an deuchainn-inntrigidh furasta gu leòr, agus le beagan taic o na h-òladairean a dh'fhosgail doras neo dhà dhomh, fhuair mi steach dhan Diplomatic Service, an toiseach mar neach-cuideachaidh ann an Oifis a' Cho-Laighis, agus an uair sin mar oifigeir le inbhe ann an Oifis nam Visas agus Imrich a bha stèidhichte ann am Copenhagen.

Bha agam dìreach ris na foirmichean a bha ceangailte ri Visas a làimhseachadh ann an dòigh cothromach a rèir riaghailtean na Seirbhis Chatharra, agus bha sin furasta gu leòr oir bha thu mar sin seachad air faireachdainnean agus dìreach a' cur cromag neo crois air beulaibh sreath de cheistean. Trì croisean agus cha robh thu faighinn Visa. Mura pàigheadh tu, agus sin mar a rinn mi fortan beag a thug comhfhurtachd gu leòr dhomh airson ùine, gus an tàinig an ceannard ùr Cuimreach seo a fhuair a-mach mun fhoill a bha dol agus a thug a' bhròg dhuinn.

Thill mi a Lunnainn, far an d' fhuair mi seòmar air mhàl ann an Greenwich. Aig meadhain na cruinne. Bhiodh mo phàrantan ag èisteachd ris an Shipping Forecast. Tyne, Dogger, Fisher, German Bight. Malin, Hebrides, Minches. Force 8. Imminent. Cha bu toigh le mo mhàthair am facal sin. Bha triùir bràithrean air a bhith aice, a chaidh am bàthadh ann an gèile mòr fhad 's a bha iad a-muigh ag iasgach. Greenwich Mean Time. Tha an saoghal air a thomhas bhon a seo. Longitude 0°. Thadhail mi air an Observatory. Sheas mi air A' Mheridean Line, aon chas anns a Hemisphere an Ear, a chas eile anns a' chruinne siar. Thug fear-iùil timcheall sinn. 'Every place on Earth is measured in terms of its distance east or west of this line,' thuirt e.

Tha an togalach fhèin cho àlainn. Smaoinich air seo agus St Paul's a thogail. Cheannaich mi cairt-post a bha ag ràdh 'The centre of world time'. Bha mi ciallachadh a chur gu mo phàrantan, ach chan fhuilingeadh iad a' bhreug, agus mar sin sgrìobh mi a' chairt a mach gu Margherita, ach cha do phost mi riamh e.

Chaidh mi sìos gu na docaichean. Tha mi cinnteach gum bu chòir dhomh ràdh gun robh seo uile mus do dh'atharraich bruachan an Thames gu bhith na oighreachd taigheadais. Bha St Katherine's Dock a' dol mar an donas, stobte le bàtaichean mòra 's le cràinichean 's le docairean, 's nuair a choisich mi seachad air London Seamanship College a bha dìreach shuas bho na docaichean, stad mi a choimhead air a' phostair àlainn a bh' anns an uinneig. 'A Career at Sea' thuirt e aig a' mhullach, agus ann an litrichean nas lugha aig a' bhonn fo dhealbh de shoitheach eireachdail air acair ann am bàgh fo speuran gorma, 'Mount Fujiyama on a June morning'. Chaidh mi steach agus dh'fhaighnich mi dhan bhoireannach aig reception airson tuilleadh fiosrachaidh 's thug i dhomh cnap mòr de dh'irisean agus de fhoirmichean airson a' Mherchant Navy, a thug mi leam dhachaigh.

Bha grunn thaghaidhean ann: catering, obair-deice, navigation, obair-rèidio, einsinnearadh. Thug mi sùil gheur air na dh'fheumadh tu airson navigation a dhèanamh, lìon mi steach na foirmichean agus phost mi iad. Fhuair mi an litir an ath Dhisathairne, ag iarraidh orm a dhol a-mach gu Colaiste na Mara aig Gravesend air an Diluain. B' e tè dhe na làithean bruthainneach ud a gheibh thu ann an Lunnainn san Lùnastal a bh' ann. Bha fiù's an Thames fhèin mar gun robh dath air choreigin innte. Shuidh mi àrd shuas air a' bhus, seachad air Hyde Park far an robh na mìltean a' gabhail na grèine, 's gun aon umbrella neo bowler-hat ri fhaicinn os cionn ceann nuair chaidh sinn sìos Am Mall. Bha a' Cholaiste ann an seann togalach àlainn Gothic aig Chalk Marshes: Boglach na Cailc, tha fhios. Nach ann às an sin cuideachd a thàinig Chelsea: Abhainn na Cailc?

A dh'aindeoin an teas, bha na seòmraichean mòra fionnar fuar. Bha inneal glanadh-bhrògan anns an oisein air an làrach a b' ìsle. Chaidh mi null agus sheas mi an sin le mo chasan sna claisean ag èisteachd ri sguabadh is lìomhadh mo bhrògan gus an robh iad a' deàrrsadh mar sgàthan rìgh. Riamh on latha sin cha deach mi seachad air tè dhe na h-innealan sin gun mi fhìn a sgiòblachadh suas. Gu mi-fhortannach tha iad a-nis air a dhol a-mach à fasan, mur a bheil à bith.

Chaidh mo thoirt suas chun an ùrlair a b' àirde – tha cuimhn'm gun do choisich sinn, ged a bha lioft ri faicinn, far an deach mo stiùireadh a-steach do rùm far an robh fear le èideadh spaideil an sgiobair na shuidhe air cùl deasca. Bha e na lèine, le bannan buidhe air a ghuailnean, agus ad air a' bhòrd air a' bheulaibh.

Dh'fhàillig mi aig a chiad sheòladh. Rannsaich e am foirm a bha mi air lìonadh a-steach, chuir e sin gu aon taobh agus thug e dhomh cairt-chearclach agus speuclairean mòra dubha. Dh'iarr e orm na speuclairean a chur orm agus innse dha dè an dath a bha mi a' faicinn air a' chairt a bha e fhèin a' sgaoileadh air mo bheulaibh.

'Red,' thuirt mi.

Thionndaidh e a' chairt, taobh na grèine.

'Blue,' thuirt mi. 'Yellow. Orange. Green. Indigo. Purple.'

Chuir e a' chairt sìos aon uair 's gun tug mi mo speuclairean dhìom.

'Sorry,' thuirt e. 'Colour-blind. It needs to be perfect before acceptance. Sorry to have taken you so far out of your way.'

Sheas e suas agus shìn e mach a làmh. Duine àrd foghainteach.

'Best of luck. Maybe you could try the police?'

Air an rathad air ais chuir mi na ceistean orm fhèin a-mach tro uinneag a' bhus. Sglèatan dubh. Black, thuirt mi. Red. Tha fhios nach b' e sin an trioblaid: gur e dearg, no ruadh a bha sin. Bha boireannach le còta brèagha gorm a' coiseachd sìos Oxford Street. Neo an ann liath a bha e? Air Sràid Oxford. Bha slaidhd na cloinne anns a' phàirce-cluiche buidhe. Yellow, nach e? Dh' atharraich na solais o dhearg gu orains. Bha cuimhn'm air an sin: gur e sin a bhiodh a' tachairt. Bha sreath ann: uaine, orains, dearg. Dearg orains uaine. Ach nam biodh e aig orains dh'fhaodadh e dhol taobh seach taobh. Cha robh fhios agad. 'S co-dhiù, dè bh' ann an Orains? Nach e ruadh a bh' ann? B' e sin a chleachdadh Alasdair. An Abhainn Ruadh. Oir dè an gnothach a bh' aig orains anns an t-saoghal ud far an robh am meas cho ainneamh agus far nach tàinig na solais-trafaig fhathast? Far an robh uaine gorm neo glas. 'S dòcha nach robh mi dathach-dall idir, a dh'aindeoin an sgiobair. Dìreach gur e cairt eile air an robh mi eòlach, òg agus gun robh mi.

Tha e mar an-dè. Sìnidh mi mach mo làmh agus fairichidh mi an *starch* na lèine a bha ga fàgail cho àlainn agus cho rèidh, leis an Snaidhm Nelson ud air a ghuailnean. 'S tha cuimhn'm air a' bhràiste a bh' air ad: acair òr taobh a-staigh cearcall dearg a bha air a cuartachadh le cearcall de dhuilleagan daraich. Ciamar a bha na dathan sin cho soilleir dhomh aig an àm agus cho soilleir fhathast na mo chuimhne? 'S tha cuimhn'm air fàileadh milis fann an tombaca bhuaithe, agus an dòigh tiamhaidh anns an do sheas e aig an àrd-uinneig a' coimhead sìos às mo dhèidh nuair a dh'fhàg mi an togalach.

'S ri linn sin cha deach mi gu muir. An àite sin, airson adhbharan a tha cho mì-chinnteach agus cho sgleòthach an coimeas ris an là ud, chrìochnaich mi mar thidsear. Bidh mi nis a' smaoineachadh mun duin' ud. Dè na ceumannan cinnteach – neo na gluasadan mi-chinnteach – a dh'fhàg esan aig mullach an togalaich àird ud na mhuilchinnean rùisgte air an latha teth samhraidh ud? 'S toigh leam smaoineachadh gun do lean esan a chridhe – gum faca esan postair cuideachd aon latha na òige, agus o chionns nach robh esan dathach-dall gum fac' e seachd mìorbhailean an t-saoghail, a' ghrian ag èirigh os cionn Beinn Fujiyama air Madainn Ògmhios nam measg. Bhiodh e còrr is 100 bliadhna dh'aois a-nis ma tha e beò fhathast.

'S nam biodh an cothrom agam a-rithist dh'fhaighnichinn dha mun h-uile rud sin: cò leis a bha Rio coltach às t-Earrach, agus an Gulf of Mexico ann an stoirm, agus cò leis a bha e coltach a bhith seòladh tron Suez Canal mus tàinig am blockade. Ach bhiodh e air coimhead orm le na sùilean dorcha gorm ud agus air fiosrachadh a thoirt dhomh, nuair bha mise ag iarraidh cluinntinn mun bhàrdachd agus mun eagal. Ach coltach rium fhèin, tha mi cinnteach nach do dh'innis e na rudan sin do dhuine sam bith. Neo ma dh'innis, cha tug iad èisteachd dha.

Nuair a thòisich mi teagasg an toiseach bha balcony-flat agam air mhàl a cheannaich mi aon uair 's gun do phòs mi Marion. Bha cailleach Ruiseanach a' fuireach shìos an staidhre, agus aon uair 's gun do ghluais ise a null gu St John's Wood far an robh a mac a' fuireach cheannaich mi fhèin agus Marion am flat aice-se cuideachd eadarainn, agus thug sin dhuinn flat brèagha le ceithir seòmraichean ann an deagh phàirt de Lunnainn.

Bha na seòmraichean-cadail agus an cidsin shìos an staidhre ann an seann flat na caillich Ruiseanach, agus fhuair sinn saor a rinn staidhre-daraich suas dhan t-seann flat bheag againn fhèin agus thionndaidh sinn sin a-steach gu seòrsa de atrium a bha mar sheòmar-suidhe le gàradh organach air mullach an taighe. 'S iomadh oidhche samhraidh a shuidh an dithis againn an sin gu socair a' leughadh leabhar agus ag òl fìon agus a' coimhead a-mach a-null tarsainn solais Lunnainn.

B' ann à York a bha Marion, ged a bha a teaghlach-se taobh a màthar cuideachd à Alba o thùs, air ais mun ochdamh linn deug. B' e tidsear a bh' innte-se cuideachd, ach ann an roinn gu math eadar-dhealaichte bhuamsa: Microbiology. Bha i teagasg a' chuspair sin aig King's College, agus ged nach biodh ann ach na rinn i airson mo shlàinte bhithinn taingeil dhi – cha tug i fada gus an do dh'innis i dhomh cho cunnartach agus a bha cuid dhe na rudan a bha mi ag ithe agus ag òl agus a' smocadh!

Choinnich mi rithe aig co-labhairt far an robh sgoiltean agus colaistean agus oilthighean na rìoghachd air tighinn còmhla airson seasamh an aghaidh nan gearraidhean a bha an Riaghaltas a' bagairt air foghlam. Agus bha sin fada mus do nochd Maighread bheannaichte air fàire! Saoilidh mi gur ann ri linn Ted Heath a bha sin, ged a b' e ainm Keith Joseph a bha sinn ag èigheach aig an àm mar ainm an donais.

Bha pòsadh taitneach, snog againn a mhair, agus b' e an aon sgleò nach robh comas againn clann a bhith againn. Bhruidhinn sinn air IVF agus air uchd-mhacachd gun teagamh, ach dh' fhàg sinn e. Cha robh iarraidh mòr sam bith againn mar sin, agus dìreach cho-dhùin sinn gun ar neart – neo ar n-airgead – a chosg an taobh sin.

Rinn Marion i fhèin gu math a thaobh a h-obrach. Bha ise cuideachd na Ceannard air Roinn (Parasitology) airson ùine ach ghluais i an uair sin a-null gu Rianachd, a' crìochnachadh le àrd-dhreuchd a' Phrionnsabail. Dreuchd a rinn i mar dhleastanas seach mar ghairm.

'It's critical for the well-being of the institution,' thuirt i. 'I know full well it means endless long boring meetings, and often huge compromises, but someone's got to do it, and I firmly believe that in the long-run it will be for the benefit of all the students.'

Agus rinn i ìobairt dhith fhèin air an son, ged a mharbh sin i aig a cheann thall.

Tha mi cho sgìth. A Dhia, nach mi tha sgìth. An e creideamh a tha sin? A bhith a' gairm air ainm. Ciamar a thachair e uile? Agus cho luath cuideachd. Uaireannan cuimhnichidh mi m' ainm, mar a bha e an uair sin. Alasdair. Mar a chuireadh mo mhàthair cuideam air a' chiad dà litir, 's gum biodh an còrr dhem ainm a' fuaimneachadh mar cheist nach feumadh freagairt. Al cho fìor làidir agus an uair sin an asdair seòrsa de amen. Thug mi sin orm fhèin airson greis. Al. Big Al, mar a chanadh iad. Neo Ally, nuair a chluichinn ball-coise. Bhiodh Ali Mohamed a' tighinn timcheall toiseach gach earrach le ceas mòr draoidheil làn aodaich. Nuair a dh'fhosgladh e an ceas cha chreideadh tu na bha na bhroinn: vestaichean, drathaisean, lèintean, briogaisean, geansaidhean, cip, neàpraigean, stocainnean agus gnothaichean dìomhair eile a bhiodh mo mhàthair a' faicinn. Bhiodh Ali a' giùlain a' cheas air a' dhruim air a bhaidhsagal, agus mar sin ciamar a bha e daonnan loma-làn aig gach taigh, a dh'aindeoin 's na cheannaicheadh daoine?

Bidh mi laighe nam dhùisg air an oidhche a' beachdachadh air cho luath agus a thachair cùisean. An toiseach slaodach, cianail slaodach, mar ann am film slow-motion. B' àbhaist dhuinn a bhith dèanamh sheileastairean. Bàtaichean-sheileistear. Bhiodh an fheadhainn a b' fheàrr a' fàs mun lòn bheag deas air an abhainn. Spìonadh tu tè, ghearradh tu troimhpe led fhiaclan, lùbadh tu air ais an gob tana ron toll agus siud agad e abracadabra seòlaidh mise null gu dùthaich chaomh mo rùin fàilte rubha bhatarnais: bàta-seileastair a bheireadh tarsainn na h-Atlantaig fhèin thu cho fada ri Aimearagaidh.

B' e an t-seann drochaid an t-àite b' fheàrr airson a lainseadh. Dh'fhaodadh tu seasadh air a' chloich mhòr rèidh aig bonn na drochaid agus am bàta a leigeil às. Agus b' e seo an cleas: ruith an uair sin cho luath 's a b' urrainn dhut suas an cnoc, tarsainn na drochaid, agus sìos an taobh eile feuch 's an ruigeadh tu sin mus seòladh an seileastair seachad. Uaireannan ruigeadh, agus uaireannan cha ruigeadh. Bha e uile a rèir. Ma bha i air a bhith a' sileadh gu trom agus an sruth a' ruith gu làidir cha robh teansa sam bith agad: ge brith dè cho luath 's a ruitheadh tu neo a leumadh tu, mus ruighinneadh tu mullach na drochaid bhiodh an seileastair a' taomadh seachad sìos an taobh eile, a-mach à sealladh. B' e an trioblaid mhòr eile na clachan a bh' anns an abhainn – ma bha sìde tioram air a bhith ann, agus uisge na h-aibhne ìseal, 's gann gum b' fhiach feuchainn oir gu ceart cinnteach stuigeadh an soitheach-seileastair agad eadar na clachan, 's dè am feum do mharaiche a bhith tioram air tìr?

B' ann dìreach ainneamh a ghlèidheadh tu. Nuair

gheobhadh tu an seileastair a bha dìreach ceart; nuair ghearradh d' fhiaclan toll tana biorach, nach robh ro chumhang neo ro fharsaing, nach robh ro fhada neo ro ghoirid; nuair a' lùbadh tu am mullach air ais gu socair, gun bhristeadh; nuair bhiodh an abhainn fhèin a' ruith gu saoirsneachail, ach chan ann ro luath neo ro shlaodach. Bu chòir dhan t-saoghal a bhith foirfe.

Nuair a rachadh am facal na fheòil chreideadh tu, do chridhe sgaoileadh le dòchas fhad 's a thilg thu an seileastair a laigh air an uisge mar itealan-mara agus a sheòl eadar na creagan agus a dh'fhuirich riut gus an do ràinig thu mullach na drochaid a' coimhead sìos air a Qhueen Mary a' seòladh na h-Atlantaig agus an Statue of Liberty le a gàirdean fosgailte air a beulaibh 's tu ga togail a-rithist airson cuairt eile, an turas seo gu deas seachad air Cape Horn neo an Cape of Good Hope neo fiù 's Cape Canaveral nuair thàinig e gu na làithean ùra sona sin.

Tha a h-anail air fàs fann. 'S gann gum faic mi e. Lag. Cha robh fhios a'm gun robh sìon lag an uair sin. Fiù 's air an latha samhraidh a bu chiùine, bhiodh rudeigin a' gluasad. Sgòthan. Seonaidh Dhòmhnaill Alasdair, neo Seasag Ruairidh Raghnaill le bata às dèidh an tairbh. Geòidh neo tunnagan, cearcan, coin, bàtaichean. Càr an t-sagairt. Càr a' mhinisteir. Bus MacBrayne's. Itealan àrd shuas anns na speuran gorma, agus a' churracag air feasgar earraich.

'S dòcha gum b' e a' ghealach a b' fhaisg air an staid seo. Anmoch às t-fhoghar, aon uair 's gun robh a' bhuain seachad: b' e sin àm na gealaich. Gealach shlàn air 23mh Sultain. Diardaoin a bh' ann. Na cocannan-feòir is arbhair uile tèarainte anns an iodhlainn. A' tilleadh on mhachaire chunna mi na geòidh a' dol gu deas. Bha a' ghealach os

cionn Èiseabhail. Bha i ruadh. She was orange, thuirt mi ri
Margherita a-rithist. Gealach an abachaidh. Cha robh sìon
a' gluasad. Cha chluinneadh tu fiù's fuaim na mara. Bha i
sruthadh solas fann air uachdar na talmhainn. Mar seo. Gus
an do dh'fhàs na creagan agus an abhainn agus an taigh
againn agus fiù's an eaglais air mullach a' chnuic beag. Ged a
sheasainn air mullach na beinn às àirde air mo chorra-bhiod
cha ruiginn i. A' ghealach agus a' ghrian boireann, agus an
talamh fireann. An cuan, a' mhuir, an fhairge an dà chuid.

Bha comas aig ar nàbaidh a bhith ann an dà àite aig an
aon àm. Mìcheal a bh' air, agus chan ann a-mhàin gun robh
an dàrna sealladh aige ach bhiodh An Sluagh ga thoirt air
falbh. Thigeadh iad air a shon aig ciaradh an fheasgair, tron
uinneig shiair, ga ghiùlain sear siar tuath deas. Bha e fhèin,
Niall Sgròb, air an toiseach agus thuirt Mìcheal rium gun
tug iad e thairis a' chuain gu àite a bha deàrrsadh le solais.
Dh'fhaighnich mi ciamar a ghiùlain iad e.

'O, le làimh,' thuirt e. 'Dìreach mar a threòraicheadh tu
pàiste.'

Mar phàiste, bha an comas agamsa cuideachd a bhith
ann an dà àite aig an aon àm. Tha cuimhn'm turas nuair
a bha mi beag a bhith coiseachd tarsainn a' mhonaidh lem
mhàthair, ruith mi air adhart agus nuair a choimhead mi air
ais chunna mi an dithis againn a' coiseachd còmhla thugam.
'S cha robh e dìreach ag obrachadh nuair a choimheadadh
tu air ais. Latha eile bha mi spealadh an fheòir còmhla lem
athair nuair a thug mi sùil a-null dhan ath achadh far an
robh mi fhìn 's e fhèin nar suidhe taobh ri taobh air seann
chrann a' cumail grèim air làmhan a chèile. Tha aithreachas
orm a nis gun robh dà àite ann.

Tha mi cumail grèim air a làimh-se a-nis. Grèim teann.
Lag. Grèim mar a chùm mi nuair a chuir mi am fàinne mu
meur. Òrdag. Colgag. Fionnlagh Fada. Mac an Aba. Cuiteag.

Fàinne òr. A tha nis ro mhòr. Làmh a chùm mi ann an Cornwall agus ann an St Tropez nuair a chaidh sinn an sin airson mìos nam pòg. Mìos agus pòg. I do. Yes, and I will, yes I do, yes and and yes and yes and yes, mar a thuirt Moilidh. No no no no, mar a thuirt Margherita chòir ann an amannan na b' fheàrr. Bidh mi leughadh mu deidhinn an-dràsta 's a-rithist bhon an retreat aice ann an New Mexico. Boireannach àlainn, dìreach agus onarach. Mar a bha Marion.

Chan eil mi airson mo... mo aithreachas... a h-ìsleachadh, oir bha ise cuideachd dìreach is onarach. Bha i daonnan deiseil airson maitheanas a thoirt seachad agus a' saoilsinn, mar a tha sinn uile, gun robh an saoghal air a dèanamh na h-ìomhaigh fhèin. Mar sin bha e cho doirbh dhi tuigsinn gun robh daoine ann nach toireadh maitheanas, agus a ghiùlaineadh gach gearain beag gu sìorraidh, mar gum b' urrainn dhaibh dèanamh na b' fheàrr na Sisyphus.

Bha i okaidh, ok? 'S chan e fèin-thruas sam bith a th' ann an sìon dheth. Ge brith dè eile, a Thighearna, sàbhail mi bhon a sin.

Tha uaireannan maidne ann nuair a dhùisgeas mi ann an glasadh an latha, 's tha mi air ais an siud. Tha i blàth, 's tha seòrsa de fhuaim bog ciùrranach ri chluinntinn fad às, agus bicycle-clips a' dol air adhbhrainn m' athar, agus doras òbhainn an stòbh a' dùnadh. Nì e glag a' dùnadh agus clug a' fosgladh. 'S tha fàileadh nam breacagan-Innseanach air a' ghreideil, agus aon uair 's gun gabh sinn iad coisichidh sinn tuath gu Roghasdail a dh'fhaicinn a bheil na gillean deiseil airson gèam.

Tha mi cho toilichte gun do chuir Dad am ball air dhòigh an dè: chan aithnicheadh tu a-nis gun deach an leathar fhuaigheil. Ma chluicheas mi aig outside-left bidh sin nas fheàrr, oir tha mi cho eòlach air na tuill 's na tomain 's na bruthaichean gainmhich. Tha mo phiuthar as sine a' seinn, agus tha na faclan gun mhearachd agam fhìn a nis cuideachd: it's now or never, come hold me tight, kiss me my darling, be mine tonight. Agus tha mi cuimhneachadh gur e seo Lunnainn, an-dràsta, agus nach fhaic mi iad gu bràth tuilleadh.

'S an uair sin chuimhnich mi oirre-se. Dìreach mar siud, a-mach às a' ghuth-thàmh mar gum bitheadh, gun adhbhar follaiseach sam bith, fhad 's a shuidh mi aig bòrd a-muigh ann an cafe ann am Paris ann an grèin an t-Sultain. Air *rue de Richelieu* far am bithinn a' dol gach madainn airson steall dùblaichte dhen espresso: seann fhasan a bha mi air a leigeil air ais a-steach on a dh' eug Marion. Sin agus Gauloise an-dràsta 's a-rithist agus glainne neo dhà de dh'fhìon dearg air an fheasgar. Thuirt mo dheagh charaid Doctor Jacques, a bhiodh a' cluich tàileisg còmhla rium trì uairean san t-seachdain, gur e sin an rud a b' fheàrr san t-saoghal dhomh:

'Chan ann a-mhàin math airson do chridhe, ach nas fheàrr buileach dhad spiorad! Sante!'

Bha sinn daonnan air a bhith a' bruidhinn mu dheidhinn gluasad gu Paris 's cha d' fhuair sinn riamh timcheall thuige, ach nuair a dh'fhàs i tinn thug sinn cead dhuinn fhèin imrich a-null.

Cha robh sìon ri chall co-dhiù. Leis mar a bha prìsean air a dhol, reic an taigh againn ann an St John's Wood airson fortan, agus le pàirt dhen airgead cheannaich sinn *maison de ville* àlainn anns an 6mh *arrondissement* dìreach ri taobh an Jardin du Luxemburg, far am bithinn ga toirt timcheall nan lochan beaga an sin anns an t-sèithear-chuibhle gach latha. Bha i treun anns gach cràdh agus bha e na chomfhurtachd dhuinn gun d' fhuair sinn cothrom anns na làithean deireannach sin iomadach rud beag simplidh a dhèanamh ri chèile, a rinn an ìobairt a rinn sinn air ar beatha nas fhasa ghiùlain.

Bhiodh iad a' cumail rèisean iataichean-tòidh ann an lòintean a' ghàrraidh, agus bhiodh na bodaich a bhiodh ris – agus iad cho farpaiseach, mar chloinn bheag bhìodach! – a' toirt fàilte mhòr dhuinn agus iad cho dùrachdach gum faigheadh Marion sìos faisg air cridhe nan rèisean. Phutadh iad an sèithear-cuibhle aice sìos gu oir nan lòintean far am faiceadh i na iataichean beaga fuadan a' rèiseadh air ais 's air adhart.

Iataichean àlainn aig gach bodach, le an dathan agus an comharran fhèin: dearg le loidhne ghorm timcheall an oir aig Pierre; buidhe le rionnag òr aig Ruel; uaine le striopan geal aig Hans, agus iad uile nan suidhe an sin airson uairean mòra a thìde ron rèis gan lìomhadh 's gan glanadh 's a dèanamh cinnteach gun robh na siùil mar bu chòir. An toileachas a fhuair sinn à èighean nam bodach 's iad a' misneachadh nan galleons aca tarsainn an lòin: *Mon Dieu! Sacre Bleau! J'en ai morre! C'est dans la poche!* glaodhan buaidh neo bàis, 's an uair sin am basan air dromannan a chèile nuair a ghlèidh Ruel turas eile, neo airson a' chiad uair.

Agus chuimhnich mi oirre an sin, gu h-obann, i na stad tiotan air an staidhre a' dol suas fhad 's a bha mise a' teàrnadh eadar an deic agus an taigh-bidhe.

'Duilich,' tha cuimhn'm a ràdh rithe, a' feuchainn ri seasamh gu aon taobh, 's mar a rinn i gàire 's mar a thuirt i,

'O, na gabh dragh – gheibh mi seachad.'

Bha mi airson a gàirdean a shuathadh nuair chaidh i seachad, ach chùm mi mo làmh agus dh' falbh i. Bha an *rue de Richelieu* a' lìonadh suas le luchd-obrach nan oifisean 's nam bùitean a' tighinn airson an lòn, 's nuair a sheas mi suas dh'fhairich mi fàileadh cùbhraidh an jasmine ag èiridh bho fhear a bha dol seachad air baidhsagal is cnap shìtheinen aige fo achlais airson a bhean neo a leannan.

7

BHA LÀITHEAN GEALA aig Alasdair agus Ceit leis a' bhàta. Chan ann dìreach air latha mòr na lainseadh ach gach là às a dhèidh, gun diofar an robh am bàta air muir neo air tìr. Bha an t-Sultain agus an Dàmhair cianail math a' bhliadhn' ud: làithean fada soilleir tioram gun mòran gaoithe ach na thogadh an cridhe. Fad an dà mhìos sin bha iad a-muigh sa bhàta cha mhòr gach latha. Tè dhe na fogharaichean ainmeil sin a bheireadh dhut fasgadh is toradh gach taobh an rachadh tu: iasg air gach tarraing agus peile bainne leis gach bleoghainn.

'Foghar gu Nollaig, Is Geamhradh gu Fèill Pàdraig; Earrach gu Fèill Peadair; Samhradh gu Fèill Màrtainn.' Bu tric a chuala mi an duan o Alasdair. Bha dùil aige an sgoth a thoirt air tìr aig àm na Fèill Mhìcheil, ach on a bha an aimsir cho math chùm e muigh i, agus cha do thòisich e a' deisealachadh airson a' gheamhraidh gu a-null gu deireadh an Dàmhair. Thug e suas chun a' chladaich i air Latha nan Uile Naomh, agus bha i tèarainte seasgair aige anns an t-seann bhàthaich mus tàinig a' chiad ghèile mòr aig toiseach an Dùbhlachd.

Chuir Alasdair an geamhradh sin seachad a' coimhead

às dèidh a' bhàta: a' glanadh nam pàirtean sin a bha cheana
air an truailleadh beagan, a fhuair sgròban is buillean an
siud 's an seo fhad 's a bha iad a-muigh ag iasgach, agus a'
cur rudan beaga snasail a bharrachd ris an eathar nach d'
fhuair Ruairidh Mòr neo mi fhìn an cothrom a dhèanamh.
Chuir e cluasagan beaga air an t-suidheachan-cùil, ghlan
e sìos agus pheant e an deireadh às ùr, chuir e pìosan de
mhaidean beaga air a' gheàrr-bhòrd, locraich e oirean an
fhliuch-bhùird agus theannaich e na sùdhain agus na cìrean-
tarsainn, agus ghlan e suas an acair fhèin – gnothach a tha
luchd-mara buailteach fhàgail san diochuimhn'! Dheàlraich
a' ghrian air bàta deàrrsach nuair thàinig Earrach eile.

Chuir iad air bhog a-rithist i air Latha Naomh Pàdraig,
ann am fras uisge a thàinig gun dùil on iar. 'Bu chòir fios a
bhith agam,' thuirt e. 'Reothairt na Fèill Moire 's boille na
Fèill Pàdraig.'

Ach b' fheudar dha cùisean a chothromachadh: dèiligeadh
leis an uisge bh' ann, neo aghaidh a chur ri sealbh. B' fheàrr
am baga bhogadh, mar bu dual, ron Fhèill. Bha fhios
aige gun robh dòigh timcheall sin: bhiodh cuid dìreach a'
crathadh uisge na mara air bùird a' bhàta ron Fhèill, ach cha
b' e sin Alasdair. Ma bha thu a dèanamh rud, dèan ceart e.

Bha e air a dhòigh – air a dhearbhadh – nuair dh'fhalbh am
fras-uisge, a' fàgail muir ghorm chiùin cho fad 's a chitheadh
sùil. Ciùineachadh nan uisgeachan. Ghabh Ceit na ràimh 's
iad a' dèanamh air an eara-thuath a-null gu Bàgh an Dùin
Mhòir far an robh an tràigh mhuirsgein. Dh'acraich iad an
sgoth an sin agus ghrunnaich iad fhèin chun na tràghad,
pucaid anns gach làimh.

Bha gnothaichean dìreach ceart: reothairt mòr na Fèill
Pàdraig. Tràigh mhòr far am faiceadh tu na làraichean,
fhad 's a bha an t-sùil agad. Rud a bha aig an dithis aca.
Ceum air cheum gu faiceallach air adhart. An gluasad cha

mhòr do-fhaicsinneach sa ghainmhich, agus cho luath 's a dh'fheumadh tu crùbadh sìos an uair sin agus do mheuran a' stobadh a-steach son grèim fhaighinn air an iasg.

Bha iad a-nis aig an aois far an robh beannachd a' coinneachadh riutha a h-uile turas a' lùbadh iad agus a sheasadh iad. Deagh dhòrlach anns gach pucaid.Ghrunnaich iad timcheall an rubha far an robh tràigh nan eisirean. An ceann ùine bha na pucaidean eile làn dhiubha-san.

Dh'fhàg iad cuid aig Iain agus Seasag agus cuid eile aig Seonag Bheag, agus chòcairich iad an còrr ann an ìm an oidhche sin fhèin 's cha do bhlais an saoghal riamh na b' fheàrr.

Thàinig gaoth na reothairt an lathairne-mhàireach còmhla leis a' mhuir làn a rinn seòladh sam bith cunnartach às a dhèidh. Ach thàinig Giblin is Cèitein, le toiseach na Màighe gu sònraichte ciùin is àlainn, a thug dhaibh cothrom seòladh a mach an iar air an Stac far an robh an rionnach cheana pailt, 's nuair a thàinig an làn shamhraidh chitheadh tu iad gach latha anns an sgothaidh a-muigh seachad air Eilean Ghriomail agus an seòl an àirde. Seòl beag uaine agus buidhe a chitheadh tu o chnoc sam bith nam mìltean mòra air falbh, 's iad fhèin a' tarraing shaoidhein is chudaigean agus an corra sgadan cuideachd.

B' e siud an aon shamhradh, agus an samhradh mu dheireadh. Cha do thill Dòmhnall à Woodstock. Chuir e litir dhachaigh ag innse gun robh e air coinneachadh ris an nighinn a bha seo agus gun robh e dol a dh'fhuireach thall greis còmhla rithe. Bha iad a' dol a shiubhal tro na Stàitean agus an uair sin a' dol a dhèanamh air deas, 's dòcha cho fada deas ri Patagonia agus na Falklands, neo fiù 's nas fhaide deas buileach, agus an uair sin 's dòcha an ear gu Polynesia agus Fiji agus na h-Innseachan fhèin.

'Nuair rachadh rud air chall,' chanadh Alasdair, 'chuireadh iad a dh'iarraidh a' chnàimh-luirg. Bha a' ghibht aig Tormod Mòr Mac Iain Lèith, ach 's fhad on a dh' fhalbh esan.'

'Is dè dhèanadh e?' dh'fhaighnichinn dha.

'Chumadh e grèim teann air cnàimh na caorach eadar an dà dhèarnan agus leanadh e a' chrith gus an ruighinneadh e an corp. Neo gu ge brith dè eile bha thu a' lorg. Ach cha dèan duin' eile a-nis e on a shiubhail esan.'

Cha robh mi buileach cinnteach carson a thàinig am Pàrras gu ceann. Rinn mi seòrsa de rannsachadh nuair a chuala mi, ach cha robh duine sam bith buileach cinnteach. Droch shlàinte, thuirt duine neo dithis, ged nach robh fianais sam bith air son sin, oir bha Alasdair agus Ceit beò fada gu leòr às dèidh sin às dèidh dhaibh tilleadh gu tìr-mòr. Ach tha fhios a'm a-nis gu bheil slàinte do luchd-gràidh a' frèamadh do bheatha. B' e an rud a bu choltaiche aig an àm gun robh iad dìreach ag ionndrainn na cloinne agus nan oghaichean agus nan iar-oghaichean, air neo gun robh iadsan gan ionndrainn-san. Co-dhiù, mus tàinig an ath Fhèill Mhìcheil timcheall bha iad air an sgoth a thoirt gu tìr a-rithist agus air a ceangal gu seasgair tèarainte a-staigh anns an t-seann bhàthaich.

A' bhliadhn' ud, gun teagamh, thuit Samhain air an Diciadain, a bha daonnan na dhroch chomharra – 'Nuair as Di-Ciadain an t-Samhain, is iarganaich na dhèidh.'

Laigh an sgoth an sin sa bhàthaich gun duine dol na còir, oir cha robh còir aig duine sam bith buntainn rithe. Cha bhuineadh i dhaibh. Bha i tèarainte co-dhiù sa bhàthaich, agus an-dràsta 's a-rithist bheireadh feareigin on bhaile sùil bheag tro tholl na cloiche a dhèanamh cinnteach gun robh i sin fhathast, slàn fallain. Bha.

Ann an ùine dh'fhalbh an t-iongnadh agus an t-annas, agus thòisich fiu 's latha glòrmhor an lainseadh a dhol anns an diochuimhn'. Aon latha, thuirt iad, thig fear dhe na mic neo dhe na h-oghaichean neo na h-iar-oghaichean neo fiù 's na dubh-oghaichean air a son: bheir iadsan mach às a' bhàthaich i, glanaidh iad i agus ùraichidh iad i, agus lainseadh iad a-rithist i a-mach dhan chuan mhòr. 'S dòcha gun tig Dòmhnall. Neo Anndra òg. Neo Ealasaid neo tè dhe na h-igheanan.

Ach bha an adhbharan aca uile. Cha d' fhuair Dòmhnall deas air Philadelphia, oir bha Suzy trom 's b' fheudar dhaibh fuireach sa bhaile, 's nuair a thàinig an leanabh cha robh e cho furasta siubhal 's fhuair esan obair ann am factaraidh-chàraichean is b' fheudar dhaibh diochuimhneachadh mu Phatagonia 's na Falklands agus Polynesia 's na h-Innseachan Siar.

Thìll Anndra ceart gu leòr, ach cha robh ùidh sam bith aige sa mhuir agus sheatlaig e sìos an Glaschu, 's cha robh ùine neo mòran cothrom aig Ealasaid agus aig na h-igheanan eile dhol dhachaigh aon uair 's gun do phòs iad 's gun tàinig a' chlann. Oir cha bhuineadh an aisling dhaibh-san co-dhiù ach dham pàrantan.

Dh'innis cuideigin dhomh – saoilidh mi nis gur e mo mhàthair nach maireann a bh' ann – thairis am fòn – gun robh Alasdair is Ceit air gluasad air ais gu tìr-mòr. A dh'Obar Dheathain, shaoil i, ged nach robh i buileach cinnteach oir cha robh iad air innse mar sin do dhuine sam bith, 's cha robh iad air seòladh neo eile fhàgail neo a chur gu duine on uair sin. Cha do chreid mi an toiseach i, ach cha robh tionndadh oirre.

'Tha tè dhe na h-igheanan aca a' fuireach a-muigh na taobhannan sin,' thuirt i. 'Agus tha mi smaointinn gu bheil iad air a dhol a dh'fhuireach còmhla rithe-se.'

Tha mi cinnteach gum faodadh duine sam bith againn a' chùis a rannsachadh aig an àm, ged nach robh sin buileach cho furasta an uair sin anns na làithean ud ron eadar-lìon, agus a-rithist cha robh duin' againn airson a bhith srònach neo gabhail gnothach ri rudan dhaoin' eile, nuair a bha iad fhèin – gu follaiseach – air co-dhùnadh a dhèanamh nach buineadh iad dhuinne, neo nach robh iad air a roinn còmhla leinn. Ged a bhuineadh e dhuinn, a' sgàineadh coimhearsnachd agus a' bristeadh dùil. Ach cò mise bruidhinn 's mi fhìn aig an àm ann an Lunnainn ann an achlaisean chùbhraidh Mhargherita.

An fhìrinn innse cha robh iad air gluasad a dh'Obar Dheathain idir ach gu Siorrachd Obar Dheathain, a tha – na mo bheachd-sa co-dhiù – na rud eile. Tha Obar Dheathain fhèin, mar bhaile, air a' mhuir agus bhiodh sòlas air choreigin aca a bhith an cois na sàile, ach b' e an fhìrinn gun robh iad air gluasad a-steach còmhla ris an nighean aca ann an Srathdon, a tha mu leth-cheud mìle an ear air a' bhaile agus mar sin saoghal on chuan.

Chan e nach e àite àlainn a th' ann, aig bun a Mhonaidh Ruaidh, an gleann fhèin a cur thairis le fèidh is easagan is cearcan-fraoich, ach fiù 's le abhainn mhòr Don a' ruith troimhe, cha b' e àite bh' ann airson sgoth cheart. Tha mi fhathast a' caoineadh airson Alasdair is Ceit, glaiste an sin eadar gleann is beinn 's iad fhèin a' caoineadh – tha fhios – airson An Leumadair Gorm, a' dol air dholaidh thall san t-seann bhàthaich. O, dè math dhut a bhith bruidhinn air na dh'fhaodadh iad a dhèanamh. Nach iarradh sinn uile an saoghal atharrachadh nam b' urrainn dhuinn?

Ach bha sòlasan aca, agus gu dearbha bha sinn a' coimhead air cuid dhe na seann dealbhan de dh'Alasdair agus Cheit dìreach an latha roimhe còmhla leis an oghaichean nuair a thadhail sinn orra, gun rabhadh. Bha sinn air an oidhche a chur seachad an Obar Dheathain – sa bhaile fhèin, tha mi a' ciallachadh – agus smaoinich sinn gun draibheamaid siar a-mach rathad Bhancory agus air adhart gu Balmoral mus dèanadh sinn air deas.

Bha fhios a'm gun robh iad air a bhith a' fuireach ann an Corgarff, ged nach robh seòladh sam bith agam mar sin, ach stad sinn aig Post Oifis bheag a' bhaile agus – gu h-iongantach – b' e cuideigin dùthchasach dhan bhaile fhèin a bha ga ruith agus deagh chuimhn' aice orra.

'My mother used to be friendly with them,' thuirt i. 'In fact two of their grandchildren still live here. One – Katie – is married up at the old farm, and a grandson – I think he's called Alasdair – lives at the old schoolhouse which you'll have passed on the way into the village. I'm sure both of them will make you feel very welcome.'

Agus sin a rinn iad. B' e duine àrd tana mu aois 40 a bh' ann an Alasdair. Bha e trang a' gearradh an fheòir na shuidhe air tè dhe na h-innealan mòra peatrail sin nuair a stad sinn, 's thug e fàilte bhlàth dhuinn a-steach dhan taigh. Dh'fhòn e a phiuthar anns a' bhad, ach chaidh innse dha gun robh ise air falbh shìos ann an Cill Rìmhinn a' tadhal air an nighinn aice a bh' anns an oilthigh an sinn. Dh'innis sinn cò sinn 's bha e cho toilichte coinneachadh ri daoine a bha eòlach air a sheanair 's air a sheanmhair – 'the old folks', mar a bh' aige orra.

'I was so young then,' thuirt e. 'What would I have been now? Four? Five? Six? That kind of age. But I remember them clearly. They were wonderful people. Quiet and gentle but full of stories. I wish I could remember some of them, but of course I was too young to really pay much attention to them at the time.'

'S chaidh e sìos dhan chidsin agus thill e le album Agus sin iad: Alasdair na shuidhe air beinge ann an gàrradh le pàiste òg air gach glùin.

'That's me on the left there,' thuirt Alasdair òg. 'And Katie on the other knee. It's a real pity she's away, for she'd remember more.'

An uair sin dealbh de Cheit le cluba-goilf na làimh. Rinn Alasdair òg gàire.

'I think my Mum and Dad tried to teach them to play golf, but they had no idea.'

Tha an còrr a-nis nan aon – dealbh de Alasdair agus Ceit nan seann aois taobh a-muigh Caisteal Balmoral; fear le boireannach agus fireannach agus Alasdair òg agus Ceiteag òg a' cluich le spaid is pucaid air tràigh air choreigin.

'I think that's Stonehaven,' thuirt Alasdair òg, agus an uair sin dealbh eile leis an dithis aca nan seasamh taobh ri taobh air beulaibh eas. Nach àraidh mar a bha cuimhn' aig na seann daoine gum feumadh iad seasamh reòite ùine mhòr ma bha cuideigin a' togail an dealbh?

'That's the famous Slok of Dess on the Dee,' thuirt Alasdair. 'I think they were really impressed by the force of water on the fall.'

Bha e cho coibhneil is aoigheil dhuinn, a' dèanamh cinnteach gun gabhamaid cofaidh agus sgonaichean milis a bha e fhèin air a dhèanamh.

'They're fresh out of the Aga this moment.'

Bha e ag obair mar Social Worker anns an sgìre agus bhruidhinn e rinn airson deagh ùine gu fosgailte agus gu h-onarach mu na trioblaidean a bh' aige ri dèiligeadh ris gach latha, gu h-àraidh am measg òigridh na sgìre.

'My own Mum had a breakdown,' dh'innis e dhuinn. 'That's what brought Granny and Grampa here in the first place – to help out. It was meant to be for a while, but you know how things develop... she never really got that much better. I was just newly-born when they came. I think I was maybe around nine when they passed away.'

Thadhail sinn air a' chladh air ar rathad a-mach às a' bhaile. Thuirt Alasdair òg gun robh e furasta gu leòr a lorg.

'It's the old church on the left just before the bend after the garage.'

Bha uisge mìn a' tuiteam. Bha na h-uaighean air toman a' coimhead sìos an gleann, le na h-ainmean air seargadh agus doirbh an leughadh tro na deòir. Choimhead mi gach taobh feuch am faicinn sealladh air a' mhuir, a dh'fheumadh a bhith an àiteigin, ach cha robh ann ach fearann is talamh gu gach taobh. B' fheudar dhomh coimhead suas gus uisge fhaicinn, far an robh na sgòthan a' ruith aig astar a mach dhan Chuan a Tuath a bha cho glas air fàire.

8

CHA TUG DUINE sam bith mòran aire dhan bhoireannach a bh' air an trèan. Carson a bheireadh? Uaireigin dhen t-saoghal chanadh iad gun robh boireannach mar ise sean, ach bha nuadhachas air cur às dha na seann thomhaisean sin. Chan ann idir tro Bhotox agus tro lannsaireachd, ach tro shlàinte, èideadh is fasan. Cho sean agus a bha a seanmhair a' coimhead anns an aodach ud, ged nach biodh i sìon nas sine na caogad aig an àm.

Nan suidh' an sin, chuimhnich Eilidh cho fior òg agus a bha a màthair fhèin daonnan a coimhead 's cha b' ann tro stuth coimheach sam bith ach dìreach le elixir na dùrachd agus an spioraid. Bha i riamh air a bhith ro thrang airson fàs sean, agus dìreach thionndaidh i a-steach de nighean na bu shine nuair a dh'fhàs i aosta, fhathast loma-làn dòchais agus neart fad a-steach dha na h-ochdadan aice. Fiù 's aig an aois sin bha e uile mu dheidhinn cur: bhiodh a' choille dharaich agus ghiuthais a chuir i nuair a bha i 80 a-nis fo làn bhlàth.

Bha iad a' dol seachad air stèisean-cumhachd Loch Sloy, far an robh a h-athair ag obair aig aon àm. Critheann Làraich beagan mhìltean air adhart, far an sgaoileadh an trèan na dhà, leth a' dol tuath agus leth siar. Stad iad an sin airson mu dheich mionaidean fhad 's a dh' fhuasgail an luchd-obrach na caraidsean. Choisich i timcheall a' phlatform cuide ris an luchd-siubhail eile.

Bha dòrlach oileanaich, a' feitheamh leis an trèan gu deas, air a' phlatform taobh thall na rèile. Ghairm an tannoy gum biodh an trèana sin leth-uair air dheireadh. 'Cows on the line between Taynuilt and Tyndrum.'

Thug fear dhe na h-oileanaich – gille òg le falt fada bàn, an giotàr a bh' aige a-mach às a' chòmhdach agus thòisich e a' strumadh. Dh'aithnich i am fonn sa bhad – The Foggy Dew.

Bha ceas fidhle aig an nighinn a bha còmhla ris. Saoil? Saoil idir?

Chaidh i a null chun an taobh eile, 's choimhead i air a' cheas. Aosta. Leathar. Donn. Leis an fhuaigheal aithnichte Eadailteach air an taobh a-muigh.

'Excuse me,' thuirt Eilidh 'Do you think you could join in with your friend and play a tune? I used to play the fiddle myself when I was younger, and I would so love to hear a good tune again. Out here in the open air.'

Rinn an nighean gàire càirdeil.

'Sure,' thuirt i. 'No problem.'

Dh'fhosgail i an ceas agus na bhroinn bha seann fhidheall robach: gu cinnteach cha b' e siud an fhidheall a bh' ann. Thog an nighean an fhidheall gu a gualainn, ghleus i airson tiotan neo dhà, 's thòisich i a' cluich am fonn mall air choreigin a bha am balach a-nise a' cluich air a' ghiotàr. Cha do dh'aithnich Eilidh am port.

Dh'èigh bodach na tannoy gum biodh an trèan a' fàgail ann an trì mionaidean. Ach gu cinnteach b' e siud an ceas a bha air an fhidheall aice fhèin uair dhen t-saoghal. Bha i cho cinnteach às an sin 's a bha i beò.

'How – I mean where did you get the case?' dh'fhaighnich i. Ghabh an nighean ris mar cheist neochiontach: cuideigin aig an robh ùidh ann an seann rudan.

'O. From a neighbour. An old man who has lots of what he calls junk about the house. He was getting rid of it all and asked all his neighbours to take whatever they needed and give something to charity in return. But his junk-yard is still as full as ever! I got the fiddle there too. It's not much good, is it?'

Thog an geàrd a chorrag, a' comharrachadh gum biodh an trèan a' fàgail ann am mionaid.

'Have you a card?' dh'fhaighnich i dhan nighinn. 'Sometimes I hold ceilidhs,' thuirt i – mar bhreug – 'and maybe the two of you could play at it.'

Thug an nighean cairt dhi agus leum Eilidh air an trèan aice fhèin a thòisich a' gluasad sa bhad. Smèid i dha na h-oileanaich, a shuidh air ais sìos, a' feitheamh na trèana aca fhèin.

'Julie Stone' sgrìobht' air a' chairt. 'Trinity Road, Edinburgh', le làrach-lìn agus àireamh-fòn aig a' bhonn.

Dhìrich an trèan aice am bruthach calltainn air sliabh Shrath Fiolain. Bha i cho eòlach air an t-slighe: an dìreadh slaodach gu Taigh an Droma, 's an uair sin sìos tro Ghleann Lòchaidh gu Taobh Loch Odha, Bealach Bhrandainn 's air adhart a Thaigh an Uillt 's a-steach taobh Loch Èite fire-faire dhan Òban fhèin. Loch Odha.

Carson nach do smaoinich i air roimhe? An àite cumail oirre dhan Òban carson nach stadadh i an sin airson na h-oidhche agus an uair sin trèan na maidne fhaighinn? B' ann an Loch Odha a bha a pàrantan air fuireach an toiseach nuair a phòs iad, fo sgàil Bheinn Cruachain.

Cruachan Beann, Cruachan Beann, Cruachan Beann 's mòr mo thlachd dhìot: nach tric a sheinn Seonaidh Dhùghaill sin aig na seann chèilidhean an Dearbhaig!

Rinn i cinnteach. Bha signal aice. Suathadh neo dhà le

corraig 's bha i air làrach-lìn an taigh-òsta. Aidh, bha rùm aca airson na h-oidhche: fear le sealladh dhen locha fhèin, agus a-null gu Cruachan Beann. 'S bha càr aca a thogadh suas i on stèisean an-asgaidh. Bhiodh sin ann am prìs an t-seòmair, ach bha sin ceart gu leòr. Dh'fheumadh Loch Odha beòshlaint mar a dh'fheumadh Los Angeles.

Bha an seòmar dìreach àlainn. Chaidh an togalach a chur suas an toiseach mar loidse-fèidh dhan duin'-uasal Donnchadh Caimbeul ach bhuineadh e nis do thè a b' àbhaist a bhith na Ball-Pàrlamaid agus dhan duin' aice, a bha air an t-àite ùrachadh agus a sgeadachadh mar àrd thaigh-òsta. Bha iad air na seann ulaidhean a chumail – nam measg an dà leòmhann mòr cloiche a bha air an starsnaich aig bonn nan ceumannan, le eas uisge a' taomadh às na sgòrnain fosgailte.

'Victoriana at its worst,' thuirt Lèididh Creggan fhèin, a choinnich rithe aig an doras.

'At its best, I think,' thuirt Eilidh.

Choimhead i mach sìos thairis nam faicheannan mìn agus na gàrraidhean ròs a bha fo làn-bhlàth fòidhpe. Bha Loch Odha fhèin fo thàmh, gun aon ghluasad air an uisge. Chitheadh i fhathast cuitheannan beaga sneachda air bearraidhean Bheinn Cruachain. Air an taobh tuath.

Saoil? Saoil idir? Bha i cinnteach às: bha iomadh rud na b' annasaiche air tachairt. Bhiodh i air an ceas ud aithneachadh an àite sam bith: cha b' urrainn dha bhith gun robh a leithid eile dhen t-seòrs' ud – an aois ud – ann leis an fhuaigheil-tharsaing dìreach an siud, agus a' bhuille bheag ud an ath dhoras dhan chòmhlan fhathast ri faicinn. Rinn i gàire. Mar gun robh e gu diofair! Rud a bha: nach robh an call air a beatha a chuartachadh?

Ach 's dòcha gun robh siud gu leòr? A bhith riaraichte leis an t-sealladh bheag ud, am fiosrachadh, an tiotan ud. Oir dè thigeadh às aig a' cheann thall co-dhiù, ach dìreach bristeadh-dùil neo sàsachadh air choreigin nuair a' lorgadh i an rud a chaidh air chall mu dheireadh thall – càite? – ann an seilear neo ann an seòmar bodaich an Dùn Èideann? B' fheàrr a bhith beò an dòchas, 's mar sin air adhart...

Ghabhadh i cuairt. Ghabhadh i am bath a-rithist. Dh'fhosgail i na h-uinneagan farsaing. Bha i caran fionnar 's mar sin chuir i oirre an còta mòr 's chaidh i sìos a-mach do na gàrraidhean. Bha na ròsan fiù 's nas àlainne faisg air làimh: fìor sheann fheadhainn nach robh air am milleadh le dìth nan drisean. Mar sin, chan e a-mhàin gun robh iad a' coimhead brèagha, ach bha fàileadh ceart asta. Dh'aithnich i grunn dhiubh – na h-Alexanders orains a bha cho cùbhraidh milis; na New Zealands phionc, mar am bradan fuadan; na Royal Williams soilleir dearg le fàileadh a bha gad fhàgail tuaineal; agus an fheadhainn a b' fheàrr leatha buileach – na Jude the Obscures – leis na blàthan buidhe cuachagach.

B' e annas a bh' ann gun deach a h-iompachadh. Gun dùil. Agus bha e cho sìmplidh cuideachd. Cha b' e taisbeanadh mòr sam bith neo ainglean a' seinn à nèamh, ach feasgar socair Dòmhnach ann an Cathair-Eaglais Chichester far an robh i air a dhol a dh'èisteachd ri ceòl. Bha am Messiah aig Handel gu bhith air a dhèanamh aig 8, ach ràinig i am baile tràth – mu 4 – agus choisich i timcheall an togalaich. Bha an solas iongantach, a' deàlradh tro uinneag Marc Chagall. Slighe air a dhealbh gu mìn rèidh anns gach ball.

Cha robh i buileach mothachail gun robh seirbheis an impis tòiseachadh, oir bha an eaglais cho mòr, ach chual' i an laoidh thall ann an aon dhe na seapalan beaga 's bha i faireachdainn nach bu chòir dhi dìreach coiseachd a-mach. Agus bha ùine gu leòr aice co-dhiù.

Shuidh i gu socair air treasta chun an taobh. Cho math agus a bha an còisir, nan cleòcaichean fada dearg is geal. Sancte Deus, Sancte Fortis, Sancte Immortalis, 's na guthan binn ag èirigh dha na speuran.

B' e an t-Ollamh Eòin Stott a bha teagasg. Labhair e mu Mhoire a' dol gu Iosa aig banais Chana 's ag ràdh ris, 'Tha iad air ruith a-mach à fìon.' Agus thuirt an Searmonaiche aon rud beag bìdeach a thug oirre 'a cridhe a thoirt do Chrìosd' mar a chuireas na soisgeulaich e: 'Cha duirt i Ris ach an rud air an robh fhios Aige mar-thà – ach thionndaidh sin uisge a-steach gu fìon.'

Och, leudaich e agus mhìnich e sin gun teagamh, a' bruidhinn air uile-chumhachd agus uil'-fhiosrachadh, ach b' e an iomlaid shìmplidh, mar gum bitheadh, a bhuail oirre-se. Gun tug a mhàthair fiosrachadh dha, agus gun do dhùisg an fhìrinn sin a' mhìorbhail. Bha i aig an àm a' coimhead suas air an uinneig stained-glass aig Chagall: bloighean gloinne air an ceangal ri chèile le pìosan luaidhe a bha nan laoidh-molaidh. Mar a dh'atharraicheadh rud gu rud. B' e sin an lasair. Cha b' e dìreach silica le bloighean potash, soda, aol is oxides a bha siud ach beatha, agus beatha ann am pailteas, mar a bha an t-Urramach Stott a' gairm. Rachadh agad air na h-eaglaisean aig Klee a thoirt a-mach às na bogsaichean. Dh'fhaodadh dubh a bhith geal.

Chaidh i sìos tron gheata fiodh aig bonn gàrradh nan ròsan, far an robh frith-rathad a' ruith sìos taobh na h-aibhne chun an locha fhèin. Ghluais rudeigin san uisge, ged nach robh i cinnteach dè bh' ann. Bradan neo breac bha i creids, oir tha an loch ainmeil airson na dhà, ged a dh'fheumadh tu nis cead on taigh-òsta airson an iasgach. Chan e gum feumadh ise sin, oir bha cead a' tighinn leis an t-seòmar. Ged nach cleachdadh i sin.

An uair sin chunnaic i dè ghluais, 's an dòbhran-donn a' dìreadh a mach às an uisge a-steach dhan chuilc air a' bhruaich. Bhiodh na h-Innseanaich ag ràdh nam faiceadh tu dòbhran-donn gun robh sin a ciallachadh gum bu chòir dhut faighinn cuidhteas de dhragh sam bith a bh' air d' anam. Cho riatanach agus a bha ainmhidhean.

Ótr a thug na Lochlannaich air. Ótr an troich, mac Rìgh Hreidmar agus bràthair Fafnir agus Regin. Dh'atharraicheadh e chruth uair sam bith, 's chuireadh e seachad làithean na dhòbhran-donn ag ithe bhric gun sgur. Gus an deach a mharbhadh gun fhiost' le Loki. Dh'iarr athair, Hreidmar, dìoghaltas mòr airson bàs Ótr – gun rachadh seice Ótr a lìonadh loma-làn le òr buidhe agus gun rachadh an t-seice an uair sin a chòmhdachadh le òr dearg. Ach às dèidh dhan t-seice a bhith air a chòmhdachadh le òr, bha fhathast aon dhe na ròineagan gathach aig Òtr a' stobadh a-mach, agus nam miann airson an òir, leòn Hreidmar agus a dhà mhac iad fhèin gu bàs. Daonnan aon ghath, aon chagairt bheag a dh'adhbhraich am bàs aig a cheann thall.

Sheas i suas o thaobh an locha 's choisich i air ais dhan taigh-òsta tro ghàrradh nan ròsan. Ghabh i a dìnneir na h-aonar aig a' bhòrd bheag chruinn faisg air an uinneag mhòr. Bha am biadh cho blasta: uan ionadail agus glasraich o ghàrraidhean an taigh-òsta agus an uair sin measan on lios taobh na h-aibhne. Ghabh i tì meannt, 's chaidh i suas an staidhre. Anns an tuba, chùm i oirre leughadh an leabhair: Le Grand Meaulnes le Alain-Fournier. On a bha i air a leughadh cheana grunn thursan sa Bheurla, bha i mu dheireadh thall a dèanamh oidhirp a leughadh gu slaodach san Fhraingis thùsanach.

C'est le dimanche seulement, dans l'après-midi, que je résolus de sonner à la porte des Sablonnières. Tandis que je grimpais les coteaux dénudés, j'entendais sonner au loin les vêpres du dimanche d'hiver. Je me sentais solitaire et désolé. Je ne sais quel pressentiment triste

m'envahissait. Et je ne fus qu'à demi surpris lorsque,
à mon coup de sonnette, je vis M. de Galais tout seul
paraître et me parler à voix basse: Yvonne de Galais
était alitée, avec une fièvre violente; Meaulnes avait dû
partir dès vendredi matin pour un long voyage; on ne sait
quand il reviendrait...

Bha na faclan a' dèanamh nas lugha cèill na a bhrìgh.

'I must still be filtering it through the English versions I've
read,' thuirt i rithe fhèin. 'Like everything.'

Chuir i an leabhar sìos 's laigh i air ais domhain anns
an amar, ga còmhdachadh fhèin le uisge gu bàrr na sròine.
Eilidh. Helen. Eilidh O'Conghaire. Helen O'Connor. Agus
mar a bhiodh daoine daonnan – aon uair 's gun cluinneadh
iad a h-ainm – a' smaointinn gum b' e Èireannach a bh' innte.
Seòrsa dheth: leth-bhà a thaobh gin, agus airson an còrr...
Helen, Eilidh, Helené na Frainge, Eleni na Grèige. Bho thùs
Eilidh na Tròidhe. Agus an Eilidh eile: Helen of Kirkconnel.

Bha i mach às a amar, agus chuir i air an iPod airson
èisteachd ri Burns:

> *O that I were where Helen lies*
> *Night and day on me she cries;*
> *O that I were where Helen lies*
> *In fair Kirkconnel lee.*

Sheinn i fhèin, a' leigeil oirre cuideachd gun robh i seinn na
fidhle.

> *O Helen fair beyond compare*
> *A ringlet of thy flowing hair*
> *I'll wear it still forever mair*
> *Until the day I die.*

Leig i leis a chleòca bh' oirre tuiteam, ga tairgsinn fhèin dhan òran, a làmh chlì a' dèanamh nan chords, a làmh dheas a' suathadh nan teudan –

Curs'd be the hand that shot the shot
And curs'd the gun that gave the crack!
Into my arms bird Helen lap
And died for sake o' me!
O think na ye but my heart was sair
My love fell down and spake nae mair
There did she swoon wi meikle care
On fair Kirkconnel lee...

Laigh i air ais air an leabaidh, socair, ag ìsleachadh àirde an iPod gu cagarsaich leis an remote. Bha h-uile nì sàmhach ach dìreach an guth a' tighinn on inneal: I wish I were where Helen lies, Night and day on me she cries, And I am weary of the skies, For her sake that died for me. Thòisicheadh i a' peantadh a-rithist. Chaidil i. Bha eòin a' seinn. Crìonag-ghiuthais, smeòrach mhòr, clacharan: dh'aithnicheadh i an ceòl aige-san an àite sam bith. B' e madainn àlainn ghrianach a bh' ann. Feuma gun robh an iPod air a bhith cluich gu socair fad na h-oidhche: thionndaidh i Helen dheth.

Ghlac i trèan 9.30 a-steach dhan Òban, a bha ceangal ri bàta Mhuile. Bha e loma-làn luchd-turais an t-samhraidh 's cha robh e doirbh obrachadh a-mach on chòmhradh aca gun robh mhòr chuid aca dèanamh air Eilean Idhe. Rinn i an gnothach beinge fhaighinn dhi fhèin a-muigh air an deice-mullaich 's choimhead i air na h-àiteachan aithnichte dol às an t-sealladh air a cùl: clach dhearg Cathair Eaglais Choluim Chille, Tùr MhicCaoig, tobhta Dhùn Staidhinis, taigh-sholais na Gaineamhain, rubha rèidh ghorm Chearrara.

Sheòl iad tron t-sruth eadar Caolas Lathairne agus an Linne
Latharnach, 's cha robh fada gus an robh iad dol timcheall
Rubha Dhubhairt le Creag an Iubhair romhpa agus an Caol
Muileach fhèin a' sìneadh air adhart dhan chuimhne.

Cha robh beachd sam bith agam gur e ise bh' ann. B' e
dìreach tuiteamas a bh' ann gun do thachair dhomh a bhith air
an dearbh aiseig ud, oir bha dùil a'm siubhal seachdain ron a
sin, ach chaidh dàil a chur orm le trioblaid ghòrach air choreigin
ceangailte le Visas agus dust Mharion. Bha mi air gealladh an
toirt suas agus an sgaoileadh air Mòintichean Shiorrachd York.
Bha i air a bhith gu math mionaideach mun àite – Rosedale
air taobh an eara-thuath Abhainn Severn, far an robh i air
iomadach latha sona chur seachad na h-ighinn òig.

B' e am mearachd a rinn mi gun do dh'innis mi do na
h-ùghdarrasan Breatannach gun robh mi toirt a dust còmhla
rium: bha na Frangaich coma-co-aca, ach aon uair 's gun do
ràinig mi am port-adhar leis a' bhogsa bheag thuirt muinntir
na h-itealain gum feumadh iad fònadh gu Oifis na h-In
Imrich agus na Dùthcha airson faighinn a-mach an robh neo
nach robh an dust còmhdaichte anns an lagh airson siubhal
thairis chrìochan, an t-Aonadh Eòrpach ann neo às. Bha
deagh fhios agamsa gun robh e laghail, 's bha fhios acasan, 's
bha fhios agamsa gun robh fios aca-san 's mar sin air adhart,
ach 's e rianachd rianachd agus thug e seachdain cead oifigeil
fhaighinn ann an sgrìobhadh. Bha mi fortanach, tha fhios
a'm: dh'fhaodadh e air toirt gu bràth.

Dh'fhàs mi na bu ghleusta on sin agus aon uair 's gun
do bhook mi am plèan às ùr airson Lunnainn chuir mi
dust Mharion dìreach anns a' phoca beag tombaca agam
agus shiubhal mi leatha ann am pòca-achlais na seacaid.
Rannsaich iad mo bhodhaig aig security, tuigidh sibh, ach
leig iad troimhe sinn aon uair 's gun duirt mi riutha nach b'
e druga a bh' innte. Fhuair mi an trèana o Lunnainn gu York

far an do ghabh mi càr beag air mhàl feuch's am faighinn a-mach do na beanntan airson an soraidh slàn mu dheireadh fhàgail aice. Bha i sileadh fad an latha, agus ghabh mi fasgadh airson treis ann an Abaid Rosedale 's nuair thàinig mi mach bha turadh grinn air tighinn 's boghan-fhroise a' sgeadachadh na dùthcha air gach taobh.

Dh'fhàg mi an càr aig ceann shuas an Severn 's choisich mi tron ghleann, eadar am feasgar agus an fhionnaraidh. Dùthaich shocair chiùin. Àrainneachd air nach robh mi ro eòlach, agus e cho diofraichte an dà chuid o Albainn agus on Fhraing air an robh mi cho dèidheil. Deagh thalamh àitich: rud a bha gu math soilleir on ghlasaich air na monaidhean ìseal. Gu nàdarra, dh'fhàs e nas luime mar a dhìrich mi, ged a bhiodh farmad fhathast aig bodaich m' òige air na slèibhtean torrach seo.

Nuair a ràinig mi am mullach stad mi airson ùine, a' gabhail a-steach an t-seallaidh mu dheireadh seo còmhla le Marion: bòidhchead Bheanntan Chleveland gu ar tuath, agus na glinn a' ruith air falbh fo ar casan – Bransdale agus Farndale agus Newtondale agus Rosendale fhèin – agus a-null chun an ear an Cuan a Tuath glas seachad solais bheaga Whitby agus Scarborough a bha nis a' lasadh suas sa chiaradh.

Dh'fhuirich sinn gus an àm ud nuair nach b' e buileach latha neo oidhche bh' ann: fhad 's a bha fhathast solas gu leòr ann son sgaradh a dhèanamh eadar muir is tìr, talamh is nèamh, ach far nach robh solas gu leòr airson dèanamh a mach am b' e baile neo clachan a bha siud, an b' e crodh neo sluagh a bha gluasad. Agus dìreach nuair a shìol gach criomag air fàire a steach gu gach criomag eile leig mi air falbh i, suas às mo làmhan dha na speuran far nach robh nì faicsinneach o chionns nach robh rionnag sam bith a' deàrrsadh, 's a ghealach fhathast gun nochdadh.

Nochd iad fhad 's a theàrn mi. B' e gealach slàn a bh' ann,

a' deàlradh le solas silteach buidhe tarsainn nam bràighean. Dh'fhàs rudan a bha air a bhith doilleir san dol suas soilleir anns an tighinn a-nuas: b' e siud eas mhòr nach fhaca mi, agus thall an siud far an robh dùil a'm gun robh fang b' e seann Dùn Ròmanach a bh' ann. Thàinig na reultan, a' dubhadh às solais bheaga na talmhainn, agus feumaidh mi aideachadh gun do leig mi a chreids' orm fhèin gum b' e Marion an tè bheag a bha deàlradh gu fuar lainnireach air taobh chlì na gealaich, 's i nis saor o gach pian is cràdh.

Chaidil mi sa chàr an oidhche sin, oir bha mi air dìochuimhneachadh bookadh a-steach a dh'àite sam bith. Cha robh mi air plànadh sam bith a dhèanamh, ach tha fhios gun robh cuairt a dh'Albainn air cùl m' inntinn fhad 's a bha mi deisealachadh airson an dust a sgaoileadh, oir an ath mhadainn thionndaidh mi air Sat-Nav a' chàir agus thaidhp mi a-steach am facal 'Scotland' agus lean mi às an sin guth a bhoireannaich fhuadain a stiùir mi gu Grosmont is Guisborough agus gach àite eile a tha air a dhol dhan dìochuimhn' agus a thug air ais mi gu crìochan na h-Albann.

Ghabh mi mo bhracaist an àiteigin faisg air Hexham, tha mi smaointinn, agus ro àm lòin bha mi air a dhol tarsainn nan Cheviots agus bha mi ann an Jedburgh, far an do stad mi airson an là. Chlàr mi a-steach a thaigh-òsta beag ann am meadhain a' bhaile agus chaidil mi fad an fheasgair, ag aisling gun robh mi air ais an Alba.

Nuair a dhùisg mi, thuig mi gun robh: rinn an stuth anns an t-seòmar sin soilleir dhomh. Dealbhan 'Bonny Scotland' feadh an àite nach robh mi air mothachadh gu ceart na bu tràithe leis an sgìos.

Ghabh mi fras agus chaidh mi sìos dhan bhàr, far an robh ceann umha Sir Walter. Ri taobh a' bhàr bha scroll air an robh sgrìobhte, ann an calligraphy cruinn grinn an dà loidhne as ainmeile aige: 'Oh what a tangled web we weave, When first we practise to deceive.' Agus fa chomhair, 'Breathes there the man with soul so dead, Who never to himself hath said, This is my own, my native land.' Bha an telebhisean air anns an oisean. Rudeigin mu dheidhinn Rupert MacMhuirich.

Tha na crìochan cho math ri àite sam bith airson co-dhùnaidhean a dhèanamh. An fhìrinn innse, cha robh beachd sam bith agam dè dhèanainn anns na làithean a bha romham. Cha robh reusan chabhagach sam bith agam tilleadh a Pharis sa bhad – gu dearbha, cha robh reusan mòr sam bith a dhol a dh'àite sam bith, ged a bha fhios a'm gun robh mi ag iarraidh cùisean a' rèiteachadh ann am Paris agus falbh. Cus chuimhneachain, 's dòcha.

Agus bha ùine cho fada, a dh'innse na fìrinn, bhon a bha mi air a bhith ann an Albainn. Air a bhith dhachaigh. Ged nach robh mòran, a' gabhail an tomhais mhi-chothromach seo anns an taigh-òsta, air atharrachadh a rèir choltais: an gairm furast' ud chun an t-seann dùthaich air a' bhalla fhad 's a bha ìmpireachd eile a' riaghladh nan tonn. Ach! Alba beag! Càil ach fraoch! Cho dealbhach agus cho breugach. Tha mi ag iarraidh son mo phàirt-sa dìreach ròs bheag gheal na h-Albainn a tha fàileadh geur is cùbhraidh – 's a bhriseas an cridhe. Alba Gearanach. Bu chòir dhomh a dhol a Dhùn Dè! Dùthaich Pha Broon, far am faic mi Oor Wullie, michty me, jings crivvens help ma boab!

'S mar sin anns a' mhadainn dh'fhòn mi a' chompanaidh on d' fhuair mi an càr air màl, a dh'innse dhaibh gum b' fheàrr leam a-nis an carbad a chumail son mìos oir bha mi 'n dùil ùine ghabhail a' siubhal tro Albainn. Dhràibh mu tuath tro choilltean àlainn Ghleann Labhdair 's thàinig mi air Dùn Èideann, taobh Dhail Cheith. Ghabh mi am frith-rathad mu thimcheall Dhùn Èideann, seachad air Swanston, 's thuit mi ann an gaol a-rithist ri mìorbhail drochaid an Linne Dhuibh air mo rathad a null gu Fìobha far an do ghabh mi cùrsa na oirthir tro na bailtean beaga bòidheach sin, St Monans, Pittenween, Anstruther agus Crail, gus am faighinn biadh ann an Cill Rìmhinn.

'Here for the golf?' dh'fhaighnich am barman a bha toirt dhomh mo lòn.

'No. Just travelling. Northwards.'

'Far?'

'Dundee anyway', fhreagair mi.

Rinn e gàire. 'It's a braw city. Gone all fancy too. Do you know they're building a new Vand A there?'

Cha robh sin a' ciallachadh sìon dhomh.

'Victoria and Albert. Art Galley. Dundee's become the new art capital of the world.'

'Wasn't it always the art capital of the world? The *Beano* and *Dandy* and all that…?'

'Good old DC Thomson,' thuirt e. 'What did they use to say – Jute, Jam and Journalism? Not much of that about nowadays, eh?'

Bha goilfearan ceart air tighinn a-steach agus dh'fhalbh e gam frithealadh.

Cò aig tha fios – 's dòcha gun do dh'atharraich an duine mo bheatha? Mura b' e na thubhairt e, 's dòcha gum bithinn air cumail orm suas a Dhùn Dè, ach cho-dhùin mi nach rachainn agus gun tiginn siar na àite.

Air ais anns a' chàr choimhead mi air a' mhapa: bha leithid de thaghaidhean ann. Dhèanainn air an A91 gu Peairt 's an uair sin an A85 siar tro Chraoibh agus Ceann Loch Fheàrna.

Lìon mi an tanca a-rithist 's chuir mi am fiosrachadh a-steach dhan Sat-Nav, a' dèanamh air Cupar. Bha mi air dìochuimhneachadh. Siud e: Bùth-Reòiteagan Luvians. A bhuineadh dha na Fusaros. Bha aon dhe na gillean aca, Tony, air a bhith san oilthigh còmhla rium, agus leth-cheud bliadhna a-nis air a dhol seachad on a chunna mi e. An robh e fhathast beò? Stad mi an càr 's chaidh mi a-steach 's dh'fhaighnich mi dhan bhoireannach òg cùl a' chuntair an robh e timcheall. 'No' thuirt i. 'Uncle Tony deals with the wine-importing side of the business. He's in Spain just now on business.'

Bha an reòiteag math fhèin. Air a dhèanamh leotha fhèin air an starsaich, a' cleachdadh stuthan a' ghlinne. Cruaidh gun a bhith ro chruaidh agus milis gun a bhith ro mhilis. Às dèidh làimh ghabh mi aithreachas nach do cheannaich mi tè dhe na fìontan sònraicht' aig Tony airson Eilidh, ach thig an latha. Agus chan ann tron eadar-lìon a bharrachd: dràibhidh mi ann agus chì mi e fhèin.

Chuir mi an oidhche seachad ann am B&B ann an Ceann Loch Fheàrna agus dh'fhàg mi tràth sa mhadainn feuch's an glacainn a' chiad aiseag. Bha dùil a'm a dhol a-null a dh'Uibhist na b' anmoiche san t-seachdain, ach dhen bheachd latha neo dhà a chuir seachad timcheall sgìre an Òbain ron a sin. Tha fhios gur e bàs Mharion agus an dealachadh coisrigte a rinn sinn air Monadh Yorkshire a b' adhbhar, ach bha nòisein agam a dhol a null a dh'Idhe son cuairt bheag.

Gu h-annasach, cha robh mi riamh air a bhith ann, a dh'aindeoin 's gun robh e faisg gu leòr air dùthaich m' àrach. Saoilidh mi gun do chuir an cliù a bh' aig an àite airson 'spioradaileachd' dheth mi, agus uair sam bith a smaoinich mi air a dhol ann cha b' urrainn dhomh cur suas leis an smuain gum biodh e cur thairis le mìltean de luchd-turais.

Ach le aois thig faothachadh. Agus seo mi a-nis, nam bhodach nam measg! Ged a leig mi orm gun robh mi diofraichte – ionadail, cha mhòr, agus cha mhealladh 'spioradaileachd' an àite neo coinnlean cùbhraidh mo leithid. Agus sin as d' adhbhar a fhuair mi mi fhèin air an aon aiseag a' mhadainn ud le Eilidh, às dèidh nam bliadhnachan mòr ud.

'S e nì annasach a th' ann an tuiteamas, oir rinn an dithis againn beagan rannsachaidh mu dheidhinn às dèidh làimh, eadar Tuiteamas Matamataigeach nan Leudachdan gu Innleachdas Choimpiutarachd a thaobh Co-ionnanachd, a' dol bhon Teòraidh aig Jung-Pauli air Turachartasachd chun an Teòraidh aig Kammerer mu Leantalachd, ged as fheàrr leinn fhathast am mìneachadh aig Einstein fhèin a thuirt, 'coincidence is God's way of remaining anonymous'.

'S chan eil iongnadh gu bheil E ag iarraidh a bhith gun urra aon uair 's gum faic thu an eadar-lìon! Tha an gnothach dìreach às a' chiall, agus dìreach an oidhche roimhe Ghoogle sinn am facal 'Coincidence' agus nochd am mìorbhail seo fa chomhair ar sùilean: Amazing Coincidences!

POE COINCIDENCE: In the 19th century, the famous horror writer, Edgar Allan Poe, wrote a book called *The Narrative of Arthur Gordon Pym*. It was about four survivors of a shipwreck who were in an open boat for many days before they decided to kill and eat the cabin boy whose name was Richard Parker. Some years later, in 1884, the yawl Mignonette foundered, with only four survivors, who were in an open boat for many days. Eventually the three senior members of the crew killed and ate the cabin boy. The name of the cabin boy was Richard Parker.'

ROYAL COINCIDENCE: In Monza, Italy, King Umberto I went to a small restaurant for dinner, accompanied by his aide-de-camp, General Emilio Ponzia-Vaglia. When the owner took King Umberto's order, the King noticed that he and the restaurant owner were virtual doubles, in face and in build. Both men began discussing the striking resemblances between each other and found many more similarities –

> 1. Both men were born on the same day, of the same year (March 14th, 1844).
> 2. Both men had been born in the same town.
> 3. Both men married a woman with the same name, Margherita.
> 4. The restaurateur opened his restaurant on the same day that King Umberto was crowned King of Italy.
> 5. On the 29th July 1900. King Umberto was informed that the restaurateur had died that day in a mysterious shooting accident, and as he expressed his regret, he was then assassinated by an anarchist in the crowd.

FALLING BABY: In 1930s Detroit, a man named Joseph Figlock was to become an amazing figure in a young (and apparently, incredibly careless) mother's life. As Figlock was walking down the street, the mother's baby fell from a high window onto Figlock. The baby's fall was broken and Figlock and the baby were unharmed. A year later, the selfsame baby fell from the selfsame window, again falling onto Mr Figlock as he was passing beneath. Once again, both of them survived the event.

GOLDEN SCARAB: From *The Structure and Dynamics of the Psyche*, by Carl Jung – 'A young woman I was treating had, at a critical moment, a dream in which she was given a golden scarab. While she was telling me this dream I sat with my back to the closed window. Suddenly I heard a noise behind me, like a gentle tapping. I turned round and saw a flying insect knocking against the

window-pane from outside. I opened the window and
caught the creature in the air as it flew in. It was the
nearest analogy to the golden scarab that one finds in our
latitudes, a scarabaeid beetle, the common rose-chafer
(Cetonia aurata) which contrary to its usual habits had
felt an urge to get into a dark room at this particular
moment. I must admit that nothing like it ever happened
to me before or since, and that the dream of the patient
has remained unique in my experience' – Carl Jung.

Chùm sinn grèim air làmhan a chèile, làn gàire agus iongnadh
aig an aon àm.

'Seall,' thuirt Eilidh. 'Chan iongnadh sin uile ris na
Comments!'

Agus bha iad gu math iongantach. Seo na thuirt Chad HXC:

'Hey, these are pretty crazy, but here is one not mentioned.
Jesus's birthday was September 11, 3BC. The attack on the
twin towers was on September 11, 2001. Which is also the
number for the emergency crew 9-1-1.'

Fhreagair fear eile a bha cleachdadh an user-name The
Dum Guy:

'Chad HXC – Are you joking? I wasn't aware that Christ's
birthday was known to the day and month, although I've
heard Jesus was a Leo.'

Ach thug fear eile a bha toirt Drogo air fhèin bàrr orr' uile:

'We went to Disney World, a trip almost 2000 miles
from home. In a shop on Main Street we came across our
neighbours from down the street.'

'Tha an saoghal cracte,' thuirt mi.

'Well, chan eil e sìon nas cracte na sinn fhèin,' fhreagair i.

9

DÌREACH THACHAIR E GUR ann an dòigh eile timcheall a bha e an turas seo: bha ise teàrnadh na staidhre, agus mise a' dìreadh.

'Duilich,' thuirt i, a' feuchainn ri seasamh gu aon taobh, 's feumaidh gun do rinn mi gàire 's thuirt mi,

'O, na gabh dragh – gheibh mi seachad.'

'S dòcha gun duirt mi sin – chan eil sìon a dh'fhios a'm. Co-dhiù, chuir an coinneachadh air an staidhre rudeigin nam chuimhne o àm eile, agus b' ann dìreach nuair a shuidh mi suas air an deice às dèidh làimh a smaoinich mi mu dheidhinn.

Chan e. Cha b' urrainn dha bhith. Tha na staidhrichean cho cumhang 's coinnichidh tu na ceudan ma thèid thu suas is sìos orra, 's dè eile dh'abradh tu ann an suidheachadh mar sin co-dhiù ach,

'Duilich,' agus 'O, na gabh dragh – gheibh mi seachad'?

Agus cha robh iarraidh sam bith orm gàirdein na caillich a chaidh seachad a shuathadh. Aig m' aois-sa co-dhiù.

Shìos an staidhre, bha i ann am bùth-leabhraichean bheag a' bhàta, a bha reic an sgudal àbhaisteach – crogalan plastaig, uile-bhèistean Loch Nis, fàinneachan-iuchrach Eilein Mhuile. Cha robh ann ach dòrlach bheag de leabhraichean – a' chuid as motha dhiubh, leabhraichean-deilbh de sheann phufairean agus bhàtachan MacBrayne's. Abair gur e gnìomhachas mòr a bh' anns a chianalas. Cheannaich i iris – The Scottish Field – airson an ùine a chur seachad.

Thàinig an dithis againn far an aiseig aig Creag an Iubhair. B' fhada dh'fhalbh na làithean a shiùbhladh an aiseag seo suas a Thobair Mhoire, 's a-mach a Cholla 's a Thiriodh 's a-null a Bharraigh 's a dh'Uibhist. Chuir leasachadh às dha na ceangalaichean sin. A-nis bha aiseag fhèin aig gach baile. Cha robh san aiseag seo fhèin ach seòrsa de shuttle-bus a' gluasad luchd-turais air ais 's air adhart eadar Muile agus an t-Òban gach trì-ceathramh na h-uaireach. Às t-samhradh co-dhiù.

Dh'fhalbh làithean a' bhaidhsagail cuideachd: bha Eilidh dol a ghlacadh a' bhus gu tuath far an togadh i an seann chàr aice fhèin a bha aice an sin airson gach turas a ghabhadh i dhan eilean. Bha mise air mo chàr-màil fhàgail san Òban agus bha mi dol a ghlacadh a' bhus còmhla ris an luchd-turais eile sìos gu Fionn a Phort far am faigheadh sinn uile an aiseag bheag a-null a dh'Eilean Idhe.

Cha do thachair sìon dhe sin. Fhad 's a bha sinn tighinn far a' bhàta bhuail mi steach innte rithist am measg an t-sluaigh aig mullach a' ghangway. Ghog mi mo cheann rithe, oir às dèidh coinneachadh air an staidhre, bha aithne bheag air choreigin againn air a chèile. Bha rucksack aice, agus o chionns gun robh mise dìreach thall airson an latha, cha robh agamsa ach màileid bheag air mo ghualainn. Rinn mi seann obair an duin'-uasail.

'Am bu toigh leat cuideachadh?' dh'fhaighnich mi.

Stad i tiotan.

'Aidh. Tapadh leat – sìos an staidhre seo.'

Thug mi dhi mo mhàileid agus gabh mi am poca-droma aice-se.

'Taing,' thuirt i aig bonn na staidhre.

'An giùlain mi e chun a' chàr?' dh'fhaighnich mi.

'Cha ghiùlain. Gu robh math agad. 'S chan eil càr agam an seo. Tha mi dol a dh'fhaighinn a' bhus ud.'

'An e sin am fear gu Fionn a' Phort?' dh'fhaighnich mi.

'Chan e. Tha am fear gu Fionn a' Phort thall an siud. Tha am fear seo dol a cheann a tuath an eilein, a Thobair Mhoire 's an uair sin gu Dearbhaig agus Caileagearaidh air an taobh siar.'

Bha mi tomhas an robh i aoireil, ach cha dèanainn a-mach gun robh. 'S dòcha gun robh i dhen bheachd gun robh mi aineolach. Neo nach b' urrainn dhomh a' Bheurla agus na h-àiteachan sin a bha sgrìobhte air a' bhus a leughadh. Uaireannan, an fhìrinn innse, bhithinn a' cur orm blas Frangach agus 's dòcha gun do rinn mi sin gun fhiost' dhomh fhìn. Neo gun robh i dhen bheachd gun robh mi cunnartach: chancer, mar a chanas iad, a' feuchainn ri a togail suas. Cho amharasach agus a bha beatha air m' fhàgail.

'Sgoinneil,' thuirt mi. 'Sin an dearbh bhus a bha mi dol a ghabhail. Gu tuath agus sìos an taobh siar dhen eilein.'

'Eil thu cinnteach?' thuirt i. 'San àbhaist bi daoine faighinn am fear eile a dh'Ìdhe.'

'Tha. Tha mi làn-chinnteach.'

Fhad 's a bha ise a' cur a' phoca-droma aice an cliathaich a' bhus chaidh mi air bòrd. Shuidh mi letheach-slighe sìos am bus, agus feumadh mi ràdh gun tug e faothachadh dhomh gun do shuidh i null air mo bheulaibh nuair a thàinig i fhèin air bòrd, ged a bha suidheachain falamh gu leòr na b' fhaide suas. Rinn i gàire agus thuig mi an uair sin gu slàn cinnteach gur e ise bh' ann, gun aon teagamh sam bith: bha na breacan-siantan an sin fhathast, agus an gàire, agus na sùilean, fiù 's ged a bha am falt dhorcha chuallach air a dhol na chiabhagan goirid is glas sna freumhan.

'Well,' thuirt i. 'Smaoinich fhèin! Dè chanadh tu ris –

mìorbhail? Neo tuiteamas?'

Chuir e iongnadh orm – chan e am mìorbhail neo an tuiteamas, ach gun do chuimhnich i.

'Ach cha robh adhbhar agad...' dh'fheuch mi ri ràdh.

'Cha robh. Idir. Ach gun robh mi fo chùram an latha sin, agus air sgàth sin gu bheil mi ga cuimhneachadh gach là.'

'Fo chùram?'

Choimhead i orm tarsainn trannsa a' bhus.

'Aidh. Bha mi air m' fhidheall a chall, agus saoilidh mi gun robh mi fo uamhas. Trauma ma thogras tu. Rinn sin mi cho mothachail dhan a h-uile rud a bha timcheall orm, agus feumaidh gun robh mi clàradh gach rud a bha tachairt air eagal, tro mhìorbhail air choreigin, gum faicinn m' fhidheall. Chan fhaca, ach chunna mi a h-uile rud eile. Tha cuimhn'm air dath agus cumadh agus suidheachadh gach sèithear aig stèisean Waverley. Tha cuimhn'm air guth gach oifigear-poileis agus gach fear a bha 'g obair anns gach bùth-iasaid air an do thadhail mi. Tha cuimhn'm air fuaim an trèan a' dol tro gach stèisean fhad 's a shiubhail mi nuas an seo a dh'innse dham mhàthair. Tha cuimhn'm air an fhear seo a sheas nam rathad air staidhre a' bhàta agus a thuirt 'Duilich' fhad 's a dh'fheuch e seasamh gu aon taobh, agus mar a thubhairt mi 'O, na gabh dragh – gheibh mi seachad,' 's tha cuimhn'm mar a shiubhail mi fad an rathad dhachaigh air a' bhaidhsagal – cluinnidh mi fhathast fuaim nan rothan air na rathaidean-morghain, agus na glaisein a' seinn – 's mar a bha Mam a' bleoghainn Daisy shìos taobh a' gheata 's mar a dh'fhairich i gun robh mi ann 's mar a thionndaidh i, 's i fhathast na suidhe air an stòl, 's mar a rinn i smèid rium.'

B' e tuil àlainn de bhriathran a bh' ann, ach bha mi air mo nàireachadh le mo bhreugan agus mo dhòighean fhèin eòlas fhaighinn oirre, oir bha e soilleir gun robh fios aice-se fad an t-siubhail.

'Tha mi duilich,' thòisich mi, ach chuir i stad orm le seasamh làimhe.

'Uh-uh,' thuirt i. 'Na can e. Innis an fhìrinn.'

Ghluais i nall na suidheachan gus a bhith an ath dhoras dhan trannsa.

'An turas seo.'

Chrom mi mo shùilean. Tha amharas agam gun do choimhead mi an taobh eile son diog, a-mach an uinneag.

'Chan e clann a th' annainn tuilleadh. Chan eil e ag obair mar sin tuilleadh.'

Choimhead mi air ais oirre, feuchainn ri gàire dhèanamh. Bha aithreachas orm nach robh misneachd agam, fiù 's gluasad òirleach neo dhà a-null chun na trannsaidh, ach bha an fhìrinn air mo reothadh.

'Agus,' thuirt mi, 's mi faireachdainn cho gòrach, 'an d' fhuair thu riamh an fhidheall?'

Chrath i a ceann gu slaodach. Ghluais mi an uair sin nas fhaisg' air an trannsaidh.

'Èist – tha fhios a'm gu bheil seo a' dol a chluinntinn gòrach is cracte agus seòrsa breugach agus mar gu bheil mi ga dhèanamh suas o chionns gu bheil thu an seo 's gu bheil mi ag iarraidh leum dhan leabaidh còmhla leat 's a h-uile rud uabhasach sin air a bheil fhios againn agus a bhios sinn a' leughadh mu dheoghainn, ach fhathast 's e an fhìrinn a th' ann.'

Stad mi. Rinn mi an gnothach air stad.

'Ach tha mi – tha mi air a bhith smaointinn mud dheidhinn fad mo bheatha. Cò thu, dè thu, ciamar a bha thu, cà' 'n robh thu, dè thachair dhut, dè nach do thachair dhut, an do phòs tu, robh clann agad, robh thu beò, robh thu marbh, robh e gu diofar, do rinn mi suas e, do thachair sìon idir dhe, idir idir idir...'

Chrom i null dham ionnsaigh agus rinn i an rud bu

bhrèagha: shuath i m' aodann, mar gum b' e leanabh beag a bh' annam.

'Tha thu air a bhith cur nan ceistean ort fhèin,' thuirt i. Neo tha mi smaointinn gur e sin a thuirt i. 'Cò thu, ciamar a bha thu, cà' 'n robh thu, dè thachair dhut, dè nach do thachair dhut, an do phòs tu, robh clann agad, robh thu beò, robh thu marbh, robh e gu diofar, do rinn thu suas e, do thachair sìon idir dhe, idir idir idir…'

Stad i, a' gluasad a làimh air falbh.

''S tha fhios a'm air an sin oir sin na ceistean a th' againn uile. Cha ruig thu leis a bhith nad fhàidh son fios a bhith agad mun a sin. Ged 's dòcha gum feum thu bhith son a chluinntinn.'

Às dèidh làimh, fhad 's à choisich sinn sìos an rathad gu Dearbhaig, chaidh rudan a lorg: seann sgeap-sheillean taobh an rathaid, nead glaisein ann am preas taobh na h-aibhne, agus baidhsagal pàiste air meirgeadh an dìg an rathaid.

Aon uair 's gun do ràinig sinn Tobar Mhoire, cha robh am bus eile bha dol siar ann – bha e air briseadh sìos – agus an àite feitheamh dìreach thòisich sinn coiseachd sìos an rathad gu dachaigh Eilidh ann an Caileagearraidh.

'Tha e sia mìle deug,' thuirt i, a' coimhead orm o mullach mo chinn gu m' shàilean mar gum b' e each a bh' annam. 'Eil thu smaointinn gun dèan thu an gnothach?'

'Chan eil,' fhreagair mi. 'Chan eil mi smaointinn gun dèan mi an gnothach, ach tha deagh òrdag agam, agus ma dh'fheumas mi thèid agam a stobadh a-mach son lioft…'

Chrath i a ceann.

'Chan eil mi smaointinn,' thuirt i. 'Anns a' chiad àite, chan eil mòran trafaig air an rathad seo. Agus – anns an dara àite – nach eil thu dhen bheachd gu bheil hitseadh caran – ciamar mar a chuireas mi e? – uncool? – airson daoine ar n-aoisne?'

'S mar sin choisich sinn e, mar dithis òganach. B' e latha àlainn a bh' ann co-dhiù – latha Cèitean le grian gu leòr son blàths agus gaoth gu leòr son fionnarachd.

'Airson a bhith cool,' thuirt mi rithe.

Saoilidh mi gun robh i fhèin air breug innse mun chiad phàirt, oir bha càraichean gu leòr air an rathad, agus an-dràsta 's a-rithist, stadadh fear co-dhiù a' faighneachd dhuinn an robh sinn ag iarraidh lioft, ach thuirt sinn nach robh, gun robh sinn a-muigh a' gabhail tlachd an latha. Rud a bha.

Dh'innis i dhomh mu Pheru agus Madagascar agus an Rhonda Valley is dh'innis mise dhìse cuid dhe na rudan mu dheidhinn Alasdair agus Ceit, agus Ruairidh Mòr, agus an sgoth, agus Lunnainn. Ach ged a dh'innis sinn na rudan sin, fhathast dh'innis sinn iad mar charan do shrainnsearan, oir is e aon rud sgeul a chluinntinn agus rud eile a creidsinn.

Mu dheireadh thall ghabh sinn lioft bho dhuin' ionadail. Bha fhios againn gum buineadh e dhan àite oir chluinneamaid exhaust a' chàr aige o mhìltean air ais. Stad e an t-seann Chortina aige agus smèid e steach sinn. Thàinig e fhèin a-mach às a' chàr agus thilg e am poca-droma aig Eilidh agus mo mhàileid-sa a-steach dhan bhoot, stiùir e Eilidh dhan t-seata thoiseach agus chaidh mise steach dhan t-seata chùil, agus a-mach leinn le brag on phìob-traoghaidh.

Bha sinn uile sàmhach airson greis, o chionns gun robh e doirbh dhuinn smaoineachadh, gun luaidh air bruidhinn neo cluinntinn, leis an racket a bha an exhaust a' dèanamh. Ach an ceann beagan mhìltean dh'fhàs sinn cleachdte ris, 's thuig sinn gum faigheadh tu mu dheich faclan a-mach mus tigeadh am brag!

'Aidh aidh,' thuirt an dràibhear an uair sin.

'Aidh,' thuirt sinne.

'Aidh,' thuirt esan.

'Well, Eilidh O' Connor,' thuirt e, 'tha e cho math d' fhaicinn a-rithist.'

Thug e leth-shùil oirre.

'Agus thu coimhead cho math cuideachd. Cho brèagha an-diugh agus a bha thu an latha laigh mo shùil ort an toiseach o chionn leth cheud bliadhna, ach chan eil iongnadh an sin, oir b' e boireannach àlainn a bha nad mhàthair.'

'Nist a-nis Lachaidh,' thuirt Eilidh. 'Tha fhios agad glè mhath nach eil e cothromach nighean a choimeas ri màthair!'

Rinn e gàire. 'S choimhead e ann an sgàthan-cùil a' chàir.

'Agus cò e an duin'-uasal seo aig a bheil an t-urram a bhith coiseachd an rathaid mhòir còmhla leat?'

'Uibhisteach,' thuirt mi. 'Tuigidh tu fhèin an còrr.'

Rinn e gàire.

'Uibhisteach! Tha iad sin cho gann ris na Muilich fhèin an seo!'

Thionndaidh e rithist gu Eilidh.

'Daoine garbh na h-Uibhistich. Daoine gasta – na maraichean as fheàrr san t-saoghal mhòr. Ach sin an rud mu dheireadh a bhios tu 'g iarraidh a chluinntinn a-rithist: na sgeulachdan agamsa mu dheidhinn South Georgia agus na h-Uibhistich. Agus na Leòdhasaich, nach robh slac a bharrachd.'

Chaidh sinn uile sàmhach a-rithist.

'Bidh thu 'g iarraidh – bidh thu 'g iarraidh a dhol a-mach san eathar, aidh?' thuirt e ri Eilidh.

Ghog i a ceann.

'A-màireach?' dh'fhaighnich e. 'Neo an lathairne-mhàireach?'

'A-màireach,' fhreagairt Eilidh. 'Tha fhios agad gur e sin a' chiad rud a nì mi.'

Dh'fhàg e sinn aig an taigh aice.

'Tha fhios agad...' thuirt mi.

Bha i feitheamh gus an canainn rud.

'Dìreach coisichidh mise air adhart. Neo tha fhios gu bheil B&B air choreigin timcheall seo far am b' urrainn domh fuireach?'

'Tha,' thuirt i. 'Tha grunn B&Bs timcheall. Agus taxi cuideachd – Murchadh an Taxi – a bheireadh air ais thu son an aiseag mu dheireadh mas e sin a b' fheàrr leat.'

Choimhead i orm.

'Tha spare-room ann cuideachd. Dh'fhaodadh tu cadal an sin.'

Thog i am poca-droma air a guailnean. Chuir i sìos e rithist.

'Chan e tairgse sam bith a th' ann. Dìreach daondachd shìmplidh. Le gach dòchas is cunnart.'

Bha an taigh fuar, ach cha tug sinn fada faighinn teine dol agus mus do rinn sinn tì is beagan bidhe bha an taigh blàth gu leòr. A! smaoinich mi. Chan eil sìon a bharrachd agam.

'Ehm... bha dùil agam gun robh mi dìreach a' dol a dh'Ì son an latha.'

Choimhead i orm.

'Sin a thig o bhith 'g innse nam breugan! Nach robh thu riamh anns na Boy Scouts? Bi deiseil, 's mar sin air adhart...?'

'Cha robh,' dh'aidich mi. 'Tha mi duilich, ach cha robh mi riamh anns na Scouts. Deprived childhood 's mar sin air adhart...?'

'Tha e cho math gun robh mise anns na Guides ma-thà.' Chaidh i steach dhan t-seòmar-cùil agus thill i le bruis-fhiaclan agus le uachdar-fhiaclan. 'Duilich nach eil razar ann,' thuirt i. 'Agus ma their thu sùil anns an t-seann chiste sin aig tha fhios dè na h-ulaidhean-èididh a lorgas tu.'

Chuir i ceòl air fhad 's a rùraich mi tron chiste. Shostakovich, Siomfonaidh Àir. 5 ann an D Minor, Orcastra Nàiseanta na

Ruis air a stiùireadh le Yakov Kreizberg. Sheinn mise ceòl
gu tur eadar-dhealaichte fom anail: trì bodaich reamhar air
ciste duine marbh, yo-ho-ho agus botal mòr ruma. Lorg mi
stocainnean fada striopach, lèine-oidhche fada ballach às am
biodh Ebenezer Balfour of Shaws fhèin gu math moiteil, lèine
bhrèagha sìoda agus dà gheansaidh mòr iasgair a bhiodh a
cheart cho fasanta an-diugh 's a bha iad an uair sin.

Bha mi mar an gille beag air a leigeil ma sgaoil ann am
bùth nan tòidhs. Agus chluich mi a' phàirt. Chuir mi orm an
geansaidh agus leig mi orm gun robh mi dèanamh Sailor's
Hornpipe, agus cha do sguir mi gus an do thuig mi gun
robh rud fada nas cudromaiche a' gabhail àite timcheall
orm: bha Kreizberg gar stiùireadh a-steach gu socair dhan
3mh Gluasad, 's ghabh an tuireadh thairis. Shuidh an dithis
againn ann an sàmhchair. Ùmhlaichte.

Shuidh sinn air beulaibh a chèile taobh an teine. Bha na
lasairean on teine a' tilgeil fhaileasan air a h-aodann anns
a' chiaradh agus ghabh mi balgam dhen dram a bha i air a
thoirt dhomh anns a' ghloinne chriostail. Bha gloinne de fhìon
dearg aice-se. Bha Chet Baker a' seinn. Am fiodh a' losgadh,
a' tionndadh dearg. An t-àm mus do chuir sinn sinn fhèin
am meadhain na sgeòil. Nuair a bha an sgeulachd fhathast
a-muigh an sin, ri bhith ri toirt a-steach dhan taigh, seach air
a' breith a-steach. An t-àm ro ghràdh nuair a thig thu faisg
an àite ghreimeachadh. Mar a dhìreas tu beinn on chliathaich
neo mar a sheòlas tu air d' fhiaradh dhan ghaoith.

Dh'innis sinn sgeulachdan mu rudan a thachair dhuinn seach
mu ar deidhinn fhèin. 'Tha cuimhn'm turas' thuirt ise, agus
fhreagair mise, 'Uair…' Dh'innis mi dhi mu thuiteamasan nam
bheatha fhìn, agus dh'innis ise dhomh mun turas a bha i ann
an cafaidh Bewley's ann am Baile Atha Cliatha a' smaointinn
mu a seann caraid Anna, agus cò a choisich a-steach ach…
agus an uair sin chuimhnich mise a bhith coiseachd ann an

New York agus a' coimhead suas agus m' ainm fhaicinn air soidhne sràide: Alexander Street. Rinn i gàire. 'Och, thachradh sin an àite sam bith! Smaoinich air na th' anns an t-saoghal de Shràidean Alasdair!' Agus i cho ceart 's a ghabhas – tha iad anns gach àite, o Ghlaschu gu St Petersburg.

'Agus co-dhiù,' thuirt i, 'chan e Alexander a th' unnad ach Alasdair. Anns an aon dòigh nach e Helen a th' annamsa ach Eilidh.' A-rithist am mìorbhail a bhith dà rud aig an aon àm. Eilidh agus Alasdair. Am fiodh a' losgadh anns an teine agus a' dol à sealladh. Chet Baker, a dh'eug o chionn fhada, a' seinn aig ar cèilidh. An dà chànan a bha leth unnainn, air an leth cuimhneachadh air an leth dìochuimhneachadh. Ciamar a chanainn rithe gun robh gaol agam oirre? Nach robh ann – mar Dia fhèin – gun fhianais.

Bha na daoine beaga a' fuireach fon talamh. A' cèilidh. A' dannsa 's a' seinn 's a' dèanamh ceòl. Beatha agus beatha slàn, làn. Nuair a chì thu na tomain uaine air a' mhachaire, sin nuair a chreideas tu unnta ann an da-rìreabh. Cho fasgach agus a bha e an sin, còmhdaichte le feur uaine is muran is gainmheach fiù 's anns a ghaoth a tuath. Àite far am b' urrainn dhut dannsa. Chluinneadh tu an ceòl an toiseach, fann agus fad às, agus nuair a thigeadh tu faisg – ma bha an solas math – chitheadh tu na daoine beaga a' cluich sa mhuran. Dh'fhosgladh doras 's nuair a rachadh tu a-steach bha na solais uile a' dèarrsadh agus na soireachan fìona cur thairis agus smèideadh bodach beag le feusag fhada gheal thu a-null agus dh' iarraidh e ort suidhe ri thaobh thall taobh an teine. Bhiodh pìobaire a' cluich agus a h-uile maighdeann òg mhaiseach nan gùintean uaine is airgeadach a' dannsa air an corra-biod mus nochdadh na fir òga a-steach mar theine gan togail àrd dha na speuran 's gan giùlain gu h-aoibhneach air feadh na talla.

Bhiodh am bòrd loma-làn dhen chuid a b' fheàrr: sitheann

is ìm is ùbhlan uaine is brochan is fìon ann an soitheachan
òir agus bainne ann an cuinneagan gloinne – agus cha robh
crìoch air a' chuirm, latha às deoghaidh latha, oidhche às
deoghaidh oidhche. Nuair a dh'fheumadh tu fois ghabhadh
aon dhe na maighdeannan òga do làmh agus bheireadh i
tro thalla làn sgàthain thu gu seòmar nan cùrtairean far an
deàrrsadh solas òr ort fhad 's a thuit thu nad chadal agus
nuair a dhùisgeadh tu bhiodh an clàrsair òg na suidhe ann
an oisean na seòmar a' seinn na h-òrain maidne.

Nan robh thu sealbhach bhiodh tu an sin airson 100
bliadhna 's thilleadh tu às òg fhad 's a bha an saoghal gu
lèir air bàsachadh. Bha sin doirbh do chuid, ga ghabhail
mar mhallachadh, cleas Rip Van Winkle anns an dualchas
ud eile, a' caoidh na dh' fhalbh, troimhe-chèile mu na bha
air fhàgail. Bhiodh feadhainn eile, cleas mo nàbaidh Iain
Dhòmhnaill Sheumais, a' gabhail ris, ag innse do dhuine
sam bith a dh'èisteadh nach robh Borodino cho truagh agus
a rinn Tolstoy a mach, agus gum b' e an tàmailt mhòr mar
a thachair do Chlann IllEathain an Inbhir Chèitein. Agus
nuair a dhealaicheadh tu riutha bheireadh iad dhut ìm air
èibhleagh, 's brochan-càil an crèileag, 's brògan-pàipear
's chuireadh iad air falbh thu le peilear gunna-mhòir air
rathad-mòr gloinne gus an fàigheadh tu thu fhèin an sin nad
shuidhe staigh.

Rinn Eilidh gàire. Chuir mi tuilleadh fiodh air an teine
agus chuir mi an coire air. Cha robh e ceangailte ri tuiteamas
ach ri dòchas. Aon latha gun stadadh bochdainn is saothair,
agus gun rachadh againn seinn is dannsa. Aon latha gum
fosgladh na h-uaighean agus gun èireadh na mairbh agus
nuair a rachadh tu air ais gun robh a h-uile nì air a chruth-
atharrachadh. Gun tilleadh Dòmhnall tron cheò, gum biodh
Margherita na seasamh an sin àlainn anns a' chiaradh, gum
biodh Ruairidh Mòr sòbarra gu sìorraidh.

Bha an cofaidh deiseil. B' e tè dhe na poitean diabhlaidh sin a bh' ann a bha sileadh ge brith dè cho faiceallach 's a bhiodh tu. Agus 's dòcha gur ann an uair sin a thuig mi gu bheil beatha, mar sgeulachd, air a' dhèanamh suas à mearachdan is laigsidhean. Tuiteamas mar rud a bha an dàn, aislingean dreaste mar shìthichean. Oir b' e bàs a bh' ann an t-slighe eile, leigeil leis a' chofaidh dòirteadh air an ùrlar, am fiodh air an stòbh fàs fuar, gaol crìonadh.

'Am biodh do mhàthair a' dèanamh an aon rud?' dh'fhaighnich mi.

'An aon rud ri dè?'

'Ri seo,' thuirt mi, a' dòirteadh a' chofaidh a-steach dhan truinnsear, 's ga òl.

'Cha bitheadh. Cha bhiodh ise 'g òl cofaidh idir. Daonnan tì. Ach aidh, uaireannan bhiodh i 'g òl sin à truinnsear.'

Chaidh i null chun a' phreasa 's thug i mach pacaid Digestives.

'Ach bhiodh i daonnan – daonnan – a' bogadh na briosgaid anns an tì. Mar seo.'

Tha fhios gur e crois-rathaid a bh' ann. Nuair a dh' fhàs an rud dachaigheil prìseil. Nàdarra.

'Agus dè mu dheidhinn an tost?' dh'fhaighnich mi.

'Uaireannan,' thuirt i.

'S chaidh mi null gu drathair nam forcaichean agus thug mi mach forca fhada. Stob mi sin anns an aran gheal agus chaidh mi air mo ghlùinean taobh an teine, a' cumail an arain suas ri na lasairean.

'Ro fhaisg,' thuirt Eilidh. 'Fada ro fhaisg. Bu chòir dhut a thoirt air ais òirleach neo dhà.' Rud a rinn mi.

'Tha mi losgadh mo làmhan.'

'Leanabh rànail,' thuirt i.

Agus dh'atharraich mi làmhan, a' tostadh an taobh ud an toiseach agus an uair sin an taobh ud eile.

Bha e blasadh cho math leis an ìm a' leaghadh a-steach.

'Agus dè mu dheidhinn na lasairean ma-thà?' dh'fhaighnich ise.

'Na lasairean?'

'Aidh, na lasairean. Nach biodh iad ag innse dhuibh dè bha an dàn anns an àite às tàinig thu?'

'Cha bhitheadh.'

'Well, bhitheadh an seo.'

'Agus?'

'Agus,' thuirt i, a' dol air a glùinean rim thaobh taobh an teine, 'tha na lasairean ag ràdh...'

Choimhead i gu dùrachdach a-steach dhan teine agus lean mo shùilean i. Bha na lasairean on fhiodh a-nis gorm. Fiodh ailm.

'Tha na lasairean ag ràdh,' thuirt i, 'gu bheil a h-uile rud gu bhith math. Tha an luaithre a thuiteas sìos nan cuimhne, agus an toit a tha ag èirigh na thuigse. Aon fhear air teas a thoirt, am fear eile solas.'

Shuidh sinn air an ùrlar taobh an teine, gun suathadh ri chèile, agus dh'innis sinn stòiridhean. Dh'innis mise dhi mu Ridire nan Ceist agus mun Cheatharnaich Chaol Riabhach agus dh'innis ise dhomh gun robh, uaireigin an t-saoghail, cearc ann a chaidh suas gu mullach craobh-daraich airson cadal airson na h-oidhche, agus fhad 's a bha i a' cadal bhruadair i gun tigeadh an saoghal gu crìoch mura rachadh i gu Baile Chalmain.

Agus leum i sìos anns a' mhionaid uaireach agus dh'fhalbh i air a slighe agus cha robh i air a dhol ro fhada nuair a choinnich i ri coileach.

'Latha math a' choilich chìreach,' thuirt a' chearc.

'Latha math dhut fhèin a' chirc chiallach,' thuirt an coileach. 'Cà 'il thu dol cho tràth seo sa mhadainn?'

'O, tha mi dol a Bhaile Chalmain gus nach tig an saoghal

gu ceann,' thuirt a' chearc. 'Agus cò dh'innis sin dhut?' dh'fhaighnich an coileach.

'O, shuidh mi sa chraobh-daraich a-raoir 's bhruadair mi e,' thuirt a' chearc. 'O, well,' thuirt an coileach, 'thèid mise cuide riut ma-thà.'

Agus choisich iad pìos agus choinnich iad ri tunnag, Tunnag Tomach, agus gèadh, Gèadh Glas, agus ri sionnach, Sionnach Seòlta, a bha fada ro thapaidh son a' bhruadar ud a chreidsinn.

'Truileis is treallaich,' thuirt an Sionnach. 'Cha tig an saoghal gu ceann mura faigh sibhse gu Baile Chalmain! Cha tig! Thugainnibh dhachaigh còmhla riumsa, oir tha i sàbhailte agus seasgair an sin.'

Agus lean A' Chearc Chiallach agus An Coileach Cìreach agus An Tunnag Tomach agus An Gèadh Glas an Sionnach Seòlta sìos an rathad gu a dhachaigh, agus nuair a ràinig iad sin chuir an sionnach air braidseil mòr de theine agus cha robh fada gus an robh a h-uile duine faireachdainn gu math cadalach. Chaidh an tunnag agus an gèadh nan cadal air an ùrlar an oisean an taighe taobh an teine, ach dh'itealaich a' chearc agus an coileach suas air mullach posta faisg air an doras.

Agus nuair a bha an tunnag agus an gèadh nan suain chadal fhuair an sionnach grèim air a' ghèadh agus stob e air an teine e airson a ròstadh. Dh'fhairich a' chearc fàileadh na feòil ròiste agus dh'itealaich i suas na leth-cadal beagan na b' àirde air a' phost 's i ag ràdh, 'Feugh! Abair fàileadh grod! Abair fàileadh grod!' 'Och, bi sàmhach,' thuirt an sionnach. 'Chan eil ann ach fàileadh na smocadh tighinn nuas an t-simileir. Caidil, agus dùin do bheul.'

Agus chaidh a' chearc na cadal a-rithist. Nise, 's gann gun robh an sionnach air an gèadh a shluigeadh sìos amhaich na rinn e an aon rud leis an tunnag. Fhuair e grèim oirre, stob e i air an teine, agus ròst e i. Dhùisg a' chearc a-rithist

agus leum i suas na b' àirde air a' phosta. 'Feugh! Abair
fàileadh grod! Abair fàileadh grod!' ghlaodh i rithist, agus
dh'fhosgail i a sùilean ceart agus chunnaic i gun robh an
sionnach air an gèadh agus an tunnag ithe, agus ri sin leum
i suas gu fìor mhullach a' phuist agus choimhead i suas tro
toll na simileir mullach an taighe.

'O – seall,' dh èigh i. 'An sgaoth geòidh a tha 'g ealtainn
seachad,' thuirt i ris an t-sionnach, agus a-mach a ruith
Reynard airson gèadh mòr reamhar eile fhaighinn dha
fhèin. Ach fhad 's a bha e muigh dhùisg a' chearc chiallach
an coileach cìreach agus dh' innis i dha na thachair dhan
ghèadh ghlas agus dhan tunnag thomach, agus ri sin theich
a' chearc chiallach agus an coileach cìreach a-mach suas tro
tholl na simileir, agus mura b' e gun d' fhuair iad gu Baile
Chalmain bhiodh an saoghal air tighinn gu crìch.

Agus tha fhios nach robh e seachad dhuinne a bharrachd,
air ar slighe fhèin gu Baile Chalmain. Cha b' e an rud idir
gum biodh rudan ag obrachach a-mach, ach na dòighean
anns am biodh iad a' fuasgladh – sgàthan draoidheil an
siud, cìr an seo, ubhal air a thilgeil tarsainn do ghualainn,
sop feòir air an siùbhladh tu gu taobh thall an t-saoghail.
Innleachdas daonnan, 's cha b' e neart. Tionndadh anns
an rathad, bruadair a dh'innis a' chearc chiallach, breug
mu ealtainn gheòidh nach robh idir ann, coinneachadh ri
dealbhadair anns a' chiaradh, dol seachad air staidhrichean.
Cha robh mi fiù 's a' dol a ghabhail lòn an latha ud, ach thug
òraidiche eile orm rudeigin a ghabhail agus an ath rud bha
mi nan sheasamh taobh Marion anns an t-sreath.

'S gann gun do shuath sinn a chèile, ged a shuathadh
Eilidh deàrnag mo làimhe an-dràsta 's a-rithist nuair a
bhiodh i dearbhadh rudeigin. A' coimhead air ais air a-nis
tha mi mothachail air cho stuama agus a bha an oidhche sin,
dealantach 's gun robh e le dòchas. Chan eil fhios a'm an

robh sin ceangailte ri aois, ged tha amharas agam nam biodh sinn air a bhith na b' òige gum biodh sinn air mìlseachd ìobairt airson lasadh.

Agus bha i àlainn an oidhch' ud, na lasairean dathach on teine a' fàgail diofar chumaidhean is fhaileasan air a' gnùis. Cho snaidhte agus a bha a' gruaidhean anns an dearg, agus mar a shocraicheadh na lasairean ìseal a h-uile rud. Agus thuirt i gun robh mise cuideachd a' coimhead glè mhath, a' stòcadh an stòbh.

Sheinn sinn òrain bheaga dha chèile. Cailin mo rùin-sa leannan mo ghràidh, ainnir mo chridh-sa 's i cuspair mo dhàin, tha m' inntinn làn sòlais bhi tilleadh gun dàil, gu cailin mo rùin-sa is leannan mo ghràidh.

'Dè am facal as fhaide às aithne dhut?' dh'fhaighnich i, agus dh'fheuch mi ri mealladh 's thuirt mi agusnuairabhamiannanIlebhaCatrionacuideriumhoro, 's an uair sin thuirt mi mississippi agus disestablishmentarianism agus mu dheireadh thall fiù 's supercaleygoballisticcelticareatrocious, ach mu dheireadh thall sheatlaig sinn air ainm a chuala Eilidh na h-òige, tikitikitembonosarembocharibaribuchipipperripembo, a thuirt i bha na ainm air gille beag Iapanach ann an sgeulachd a bhiodh a màthair ag innse dhi nuair a bha i fhèin beag.

Bha an rùm agamsa shuas anns an ataig: beag agus le v-lining agus air a bhlàthachadh a-nis le teine on ghrèata a bha sinn air lasadh shìos gu h-ìseal. Laigh mi an sin, cho seasgair ris an t-seangan sheanfhaclach, a' smaoineachadh mu Alasdair òg, mo sheanair, na laighe ann an seòmar ceudna cha mhòr ceud bliadhn' air ais 's e ruith le Nurmi.

Chuir mi dheth an lampa bheag a bha laiste ri taobh na leapadh 's leig mi le solas nàdarra na h-oidhche muigh soillseachadh air an t-seòmar. Ann an rùm mar seo bha an triùir againn air cadal: mi fhìn 's mo dhithis bhràithrean. Mhair a h-uile sìon diogan. An ath rud cha robh sìon ann.

Bha rudan a' sgròbadh. Uisge mìn a' tuiteam. Bha dùil a'm gun cuala mi beagan jazz, ach chuir fuaim cù a' comhartaich às dhan cheòl. Dh'èigh guth. Dh'aithnich mi an guth: am bodach ud a bha air lioft a thoirt dhuinn. Lachaidh. Mar sin. Bha mi ann am Muile. Muile nan Fuar Bheann Àrd. Chaidh mi null chun an uinneig bhig 's chunna mi Eilidh a' falbh le Lachaidh. Bha làraidh bheag ghorm aige gun exhaust sam bith a' bragadaich. Bha an cù collie aige na sheasamh san trèileir. Dh' fhalbh iad.

Ghlan mi mi fhìn, chuir mi orm an lèine shìoda agus an geansaidh mòr agus a' bhriogais moleskin a fhuair mi sa chiste, 's chaidh mi sìos an staidhre. Leugh mi an nota:

'Tha mi air a dhol a-mach còmhla le Lachaidh sa bhàt'-iasgaich. Air ais feasgar. Dèan thu fhèin aig an taigh. E.'

Gun x. Daonnan deagh chomharra. Cha robh e sùileachadh sìon, ag iarraidh sìon. Dh'fheumadh rudan a chur air dòigh, agus mar sin dh'fhàg mise nota cuideachd.

'Air a dhol air ais gu tìr-mòr son an càr a thilleadh. An uair sin gu Paris son rudan a rèiteachadh. Taing airson na briogais moleskin. Air ais uaireigin.'

Agus dh'fhàg mi an àireamh mobile agam, air eagal. Dh'fhòn mi Murchadh an Taxi a thug chun na h-aiseig mi agus mus tàinig àm lòn bha mi dràibheadh gu deas.

Chuir mi romham rathad na mara a ghabhail sìos tro Chill Màrtainn gu Cinn Tìre far an glacainn an aiseag bheag aig Claonaig a-null a dh'Arainn agus aiseag Bhreathaig an uair sin a Shiorrachd Adhar.

Chuir mi an oidhche seachad ann an Àird Rosain, dhràibh mi an càr ar ais gu York anns a' mhadainn agus mus tàinig an oidhche bha mi air ais anns an apartment fhalamh againn taobh an Jardin.

Dh'fheuch mi fònadh gu Dotair Jacques, ach cha robh

freagairt ann. Bhiodh e air falbh airson làithean-saora toiseach samhraidh shuas ann an Lochlainn. 'Atharrachadh èadhar on a seo,' chanadh e. 'Ùraichidh e mi airson an còrr dhen bhliadhna gu lèir.'

Chuir mi mo làmh air gnothaichean, ach cha robh beatha unnta. Bha na sìtheinean a bha sinn air fhàgail anns a' bhàs air bàsachadh agus ged a chaidh mi dhan bhùth aig oisean na sràide son feadhainn eile bha iad fhathast a' coimhead loit anns a' ghloinne.

Chluich mi am piàna airson ùine mus do neartaich mi mi fhìn airson a dhol a-staigh dhan t-seòmar far an do dh'eug i. Cha do dh'fhairich mi sìon, ach dìreach beàrn mhòr mar nach robh sìon riamh air tachairt.

Cha b' e ionndrainn neo call a bh' ann, ach fosg anns an adhar: feitheamh son rudeigin seach faireachdainn na falamhachd. Bha mi air leughadh uaireigin an àiteigin gur e a' chiad rud a bhios pìleatan a tha air a bhith ann an tubaist-plèana a' dèanamh a' dol air ais cho luath sa ghabhas dhan phlèana, 's mar sin laigh mi sìos air an leabaidh. An leabaidh againn. Ise a bhiodh air a làimh chlì, taobh na h-uinneig, agus mise air an làimh dheis, taobh an dorais. Laigh mi air an taobh agam fhìn. Bha an leabhar-latha aice fosgailte taobh na leapadh agus dhùin mi e.

Sheirm am fòn-làimhe agam. Dh'fhaighnich Eilidh dhomh an robh mi gu math 's thuirt mi gun robh.

'Agus thusa?'

'Math,' thuirt i. 'Uabhasach math. Ghlac sinn bric. Bha iad gu math blasta.'

Cha do dh'fhaighnich i an robh dùil a'm tilleadh a dh'Albainn, 's cha dubhairt mi, o chionns nach robh fhios agam fhìn.

Às dèidh am fòn shuidh mi air oir na leapadh. Bha solas an fheasgair a' sileadh tron uinneag – as t-samhradh bhiodh an solas sin a lìonadh an toll eadar an dà thogalach a bha air ar beulaibh son mu dhà uair a thìde, ged nach fhaiceadh tu solas grèine sam bith tron gheamhradh. Bha na mionagadain a' dannsadh san èadhar. Ùine mhòr bhon a bha mi air an fhacal sin a chuimhneachadh. A chleachdadh.

Dh'fheuch mi grèim fhaighinn orra, mar a bhithinn daonnan a' dèanamh nuair bha mi òg, 's fhathast dh'fhàillig mi. Mòr agus gun robh mo chròig a-nis, cha robh i mòr gu leòr. Bha dòigh ann ge-tà, thuirt mo charaid Angaidh. Dh'fheumadh tu do shùilean a dhùnadh teann agus cunntais gu ceithir-fichead 's a naoi-deug le do dhà làmh fosgailte, agus an uair sin an làmh dheis a chlapadh dùinte gu luath sgiobalta. Thuirt Angaidh nan dèanadh tu sin luath gu leòr gun glacadh tu feadhainn dhiubh mus faigheadh iad air falbh.

Agus thòisich mi cunntais, mo làmhan fosgailte mar ann an ùrnaigh. Aon dhà trì ceithir. Dh'fheumadh cuideachd am beàrn eadar gach àireamh a bhith gu tur co-ionnan, thuirt Angaidh. Bha m' anail ceàrr. Cus astar eadar an trì agus a cheithir an turas ud.

Thòisich mi rithist. Aon dhà trì ceithir. Bha siud ro luath. Aon dhà trì ceithir. Ro chorrach.

'Feumaidh e bhith mar seo,' thuirt Angaidh. 'Aon – anail – dhà – anail – trì – anail – ceithir...' ach nuair a ràinig mi na h-àireamhan dùblaichte chaill mi an ruitheam agus mar a tha fhios aig pàiste sam bith gun ruitheam chan eil draoidheachd.

An àite sin sheas mi agus choisich mi tro na mionagadain a-null chun na h-uinneig.

Cho eireachdail agus a bha Paris ann an solas an fheasgair. Bha cuideigin dà-rìreabh a' cluich jazz an seo: Stan Getz le Indiana. Dh'aithnichinn sin an àite sam bith, ach carson a bha e daonnan a' fuaimneachadh nas fheàrr an seo am Paris? Paris Harris Pàrras. *Last Tango*.

Nach robh faireachdainnean agam. Seo mi a' cluich le faclan 's le mionagadain le m' mhnaoi a bh' ann dìreach ùr-sgaoilte air Monadh Yorkshire. Nach bu chòir m' eanchainn a bhith an sin còmhla leatha, neo an seo anns na seòmraichean far an robh sinn air a bhith fuireach airson na bliadhnachan mu dheireadh?

Air a bhith fuireach! Ha! An robh na briathran air mo bhrath? An àite sin, bha mi an àiteigin eile: daonnan air ais anns na làithean ud. Agus mìorbhail Eilidh. Chan e – 's dòcha dìreach mìorbhail coinneachadh ri Eilidh. Air nach robh eòlas sam bith agam. Am b' e mionagadain mo mhic-mheanmna a bh' inntese cuideachd? Gun fheòil, gun chnàimh, mar gun robh sin a' ciallachadh càil. Tè gun bhrìgh, mar gun robh sin ann fhèin a' ciallachadh sìon a bharrachd.

Oir nach robh sinn uile? Am pàist a bh' annam. Uaireigin, bha mi dol a ràdh, ach chuir mi stad orm fhìn. Stad. A tha mi. Am pàist a th' annam. Am pàist ud aig an robh dùil gun robh saoghal mòr roimhe. A sheòladh na seachd cuantan, a rachadh tarsainn na h-Atlantaig ann an canù, a dhèanadh dàn nas fheàrr na Kubla Khan, a phòsadh agus aig am biodh clann a bhiodh nan sgàthan air a shluagh. Neo co-dhiù nan sgàthan air a' chuid a b' fheàrr dhe dhaoine. An fheadhainn a bha air sabaid gu làidir aig Inbhir Chèitein, nach robh air tionndadh air ais aig Cùl Lodair, a bha air eilthireachd leis na gaisgich, a' stèidheachadh achaidhean-phrèiridhean Chanada agus monaidhean nan caorach ann am Patagonia. Agus seo e, am pàist ud, a-nis na bhodach le sgall agus làmhan tana, a' coimhead a mach air Paris air feasgar foghair. Ha! Chan eil duine a' sgrìobhadh chun a' Chòirneil.

Mus do thionndaidh mi air ais dhan t-seòmar bha mi

air mo cho-dhùnadh a dhèanamh. Dh'fhòn mi an tè-lagha agus thuirt mi rithe am flat a reic agus faighinn cuidhteas dhen àirneis. Cuid is trusgain, mar a b' àbhaist dhaibh toirt orra. Dh'fhàgainn le cho beag 's a b' urrainn dhomh, ged a bhiodh sin fhathast fada bharrachd na bha aig gin dhe mo shinnsrean: Alasdair Mòr a dh'fhalbh a dh' Astràilia gun sìon ach Bìoball na phòcaid, agus Caorstaidh Sheumais a chuir na seachd nigheanan anns a' chairt agus a shiubhail a Ghlaschu leotha.

Dh'fhuirich mi mìos, a' sealltainn an taighe do dhiofar dhaoine a bha an dùil a cheannach, ach mu dheireadh thall reic mi a gu càraid òg à Malaysia a bha a' ruith companaidh bheag aodaich organach san sgìre.

Dh'fhòn mi Eilidh agus dh'fhaighnich mi dhith am b' urrainn dhomh tighinn a Mhuile a dh'fhuireach son greis agus thuirt i 'Aidh.' Cha do dh'fhàg sinn riamh on uair sin, 's tha amharas agam nach fhàg.

IO

'MAR PHREUSANT,' THUIRT i, 'chaidh mi mach air an sgoth le Lachaidh a-raoir oir shaoil mi gun còrdadh breac riut às dèidh nam boiteagan ud eile ann am Paris!'

Ghliong sinn na glainneachan.

'Slàinte!'

Nach annasach an rud an gaol. Am beachd gur e siud thu, 18 agus uile bun-os-cionn, air neo gun sìol e às an ceann ùine, coltach ri stuagh a' traoghadh. Na sgeulachdan glòrmhor ud a chaidh innse uair mu Romeo agus Juliet agus Deirdre agus Naoise a fhuair am bàs airson gràdh. Mar a chaidh an Crìosd air Calbharaigh.

Gu bu dè an gnothach a bha seo mu ghràdh agus mu bhàs? Gràdh mar Eros, mar Philia, mar Agape. Agus mar ann an Gàidhlig nach canadh tu 'Tha gràdh agam ort' ach 'Is toigh leam thu'.

Nach b' e sin a thuirt E fhèin ri Peadar tri tursan: an toigh leat mi?

'An cual' thu,' thuirt mi rithe, 'mun Leòdhasach aig an robh a leithid de ghaol air a' mhnaoi aige, 's cha mhòr nach do dh'innis e dhi…?'

Agus rinn i gàire.

Nuair a dhèanadh i gàire bha gruaidh-lagan air a h-aodann. Nuair bhiodh a' ghrian a' deàrrsadh, mar a bha i fad an fhoghair ud, bhiodh na breacan-siantan ma sgaoil oirre, mar popaidhean a' mhachaire.

Dh'fhàs i a falt beagan na b' fhaide, agus bha i nis gu sìorraidh ga thilgeil cùl a cluaise. Cha robh ann ach toradh na mara, ach cha do thuig aon seach aon againn cho fìor shaillte agus a bha an àrainneachd gus a' chiad turus ud a phòg sinn. 'S cha robh sin fiù 's ri taobh na mara, ach a-staigh sa ghleann suas seachad air seann faing Ghruline an latha dhìrich sinn Beinn Chreagach.

Theàrn sinn anns a' chiaradh sìos taobh siar Loch Bà agus sheas sinn ùine an sin a' coimhead siar a-null gu Eòrsa, Innis Choinnich agus Ulbha. Thionndaidh sinn ri chèile an uair sin, rinn sinn gàire, agus phòg sinn. Cha do mhair e ach diogan, mus do sgar sinn, a' dèanamh gàire eile.

'Seall oirnn,' thuirt ise.

'Aidh. Dìreach seall oirnn,' fhreagair mi, agus an uair sin phòg sinn ceart, mar a bha sinn ag iarraidh, gun dhragh, gun chùram.

'Saillte,' thuirt mi.

'Tha barrachd salainn san àile an seo na tha anns a' Mhuir Shaillte fhèin,' thuirt i. 'Agus cuimhnich gu bheil fhios agam – nach e Eacologaist a th' annam?'

An oidhche sin chluich Eilidh an fhidheall nam chuideachd airson a' chiad turas. Chuir i gleus le pìos dhen Allegro aig Vivaldi, a dh'aithnich mi, an uair sin chluich i am pìos iongantach sin Serenata a rinn Stravinsky, agus chrìochnaich i le pìos nach do dh'aithnich mi.

'Am Pavano-Capricho aig Isaac Albeniz,' thuirt i. 'Chluich mi uair dhen t-saoghal airson mo Ire 8!'

'Cha bhi duine sam bith a' cluich mar siud o uair dhen t-saoghal. Eil puirt thraidiseanta sam bith agad?'

Agus sin nuair a dh'innis i dhomh gun do dh'fhalbh an ceòl leis an fhidheall.

'Dh'fhalbh an ceòl nuair a chaill mi an fhidheall. Gu bràth. Ach dìreach,' thuirt i 's i cuir na fidhle sìos air a' bhòrd, 'gun do thionndaidh an ceas an àirde o chionn ghoirid. Dìreach mus do thionndaidh thu fhèin an àirde!'

Thog mi mo làmhan.

'Cha b' e mise rinn e!'

Bha rud ann nach robh mi riamh air a thuigsinn.

'Dè an diofar co-dhiù eadar violin agus fidheall?'

'Bidh tè a' dèanamh ceòl. Bidh an tè eile ga chluich. Feumaidh tu fhèin obrachadh a mach dè an tè.'

'Agus an tè seo?' dh'fhaighnich mi, a' comharrachadh na fidhle a bh' air a bhòrd.

'Siuthad,' thuirt i rium agus ga toirt dhomh, 'Obraich a mach e.'

Thog mi am bogha chun nan teudan, a' feuchainn ri cuimhneachadh na beagan phuirt a dh' ionnsaich mi air a' bhogsa nam ghille, ach cha robh ceangal sam bith eadar am fuaim a rinn mi agus am fuaim a bha staigh nam cheann.

'Tha eagal orm,' thuirt mi, 'nach eil an tè seo a' dèanamh neo a' cluich ceòl. Agus an fhidheall seo a chaill thu?'

'Bha i san teaghlach. Bhuineadh i dhan teaghlach.'

''S bhiodh i dèanamh ceòl?'

'Bhitheadh. Bhiodh i dèanamh ceòl.'

'Agus – agus eil thu 'g ràdh riumsa nach urrainn dhut ceòl a chluich... tha mi ciallachadh a dhèanamh... air an fhidheall seo?'

'Tha. Chan urrainn dhòmhsa co-dhiù.'

'Agus an ceas?'

'Chunna mi e aig stèisean trèana. Dìreach mìosan air ais. Aig Stèisean Trèana Chritheann Làraich son a bhith mionaideach mu dheidhinn.'

Choisich i null chun a' phreasa taobh an teine. Thog i cairt bheag a-mach à drathair agus thug i dhomh i.

'Julie Stone' sgrìobht' air a' chairt. 'Trinity Road, Edinburgh', le seòladh làrach-lìn agus àireamh fòn mobile.

'Well chan e ise a ghoid an fhidheall – Thì, tha leth-cheud bliadhn' on uair sin. Ach bha an ceas aice. Cò aig tha fios nach nochd an fhidheall fhèin anns an aon dòigh mhìorbhaileach?'

'Tha mi cinnteach gun do dh'fhaighnich thu dhi?'

'Dè? An robh i cluich fidheall a chaidh a ghoid ri linn a seanair? Hah! Ach rinn mi cinnteach às – bha i dìreach cluich truaghan de rud.'

'Ach fhuair thu an seòladh aice, dìreach air eagal?'

'Dh'innis i dhomh gun d' fhuair i an ceas bho sheann bhodach aig an robh junk-yard faisg oirre. Shaoil mi gum b' fhiach e dhol ga fhaicinn aon latha brèagh' air choreigin...'

'Nach brèagha na làithean seo? Am fòn mi?'

'Chan fhòn. Cuiridh mi fhìn post-dealain thuice. Canaidh mi leatha gun do dh'innis mi breug.'

'Breug?'

'Aidh. Bha mi 'g iarraidh an seòladh aice feuch's am faighinn seòladh a' bhodaich. B' e an aon dòigh air an do smaoinich mi aig an àm a ràdh rithe gum bithinn uaireannan a' cumail chèilidhean agus 's dòcha gum bithinn ga h-iarraidh son cluich...'

'Well, bithidh... nach bi?'

'Aidh, well. 'S dòcha.'

Shiubhail sinn sìos a Dhùn Èideann Diluain. Làmhan an glaic a chèile fhad 's a choisich sinn far an trèan: bha gach gòraiche ceadaichte sa bhaile mhòr. Choinnich Julie fhèin rinn aig Waverley agus dh'innis Eilidh an fhìrinn dhi: sheall i dhi an t-àite far an robh a' bheinge air a bhith, uaireigin dhen t-saoghal, 's mar a sheas i 's mar a thionndaidh i 's mar a thionndaidh i air ais 's mar a bha an ionnstramaid air falbh.

'So this old junk-man,' thuirt i. 'I thought it might be worth my while seeing him, just in case he had any idea where that case he gave you came from in the first place.'

Thug Julie an seòladh aige dhuinn.

'He's a wonderful old guy. Completely eccentric. Maybe even mad? But a wonderful musician – can play any and all of the thousand bits of instruments he has in that yard of his. Oh, and he's a bit deaf too. Or at least pretends to be: sometimes he doesn't hear the clearest thing you say to him, but then demands silence and asks you to listen and sure enough you too will then hear it – a bird singing somewhere far above his garden. His name's Isaac. Jewish, of course.'

Bha e faisg air rathad cùrsa bus 23, sìos clobhsa far an robh garaids air a bhith aig aon àm a bha nise air a tionndadh a-steach na dachaigh. Bha feansa iarainn an uair sin a' ruith sìos leathad taobh na h-aibhne a bha gar toirt gu bonn a ghàrraidh aige, far an robh steapaichean beaga fiodh gad stiùireadh a-steach dhan yard. Stiùir Julie sinn gu sgiobalta, oir bha ise air a bhith a mach 's a-steach dhan àite on a bha i air a bhith na leanabh beag.

Chan eil buileach cuimhn'm, ach saoilidh mi gun tug e mu leth-uair dhuinn lorg fhaighinn air Isaac fhèin na laighe ann a hammock a bha crochte eadar an cidsin aige agus seann chraobh giuthais.

Air an t-slighe thuige stad Julie sinn a h-uile òirleach neo dhà airson innealan is pìosan de dh'ionnsramaidean àraid fhaicinn a bha nan laighe feadh an àite – xylophones agus glockenspeils agus trompaidean is òrgans agus pìosan de dhuisealan is piccolos agus leth celesta a bharrachd air mìle gu leth rud eile nach aithnicheadh duine sam bith ach Isaac agus an Cruithfhear fhèin.

Choimhead Isaac sìos oirnn bhon a hammock.

'Ah! My dear Juliette,' thuirt e. 'And you bring visitors?'

'Indeed I do, Mr Stein.'

'Musicians too?' dh'fhaighnich e.

'Of course. Of course they are.'

'Good. Good. Tell them to look around. Tell them to take their time. We have all the time in the world.'

Agus dhùin e a shùilean agus laigh e air ais san leabaidh-chanabhas a-rithist.

A-staigh, bha an taigh a cheart cho làn de rudan agus a bha an yard a-muigh. Pìoban, bogsaichean, cellos, saxophones, tubas. Càrnan mòra de dhuilleagan-ciùil agus cnocan de sheann LPS a chuireadh duine sam bith air bhoil.

Agus siud i.

Shìos air an ùrlar, leth-chòmhdaichte le ceasaichean agus pìos de phiàna.

Cha duirt Eilidh guth: chaidh i sìos air a glùinean, a' gluasad air falbh na siotaichean-ciùil a bha nan laighe air a muin: Chanson dans le nuit, le Carloz Salzedo. Chan e gu bheil e gu diofar, ach dìreach gur e sin aon dhe na rudan beag cracte air a bheil cuimhn'm nuair a lorg i an ulaidh.

Shuath i an dust air falbh agus dh'fhuirich i an sin air a glùinean anns an t-sàmhchair a' coimhead sìos air an ionnsramaid. Thog i i, gu faiceallach, agus bha gach uirsgeul ann an tìm glacte anns an togail ud. Mar èirigh grèine, tha fhios fiù 's mar aiseirigh nam mairbh.

B' e siud am mac stròdhail, agus a' chaora chaillte, agus am bonn a chaidh a dhìth, agus Iason agus a' Chlòimh Òir agus Long John Silver agus na còig duine deug air ciste duine mhairbh. Rinn an deoch 's an diabhal an gnothach air a' chòrr.

Rinn i gàire.

'Ha! Chan eil X uair sam bith a' comharrachadh na spot! O, 's e tha!'

Thog i an fhidheall an taobh seo agus an taobh ud eile, a' suathadh gach criomag dust air falbh le oir a lèine.

'Now all I need is a bow.'

Chrom mi fhìn agus Julie sìos.

'There's one, over there,' thuirt Julie, a' dìreadh tarsainn juke-box neo dhà gu preasa gloinne far an robh grunn bhoghannan.

Dh'fhosgail i am preasa agus thagh i bogha agus shìn i null gu Eilidh e, a chuir seachad an ath leth-uair feuchainn ris an fhidheall a chur an gleus.

'Tha feum aice air teud ùr E,' thuirt i, agus mar sin air ais dhan phreas-gloinne far an robh cnapan de theudan nan laighe air na sgeilpichean. Thug i an fhidheall, fhuair i teud ceart, agus rinn an fhidheall ceòl. Bha saorsa anns an èadhar.

Mu dheireadh thall thug i an fhidheall troimhe gu Isaac a bha nis na shuidhe ann an seann sèithear feòir ag òl tì o inneal Ruiseanach.

'This fiddle, Sir. Can you remember where it came from?'

Choimhead an seann duine air an fhidheall gu faiceallach son ùine mhòr, 's an uair sin thuirt e,

'Could I try it out?'

Thog e an fhidheall gu ghualainn agus thòisich e cluich leis a làimh chlì.

Dh'èirich fuaim àlainn às an ionnsramaid fhad 's a sheas sinn uile an sin ag èisteachd leis a' choncerto a chrìochnaich e leis an fìoriture a bu shocraiche a chuala duin' againn riamh.

Shìn e an fhidheall air ais gu Eilidh agus thuirt e,

'Yours. As a gift.'

Gu mi-fhortanach, bhris mise an geasachd.

'The lady wondered where the instrument came from in the first place,' thuirt mi ris.

Thàinig fiamh gàire agus sgaoil e làmhan.

'Don't we all wonder that? It belongs to the whole world.

To everyone.'

Stiùir e a làmhan fosgailte feadh an taigh, mach dhan yard.

'These things. They belong to you. Private ownership has no place in music. No music, no instrument belongs to a single individual.'

Dh'fhaodainn a dhol às àicheadh. Ach bhuineadh an fhidheall – am violin – seo dhi co-dhiù. Dhan teaghlach aice sa chiad àite, dhan Ghilleasbuig Caimbeul ud eile a cheannaich i ann an Naples agus a thug an seo i an toiseach. A chaidh a ghoid bhuaipe.

Bha gàire air aodann Isaac.

'Isn't everything stolen? From God. Our lives are not our own. Will I not restore unto you the years that the locust has eaten?'

Ghabh sinn an tiodhlac bhuaithe, a' cunntais nam bliadhnachan a chaidh air chall mar rud air iasad, neo a chaidh a thoirt seachad, seach mar rud a chaidh a sgrios.

11

BHA NA H-ÌOMHAIGHEAN air an telebhisean ro bhrùideil son comhfhurtachd. Bha sinn air tilleadh o latha mach aig Geamaichean Thobair Mhoire agus air an teilidh a chur air, gar faighinn fhèin air ais ann am meadhan saoghal a bha sinn air leigeil oirnn nach robh ann. Bhrùthadh na cuileagan timcheall nan sùilean an cridhe bu chruaidhe, agus leth-cheud bliadhna air adhart o Biafra siud iad a-rithist. Dhùisg sin a' chogais ceart gu leòr.

Ach an uair sin thàinig am post-dealain bho Chomataidh Èiginn an Riaghaltais a' faighneachd dhith an tigeadh i air ais o chluaineas airson ùine bheag son cuideachadh ri pròiseact leasachadh-uisge ann an Adhairc Afraga. Cha b' urrainn dhaibh innse aig a' mhionaid sin càite gu mionaideach, oir bha rèite ri dhèanamh ri cuid de na buidheannan Ioslamach fhathast mu dheidhinn, ach nan obraicheadh sin a-mach bhiodh deagh theansa gur ann an Somalia a bhiodh e.

Thuirt mi rithe gun rachainn còmhla leatha, ach dh' iarr i orm fuireach aig an taigh, ag innse dhomh gu soilleir gun robh bliadhnachan mòr de dh'eòlas air fiosrachadh dhi gur e an rud a bu mhiosa a dh'fhaodadh tachairt amateurs deagh-rùnach mar mise a bhith nochdadh. Bha an cunnart mòr gu leòr gun sin.

'Dìreach fuirich faisg air an inneal-airgid,' thuirt i rium nuair a dh'fhalbh i.

'Sin, agus air do ghlùinean ag ùrnaigh. An dà àite as fheàrr son cuideachadh.'

Dh'fhàg i aig toiseach a' gheamhraidh againne. Fear dhe na geamhraidhean a bu mhiosa a bh' ann. Thòisich an sneachda tràth, a-null mu thoiseach an t-Samhain, agus gann gun do sguir e gu toiseach na h-ath Chèitein.

An toiseach ghabh sinn e mar fhealla-dha, agus bha na teachdairean ainneamh a rinn sinn an gnothach cur gu càch-a-chèile loma-làn de dh'fhios mun t-sìde.

'Dhèanamaid an gnothach le beagan dhen t-sneachd' agaibhse an seo am Mogadishu.'

'Dè mu dheidhinn beagan de ghrian Shomalia a chur a-nall an seo dhan t-Sàilein?'

Ach tro ùine ghluais duilgheadasan na beatha sinn seachad air sìde.

Chùm tart is teas Afraga toirt am bàs do na mìltean, agus ged nach b' ionnan e, dh'adhbhraich an droch gheamhradh am Muile àmhghar nach bu bheag cuideachd, eadar rathaidean is sgoiltean dùinte, pìoban reòite, maoimean-slèibhe agus grunn bhàis san sgìre, le seann daoine air an ragadh leis an fhuachd. Às dèidh na Bliadhn' Ùire bha còig tòrraidhean anns a' bhaile bheag againn fhìn ann an aon sheachdain. B' e aon dhiubh Lachaidh a chaidh a ghlacadh anns an t-sneachda a-muigh air a' mhonadh agus e sireadh nan caorach.

Mu àm na Càisg thàinig aiteamh ceart air an dùthaich, agus naidheachd a' cheart cho math à Afraga: gun robh an t-uisge air tighinn mu dheireadh thall agus seòrsa de shìth a bha toirt dòchas do na daoine.

Rinn Eilidh an gnothach air fònadh on ospadal a bha na

mnathan-cràbhach a' ruith, 's thuirt i rium gun robh dùil aice fuireach gu deireadh an t-samhraidh a-nis on a bha a dh'uimhir de dh'obair fhathast ri dhèanamh.

'Bidh mi air ais ro àm a' Mhòid!' thuirt i. 'Tha fhios agad fhèin cho riatanach agus a tha mi do Chòisir Mhuile!'

'Tha mi smaointinn gun gabh mi cuairt a-null' thuirt mi, 's leig mi leatha ràdha nach bu choir dhomh mus do chuir mi stad oirre, ag ràdh,

'Tha mi ciallachadh a-null a dh'Uibhist! A dh'fhaicinn cuid dhe na seann àiteachan fhad 's tha an samhradh ann. Oir tha mi an seo leam fhèin, 's cha bhi thus' air ais chun an...'

'...t-Sultain', thuirt i. Agus ris an sin chaidh an loidhne marbh.

Shiubhail mi siar air a chiad latha dhen Iuchair.

Madainn àlainn Diluain agus a' ghrian cheana àrd anns na speuran null os cionn Beinn Chruachain fhad 's a sheòl sinn a-mach às an Òban.

Sheas mi shuas air an àrd-dheic airson dèanamh cinnteach gum faicinn a h-uile rud.

Saoghal nan saoghal on a sheas mi an seo mu dheireadh.

Air bàta eile, le daoine eile.

Leth-cheud bliadhna.

Chan e. Na dèan amadan dhiot fhèin. Obraich a-mach e. Chan eil e cho doirbh sin. Dìreach cuir aghaidh ris. Cunntais.

Seachd bliadhn' deug thar fhichead ma-thà. Seachd bliadhn' deug thar fhichead on a sheas mi an seo nam oileanach òg, Cille Chomhghain agus a' Bheinn Shianta agus Rubha Àird nam Murchain gu mo làimh dheis, an Gleann Gorm agus Rubha Sgùrr Innis agus an t-Eilean Mòr agus an Rubha Mòr gu mo làimh chlì. Iadsan fhathast mar a bha. 'S dòcha.

Na rudan a bha mi a' creidsinn an uair sin. Bith agus Neonitheachd le Jean-Paul Sartre. Bha Stevie Wonder air a' chearcallan. Fàileadh milis marijuana fhad 's a rinn sinn a' chaismeachd an aghaidh Vietnam. Nuair a bha gach rud a bha làn fiaraidh a' coimhead fìrinneach. JP fhèin nam measg, a thionndaidh a-mach na mhisgeir às dèidh nam boireannach, a' falach a mhianntan fo sgleò sgoilearachd.

Bha mi miannachadh gun robh Admiralty Chart agam feuch's an leanainn gach sgeir is creag, gach bàgh is camas. Seall – siud agad Rubha Shamhnan agus Rubha na Mòine agus Rubha na h-Iolaire agus seall – thall an siud Sgùrr an Easain Dhuibh agus Sgùrran Seilich, agus ma bheir thu sùil air ais chì thu Sgùrr Eachainn dìreach a' dol à sealladh. Ach tha eòlas nas fharsainge agam orra oir – a dh'aindeoin 's gu bheil Bombay air a dhol na Mhumbai agus Rhodesia na Zhimbabwe on uair sin – tha rud neo dhà mar a bha.

Seall – siud agad fhathast Mùideart agus Àird nam Murchain fhèin agus ma sheasas tu bhos an seo còmhla rium chì thu Eilean nam Muc agus Eige agus Ruma agus Canaigh, agus an taobh ud eile Colla agus Tiriodh, agus ged nach fhaic thu an-dràsta iad chì an ceann ùine nach bi fada – Miùghlaigh agus Barraigh agus Èirisgeigh agus Uibhist. Mar Mumbai, 's e Moidart a th' ann am Mùideart a-nis, agus Eilean nam Muc, Muck.

Chan aithne dhomh duine air an aiseag, agus fhad 's a nì mi mach chan aithne duine mise. Chan ann mar a bha. Tha mi coimhead air aghaidhean, a dh'fhaicinn an aithnich mi clann clann na cloinne a b' aithne dhomh uaireigin, 's tha amharas agam gun aithnich. Nach e Dòmhnall am Post a tha siud na chrùb thall san oisean os cionn laptop, agus nach e siud Catrìona a bhiodh a' toirt na mònach dhachaigh le each is cairt a' bleadraich a-steach dhan mhobile?

Tha mi gogadh mo chinn ri daoine agus tha iadsan a'

gogadh air ais.

Tha sinn a-nis anns an fhairge fhosgailte, null seachad air Tiriodh.

Seo far am b' àbhaist dhut laighe sìos ag ùrnaigh nach biodh tu bochd agus nach rachadh am bàta fodha.

Force 9 a' slaiseadh an aghaidh nan uinneagan agus gach rud anns a' chruinne-cè air an tilgeil feadh an àite.

Bhiodh truinnsearan ag itealaich, 's dorsan a' bragadaich, 's slabhraidhean nan acraichean a' caoineadh, 's bèibidhean a' rànaich agus daonnan bhiodh drongair air choreigin san àite a' seinn aig àrd a' chlaiginn le accordion dòrainneach air choreigin dol air a chùlaibh.

Dhùisgeadh tu an-dràsta 's a-rithist 's am bàta fhathast a' tulgadh suas is sìos 's a-null 's a-nall, air do chuartachadh le fàileadh cur-a-mach. Tha mi dùnadh mo shùilean a-nis anns a' bhàta shèimh didsiotach seo, agus gheibh mi fhathast fàileadh an eagail agus na h-ùpraid. Fàileadh na h-òige.

Agus b' ann shuas an staidhre – neo an ann shìos an staidhre bha e? – a bha an First Class Lounge le na bùird bhrèagha gheala agus na waiters spaideil. Sheasadh sinn aig an doras son diogan a' coimhead a-steach air am mìorbhail air ar slighe suas – neo sìos? – dhan steerage. O Dhia, bha mi air dìochuimhneachadh mun a siud: an sealladh a bh' ann a' togail bheathaichean agus chàraichean a-steach dhan bhàta air lìontan mòra, agus an uair sin langanaich a' chruidh anns an stoirm.

Tha cuimhn'm turas èaladh a-steach dhan Dining Saloon agus truinnsear salad fhaicinn – a' chiad turas riamh a chunna mi leithid. Hama fhuar thiugh agus rudan dearg is uaine is buidhe. Thog mi an truinnsear leam agus thug mi sìos e gu m' athair a thug sùil air agus a thuirt,

'Eil thu smaointinn gur e mart neo rudeigin a th' annam-sa?'

Thàinig e chun a' cheumnachaidh agam: rud mòr spaideil anns an Sheldonian Theatre. Cha robh mi idir ag iarraidh a dhol ann – gnothach bùirdeasach, thuirt mi rium fhìn, ach on a bha mo phàrantan air obrachadh cho cruaidh agus air an t-uabhas a thrèigsinn airson m' fhaighinn tron oilthigh, shaoil mi gun robh sinn uile airidh air latha mach.

Tha cuimhn'm turas nuair a bha mi òg – feumadh gur ann mu àm an Eleven Plus a bh' ann – mar a choisich m' athair tron dìle-dheàrrsach gu taigh Clèirc na Sgìre son fountain-pen fhaighinn air iasad dhomh airson na deuchainn. Tha cuimhn'm suidhe aig an uinneig bhig ceann a tuath an taighe son uairean mòra a' feitheamh ris tilleadh agus an toileachas a bha nam chridhe nuair a fhuair mi a' chiad shealladh air na chòta mòr uaine a' tighinn air fàire aig Cnoc na Fainge.

Tha cuimhn'm cho math 's a ghabhas air a' pheann fhèin a bha dearg le mullach uaine agus a' spùtadh ionc feadh an àite aon uair 's gum bogadh tu e san tobar bheag a fhuair e on chlèirc cuideachd.

'Hud, hud, hud, hud,' thuirt e, 'na cosg an ionc gu lèir.'

Agus dh'ionnsaich e dhomh mar a dhèanainn e: a' cumail grèim teann, ach sùblaichte, air a' pheann eadar an òrdag mhòr agus a' cholgag is Fionnlagh Fada. Bha mi cearrach ach cha do chuir sin stad sam bith oirnn.

Cha d' fhuair ach dithis againn tron Eleven Plus: mi fhìn agus Alasdair, mac a' Harbourmaster, a bha na Phroifeasair aig am Massachusetts Institute of Technology an turas mu dheireadh a chuala mi.

Bha an Ceumnachadh, a ghabh àite air latha bruthainneach san Ògmhios, mar sheòrsa de fhèill bheathaichean. Bhiodh dà Fhèill-Reic ann gach bliadhna: Sale an Earraich agus Sale an Fhoghair, nuair a chitheadh tu fir is mnathan a' slaodadh mart neo laogh sìos an rathad le pìos ròpa.

Shuidheadh sinne air cnoc taobh an rathaid ag èigheach

air na daoine bochda. 'Sin thu fhèin a Sheumais, gheibh thu bonn-a-sia son na tè sin!' 'A cheart cho math dhut tilleadh dhachaigh leis an tè sin – saoilidh na dròbhairean gur e luchag a th' agad!'

Mar as fhaide shiùbhladh tu chun na Fèille 's ann bu lugha cothrom a bh' agad. Bha deagh fhios aig na dròbhairean nach robh duine 'g iarraidh aon bhò a shlaodadh fad an rathaid dhachaigh aig deireadh an latha, 's mar sin chumadh iad an tairgse gu deireadh gnothaich. Gheobhadh iad na bha iad ag iarraidh an uair sin airson tastan.

Air latha a' cheumnaichidh fhuair sinn uile gùintean fada dubh air mhàl o àiteigin agus shuidh sinn far an deach iarraidh oirnn gus an deach ar gairm suas chun an àrd ùrlar. Cha mhòr nach tug mi air m' athair fhèileadh fhaighinn air màl ach sheas e rium agus thuirt e gum b' fheàrr leis nochdadh rùisgte aig an rud seach fhèileadh a chur air.

Ach fhuair e deise agus shuidh e aig a' chùl, moiteil gu leòr gun robh cuideigin on teaghlach, airson a' chiad turas riamh, a' faighinn rud a tha a h-uile duine san t-saoghal mhòr a' faighinn a-nis.

Às dèidh làimh chaidh an dithis againn a ghabhail an rud air am b' àbhaist dhaibh a bhith toirt High Tea.

Ann an Taigh-Òsta an Eich Ghil air an t-Sràid Leathann a bha air a ruith le cupall à Glaschu. Bha biadh trì chùrsachan – Three Course Graduation Special – aca a ghabh sinn. Brot lentil, stiubha agus buntàta, agus an uair sin pàidh ubhal le custard. Tha mi magadh beagan a-nis air a' mhenu sin: rud a chaidh leis a' ghaoith nuair a thàinig mothachadh air slàinte.

Às dèidh sin, saoilidh mi gun deach sinn gu pub, ach cha bhiodh sinn air fuireach fada oir cha robh m' athair ag òl, agus an uair sin thug mi air ais e chun na lodgings aige a bha taobh thall All Souls. B' e siud an turas mu dheireadh a bha e riamh air tìr-mòr.

B' e sgiorradh iongantach a bh' anns na bliadhnachan sin ann an Oxford dhomh, agus a' coimhead air ais air saoilidh mi nach do ghluais mi mi fhèin riamh air falbh bhuapa gu ceart.

Tha mi daonnan air a bhith 18, agus a' feitheamh ri balaich an Rowing Club tighinn timcheall son a dhol a-mach air cuairt na daoraich. Tha cuimhn'm air fear dhiubh a bhith caoineadh an latha a thionndaidh e 18, agus nuair a dh'fhaighnich mi dha dè bha ceàrr thuirt e 'All my life I wanted to be 17, and now it's all over.'

Bha Bentley aig Richard agus smaoinich cho tarraingeach agus a bha sin nuair a thàinig e gu gnothach bhoireannach! B' e Mark VI Sports Saloon a bh' ann – am fear sin leis a' bhodhaig uile-stàilinn agus einnsean 4.6 litre.

Bhiodh sinn a' cur seachad gach Dòmhnach a' dràibheadh timcheall nan Cotswolds: suas cho fada tuath le Stratford-upon-Avon agus cho fada deas ri baile àlainn Bath.

Tha na h-ainmeannan fhathast a' bualadh mar òrain chloinne nam chlaiginn, 's fhathast chì mi Richard, le a stoc fada striopach, agus mi fhìn 's Jodie is Lucie a' seinn aig àrd ar claiginn agus ag òl champagne tro na h-aislingean sin – Bourton-on-the-Water, Burford, Chipping Norton, Salisbury, Stow-on-the-Wold. Cho spaideil agus a bha na taighean-tughaidh an sin a-muigh air an dùthaich.

Agus puntadh, leis an ruitheam falaichte. Mar a rinn mi dìmeas air an toiseach gus an do dh'fheuch mi e agus a thuig mi – coltach ri gach rud eile – nach robh e cho furasta agus a bha e coimhead.

B' e streapadair math a bh' ann an Richard cuideachd a rinn grunn 'First Ascents' a tha fhathast anns na leabhraichean-clàraidh. B' e a' chiad duine a dhìrich taobh tuath an Cryther Pass ann an Snowdonia anns an deigh, agus tha grunn dhìridhean aige cuideachd anns na h-Alps.

Dh'aontaich mi dhol a shreap còmhla ris turas ann an Gleann a' Comhainn, an t-seachdain a dhìrich e còmhla le Dùghall Haston nach maireann. Dh'fheuch mi dhol suas còmhla riutha, ach reoth mo chridhe ged a bha mi ceangailte riutha le ròpa, agus b' fheudar dhuinn tilleadh air ais.

B' e fìor dheagh cheòladair a bh' ann an Richard cuideachd – duisealaiche, a bha cluich còmhla le Philharmonic Lunnainn aig a' cheann thall, mus do lig e dheth a dhreuchd agus a ghluais e a-null a dh' Astràilia far a bheil an gille agus an nighean aig a chàraid a' fuireach le an teaghlaichean.

Tha an aiseag a' gluasad gu socair tro na h-uisgeachan.

Fuirichidh mi ann an taigh-òsta ann an eilean mo bhreith is m' àraich airson a' chiad turas. Chan eil càirdean air fhàgail mar sin co-dhiù, agus cuideachd saoilidh mi gun toir sin barrachd saorsa dhomh gun a bhith agam ri innse do dhuine sam bith dè tha mi ris. Oir chan urrainn dhomh buileach a mhìneachadh dhomh fhìn.

Tha cuideigin a' scòradh goal air an telebhisean. Ronaldo. Dè idir a thachair do dh'Ailean Gilzean?

Tha an seòladh a-steach a Loch Baghasdail cho drùiteach 's a bha e riamh. Taigh-sholais Chalabhaigh a' toirt fàilte dhuinn mar o thoiseach na cruinne. Ach cho beag de dhaoine a tha feitheamh air a' chidhe fhèin. Far an robh sluagh is fàilte tha nis falamhachd agus na daoine nan suidhe anns na càraichean a' feitheamh ri falbh dhith agus dhachaigh.

Tha mi coiseachd suas dhan taigh-òsta agus gam fhaighinn fhìn ann an saoghal dìomhair coimheach.

Seo e ma-thà.

Far am biodh na h-uaislean a' cadal.

Nuair bha mi beag thàinig mi dhan taigh-òsta dà thuras – turas airson cuirm-bainnse nuair a bha mi mu sheachd, agus turas uair eile bliadhnachan às dèidh sin airson biadh an tòrraidh.

Aig aon àm cha bhiodh an seo ach na dròbhairean mòra agus na pìobairean agus na h-iasgairean-slaite, agus seo mi a nis, còmhla riutha. Tha mi air aois agus inbhe ruighinn, mu dheireadh thall.

Cha robh beachd sam bith aig an tè òg aig an ionad-fhàilte gum buininn dhan àite, agus thug i fàilte chridheil ghràsmhor dhomh, a' toirt beagan comhairle agus stiùireadh dhomh a thaobh nan àiteachan air am b' fhiach tadhal.

'The beaches are great,' thuirt i, 'and of course if you want to go fishing, we can arrange for a local gillie to take you to some of the best lochs and rivers.'

Stad mi air an staidhre air mo rathad suas airson na mìorbhailean anns na bogsaichean-gloinne fhaicinn, a bha na h-iasgairean air glacadh tro na bliadhnachan.

Cho breàgha agus cho iongantach 's a bha iad: saoilidh mi nach fhaca mi riamh rud nas àlainne na am bradan cuideam 30lb a chaidh a ghlacadh air Loch Druidibeag air an 29mh latha dhen Ghiblean, 1952.

B' e banais cousin dham mhàthair a bh' ann, a bha pòsadh fear a bha na shaighdear. Banais a mhair sa chuimhne a bh' ann, agus chan ann dìreach o chionns gur i a' chiad tè aig an robh mi.

Dh'fhuirich bean na bainnse aig an taigh againne an oidhche ron bhanais, agus tha cuimhn'm am fealla-dhà agus an spòrs a bha dol fad na h-oidhche sin. B' e pìobaire a bha nam athair, agus 's e an rud air a bheil cuimhne'm esan a' cluich ruidhle às deoghaidh ruidhle agus a h-uile duine dannsa.

Bha mo mhàthair còmhdaichte ann am min-fhlùr, sgòthan dhe ag èirigh aiste thall aig an stòbh.

'S ann aig Dia fhèin tha brath cò às an d' fhuair iad na buill-dhathach agus na cearcallan-paipear a bha crochte air feadh an taighe, ach thàinig cruth-atharrachadh air an taigh co-dhiù agus e buidhe 's gorm is dearg is uaine.

Agus bha cead againn ithe na thogramaid! Thug cuideigin a-steach treadha làn marshmallows agus blaisidh mi fhathast mìlseachd nan cnapan pionc is geal nam bheul.

Bha am pòsadh fhèin, gu nàdarra, aig an eaglais le fear na bainnse – a bha anns na Siofairtich, saoilidh mi – dreiste suas gu snasail. Fèileadh, is osan geal is sgian dubh agus Glengarry dubh le bann tartain agus le iteag stobte air fhiaradh air a cheann.

Tha mi smaointinn gun do dh'fhuirich sinn uile cho socair sa ghabhas fhad 's a thug iad seachad na bòidean, ach an uair sin rinn sinn fuaim gu leòr a' tilgeil confetti orra fhad 's a bha iad a' fàgail na h-eaglais, a' dèanamh air an taigh-òsta agus biadh na bainnse.

Tha fhios a'm a-nis gur e rud a-mach às an àbhaist a bha sin, oir bhiodh a' mhòr-chuid de dhaoine a' cumail na bainnse ann an talla na h-eaglais le mnathan na sgìre a' dèanamh a' bhidhe, ach 's dòcha gun robh beagan airgid aig an t-saighdear agus gun robh e airson beagan de 'splash' a dhèanamh, agus biadh 'ceart' fhaighinn anns an taigh-òsta.

Chan eil sìon a chuimhn'm a-nis dè a dh'ith sinn, oir 's e an aon rud air a bheil cuimhn'm on taigh-òsta na staidhrichean agus an t-iasg anns na bogsaichean-gloinne, a tha an-diugh a' coimhead beagan nas lugha agus nas tàmailtiche.

Bha dannsa na bainnse ann cuideachd, ann an talla a' bhaile, agus chan eil mo chuimhn' air an sin buileach cho taitneach. Bhithinn dìreach air a bhith cho sgìth, oir nuair a dh'fheuchas mi cuimhneachadh air a-nis tha e mar neul fada tiugh sgòthach le daoine ag èigheach 's a' seinn 's a dannsa 's ag òl, 's bha mi dìreach ag iarraidh a dhol dhachaigh agus faighinn dha mo leabaidh, ach chùm an rud a' dol gun sgur, gun fhaothachadh, 's tha cuimhn'm mo cheann a chur sìos an àiteigin agus mo shùilean a dhùnadh ach bha daoine gam shìor dhùsgadh 's a' faighneachd dhomh an robh mi ag iarraidh tuilleadh lemonade neo cèic. Cha robh cha robh cha robh. Chan eil mi smaointinn gun robh mi riamh cho cràidhte.

Agus bha mi air na staidhrichean seo aon turas eile cuideachd, às dèidh an tòrraidh.

Bhithinn 16 an uair sin, oir sin an aois a bha mi nuair a dh'eug Iain, air a mharbhadh le tarbh mòr a chaidh às a rian eadar an t-seann sgoil agus an abhainn.

Bha fhios againn uile nach robh e ceadaichte dhol dhan àite sin, agus tha mi cinnteach gur e sin fhèin a thàl dhan àite sin cho tric sa gheobhamaid air falbh leis, gus an latha an do rinn e an ruith air Iain, ga phronnadh eadar am balla-cloiche agus an geata-iarainn. Cha deach sinn riamh tuilleadh dhan àite.

Agus tha mi nam sheasamh san rum a-nis, a' coimhead sìos air an t-seallaidh àlainn fodham is romham: an Cuan Sgìth dearg le faileas na grèine, a tha dol fodha air an taobh eile, gu siar.

Tha mi coimhead gu sear an seo 's chì mi beanntan àrda an Eilein Sgitheanaich – dè eile ach an Cuiltheann? – a' deàrrsadh dubh is ruadh air fàire.

Chan eil uinneag chun an taobh siar san t-seòmar seo, ged tha sin dìreach ceangailte ri ailtireachd agus suidheachadh an taigh-òsta seach ri dualchas.

Oir b' ann tro uinneag shiar a thigeadh An Sluagh a-steach.

B' aithne dhomh fhìn fear a chaidh air falbh air an t-sluagh grunn thursan. Nàbaidh dhuinn, Fearchar Mac Fhearchair, duine mòr foghainteach suas ri seachd troighean a dh'àirde a chaidh a thoirt turas tuath a Bheinn a' Bhaoghla, turas deas a Thiriodh, agus aon turas air cuairt mhòr gu taobh thall an t-saoghail.

'Chuala mi am fuaim an toiseach,' thuirt e rium, 'agus mus d' fhuair mi cothrom an uinneag a dhùnadh bha iad air falbh suas leam. B' e Niall Sgrob fhèin a bha air thoiseach an t-sluaigh, gar treòrachadh le neart.

'A' chiad turas ud thug iad sìos mi air sgeir taobh sear Bheinn a' Bhaoghla, far an tug iad dhomh deagh bhiadh – buntàta 's sgadan.

'An turas a thug iad mi a Thiriodh dh'fheuch iad mo bhuaireadh – thug iad dhomh an saighead bheag agus dh' iarr iad orm a' tilgeil air boireannach bochd a bha a' snìomh taobh na cagailt,' ach dhiùlt mi agus mar sin thilg iad mi sa bhad air ais dham leabaidh fhìn.

'Agus an turas mu dheireadh a thog iad mi thug iad mi fada gu deas dhan a' bhaile mhòr fhèin far an do sheall iad dhomh na mullaichean òr a bh' air na taighean mòra.'

Agus na gabh dìreach m' fhacal-sa air a shon, neo fiù 's facal Fhearchair, oir a bhliadhn' ud a thill mi on oilthigh rannsaich mi a' chùis gu mionaideach agus cha d' fhuair mi aon rud a rachadh an aghaidh fhianais.

Dh'fhaighnich mi dhan bhean aige am faodainn a clàradh mun ghnothach agus ged nach robh i ro dheònach an toiseach dh'aontaich i, a' toirt fianais trì diofar thursan air na thachair.

'A' chiad thuras', thuirt i, 'bha mi fhìn a-muigh air an t-sliabh, a' buachailleachd, nuair a chuala mi am fuaim shìos mun taigh. 'S chaidh mi sìos 's cha robh sgeul air Fearchar, ged a bha a' phìob aige na laighe an sin laiste air a' bhòrd agus a' bhiadh fhathast air an truinnsear air a leth-ithe. Bha e trì làithean air falbh an turas sin agus nuair a thìll e air madainn a' cheathramh latha thuirt e gun robh e air falbh leis an t-sluagh tarsainn an fhadhail a Bheinn a' Bhaoghla far an do dh'fhàg iad e air sgeir, ach le biadh gu leòr son a chumail a' dol. Am biadh as fheàrr – buntàt' is sgadan.'

'Agus an dara turas?'

'Well, an dara turas bha mi anns an taigh còmhla ris nuair

a thachair e. A-rithist chuala mi fuaim agus nuair a chaidh mi sìos dhan chlòsaid far an robh e na laighe, cha robh sgeul air. An turas sin thug iad fada nas fhaide air falbh e, deas a Thioradh, ach dhiùlt e an comhairle a ghabhail agus thìll e dhachaigh gun chron sam bith an ath oidhche.

'Agus an treas turas bha mi nam shuidhe ri thaobh an sin taobh an teine nuair a dh'fhalbh iad leis na mo shealladh. Thug iad sìos os cionn Lunnainn e, far am fac' e iomadach annas, mar a dh' innseas e fhèin.'

Nach eil sinn uile comasach air innse na chunnaic sinn 's na dh'fhairich sinn? Agus seo mi faighinn thuige mu dheireadh thall.

Agus dhearbh Fearchar gach sgeul, a' cur dhealbhan ri briathran, neo briathran ri dealbhan. Labhair e mun fhuaim a rinn an sluagh: coltach le ealtainn geòidh. Labhair e mu ghluasad tro na speuran: achaidhean is aibhnichean is bailtean beaga is mòra a' siubhal aig astar fada fodha. Bha seo daonnan anns gach innse aig: 'Aon mhionaid bha mi aig an dachaigh; an ath mhionaid bha mi an àite eile.'

A bhith ann an dà àite aig an aon àm. Tha cuimhn'm nuair a bha mi beag a dhol a dh'fhuireach còmhla le Antaidh aig an robh taigh le seòmraichean shuas an staidhre. Chitheadh tu cho fada tuath le Gèirinis. Agus nuair a thàinig an oidhche chaidil mi shuas an staidhre, faisg air na reultan, 's chluinninn guthan shìos an staidhre a' bruidhinn 's a' gàireachdainn 's a' seinn, agus chluinninn gliong ghlainneachan, 's bha aithreachas orm gun robh dà àite ann.

Bhiodh Fearchar fhèin daonnan a' siubhal air baidhsagal, agus shaoil mi mar sin gum biodh e iomchaidh dhòmhsa cuideachd siubhal air a' bhaidhsagal an turas seo. Thug mi sùil air na bileagan-turastachd taobh mo leabaidh, agus ceart gu leòr bha sin a' sealltainn gun robh àite beag taobh a' chidhe far am faigheadh tu baidhsagal air iasad.

Madainn an lathairne-mhàireach fhuair mi Raleigh dearg sgairteil dhomh fhìn, air an robh deich gìors. Nam bithinn air a leithid fhaicinn nam òige bhithinn air a dhol ann an laigse. Leum mi air, mar dh'fhalbhadh Fearchar leis an t-sluagh: aig astar sìos am bruthach. Seachad air a' bhanca, agus na staidhrichean-cloiche, agus an seann telephone-exchange.

Siud an sgoil, a nist na tobhta, agus am bothan fiodh far an robh Albert, a bha air a bhith ann an Cogadh nam Boers agus a bhiodh a' cumail chalman, a' fuireach, agus an t-seann ionad-fighe a bha nis na bhunkhouse.

Bha na pàtrain-fighe air a bhith ainmeil feadh an t-saoghail mhòir: cearcallan stèidhichte air sligean a' sgeadachadh an aghaidh, agus pàtrain nan stuaghan a bhiodh a' sgeadachadh nam miotagan 's nam bonaidean 's na stocainnean.

Bha mo mhàthair fhìn ag obair an sin greis, air inneal spaideil dubh a bha Singers air ùr-chruthachadh, ach a bhris an uair sin agus nach b' urrainn dhaibh a chàradh. Cho meanbh agus a bha a corragan agus cho ealanta 's a bha i leis an t-snàth. Cleas Fhearchair, dhèanamh i saoghal brèagha à rudan cumanta. Bha gaol mo chridhe agam air scarfa a rinn i dhomh turas. Bha i fada le spotan is ruitheannan uaine is orains on chrotal, agus nuair a chrathadh tu i sa ghaoith chitheadh tu na dathan ag èirigh dha na speuran.

Stad mi aig mullach a' chnuic, far an robh signal, agus dh'fheuch mi fònadh gu Eilidh, ach chan fhaighinn troimhe. Madainn shoilleir a bh' ann. Bha an t-ospadal, far an do bhàsaich m' athair, mu mhìle air adhart.

B' e madainn shoilleir Earraich a bha sin cuideachd: Latha Naomh Pàdraig. Bha sinn air a bhith a-muigh a' clupadh nan caorach nuair a dh'èigh e le pian, a grèimeachadh a chom le làmhan, a' leigeil leis an deamhais tuiteam agus a' dèanamh an rud bu mhiosa – a' leigeil le caora a bha air a leth-rùsgadh ruith a-mach às an fhaing. Choimhead mi oirre a' leum tarsainn nan creagan leis an rùsg crochte mu tòin. Airson diog, bheachdaich mi am bu chòir dhomh ruith às dèidh na caora neo tionndadh gu m' athair. Mus do rinn mi sin bha e na laighe am measg an rùisg a chaidh a ghearradh cheana, a' sireadh èadhar. Chaidh mi nam bhoil 's dh'fheuch mi air a chom a bhrùthadh 's a làmhan a thogail 's aodann a shuathadh gu cruaidh ach bha e uile seachad. Cha robh mobiles ann an uair sin. Bha sinn a-muigh air a' bheinn leinn fhèin. Dh'eug e nam ghàirdeanan.

Tha statue àlainn a' Chridhe Naoimh na sheasamh fhathast taobh muigh an ospadail a tha nis na thaigh-cùraim seann daoine. Tha an t-ospadal ùr fada gu tuath, am Beinn a' Bhaoghla, far an deach Fearchar na latha. Tha mi dol a-null chun an ìomhaigh a tha dìreach eireachdail a thaobh ealain is dath. Crìosd a' coimhead sìos le tròcair. A làmhan sgaoilte. Cleòca brèagha dearg air agus an cridhe briste am meadhain a' chuim, dìreach gu deas air far an do sguir cridhe m' athar a' bualadh.

Tha mi suathadh a chasan le mo mheuran. Tha a' chlach blàth. Air Dihaoine na Ceusta dh'fhaodadh tu dhol suas chun na h-altair agus a dhol air do ghlùinean agus a chasan a phògadh. Tron t-seirbheis rùisgeadh an sagart a' chrois, beag air bheag. Nuair a rachadh tu a-steach bha Crìosd, Slànaigheir an t-Saoghail, còmhdaichte le nèapraige dhubh, nàire na cruinne.

An uair sin rachadh gualainn, agus an tè eile, agus cùl-dùirn nan tàirnean, agus an tè eile, fhoillseachadh gus am bualadh na clagan mu dheireadh thall agus an còmhdach uile air falbh agus Càisg agus aiseirigh air fàire.

Agus abair latha bha sin.

Clagan is tùis is trusgain-dathach agus a' ghrian a' dannsa anns na speuran, agus ball-coise feasgar, le Carghas a' pheanais

is an trasg – eil seachd seachdainean on a dh'ith mi suiteas
idir? – seachad airson bliadhn' eile, agus na balaich as sine a'
bruidhinn mun chiad dhram a ghabhas iad an ath sheachdain.

Chùm mi orm air mo bhaidhsagal, seachad air làrach
na seann sgoile far an do nochd nigheanan le ainmeannan
iongantach, mar reultan à fànais: Julianna Johnston, Naoise
MacDonald agus Diana Richards. Bha am baidhsagal a
b' fheàrr san sgìre aig Julianna: fear dearg is uaine le sia
gìoraichean, a bhiodh a' deàrrsadh anns a' chiaradh.

Aon turas chaidh sinn còmhla air cuairt baidhsagail sìos
dhan mhachaire às dèidh na sgoile agus rèis sinn a chèile tarsainn
nan cnocan-gainmhich. Bha mise na bu luaithe dol suas nan
cnuic, ach a h-uile mac-màthair turas rachadh ise seachad orm
aig astar air an dol sìos, na cuibhlichean aice a' lasadh suas le
solais. Às dèidh greis dh'fhàg sinn na baidhsagalan agus chaidh
sinn a lorg choineanach, a' cleachdadh toirdseachan beaga
nam baidhsagalan mar dhùbradain airson na coineanaich a
dhalladh nuair nochdadh iad a-mach às na tuill.

'Sin fear,' dh'èigh Julianna, 'a' ruith tarsainn a' mhurain.'
Ach bha e fada ro thràth anns an latha son coineanach sam
bith a dhalladh agus dìreach ruith e steach dhan ath tholl.

Bha na toirdseachan ag obair fada nas fheàrr tron oidhche
nuair rachadh mo Uncail Dòmhnall agus mo chousin Seòras
sìos às dèidh mheadhain-oidhche, a' tilleadh sa mhadainn le
dusan coineanach ann am pocannan air an druim.

Rinn mi iarraidh is iarraidh is iarraidh 's mu dheireadh
thall dh'aontaich iad mo thoirt còmhla leotha. B' e oidhche
fhuar shoilleir aig toiseach an Dàmhair a bh' ann agus fhad
's a choisich sinn sìos chun a' mhachaire bha sinn uile a'
feadaireachd an aon phort.

Thòisicheadh aon duine agus an uair sin dh'fheumadh
an dithis eile tomhas dè am port a bh' ann, agus tighinn
a-steach oirre.

Bhiodh Uncail Dòmhnall daonnan daonnan a' tòiseachadh leis an aon phort – 'Father John MacMillan of Barra' – agus cluinnidh mi fhathast an suasadach-sìosadach aig a' phort mhilis sin fo sholas na gealaich.

Ghlac sinn ochd coineanach deug an oidhche sin.

Sguir an fheadaireachd mu mhìle o far an robh iad.

'Cluinnidh iad,' thuirt Uncail Dòmhnall.

'Agus cuideachd thoir do bhrògan dhiot a-nis. Cluinnidh iad sinn cuideachd.'

'S thug sinn uile dhinn ar brògan, gan ceangail còmhla le na barailean agus gan tilgeadh tarsainn ar guailnean. Chaidh Dòmhnall an toiseach, a' crùbadh romhainn air a stamaig.

'Feumaidh sinn obair mar sgioba,' chagair e.

'A Sheòrais, thalla thusa null chun a' chnuic ud. Thig mise chun a' chnuic ud eile. Agus thusa, 'ille, fuirich aig an fhear seo. Cùm an toirds sin teann nad dhòrn, ach na cuir air i gus an cluinn thu mise 'g èigheach!'

Agus chrùb an dithis aca air falbh ann an solas na gealaich.

Thàinig sgòthan a' dùmhlachadh an t-solais.

Laigh mi air mo bhrù san dorchadas ag èisteachd ris an t-sàmhchair.

Bhiodh Uncail Dòmhnall thall an siud, gu mo chlì. Cousin Sheòras bhos an seo, gu mo dheas.

Bha a h-uile rud socair gus an èisteadh tu. An uair sin chluinneadh tu a h-uile rud. M' anail, a-mach 's a-steach. Mo chridhe bualadh an aghaidh na gainmhich. Bha rudeigin a' sgròbadh beagan gu mo làimh chlì. Rinn eun air choreigin sgreuch san dorchadas, fad às. An uair sin thàinig an t-èigh,

'Coineanach!' agus dhèallr na trì toirdseachan, a' reothadh a' bheathaich bhochd a bha glacte san t-solas.

'Fuirichibh!' dh'èigh Uncail Dòmhnall, agus dh'fhan sinne far an robh sinn fhad 's a shnàig esan air a' choineanach on chùl.

Chùm mi fhìn 's Seòras na biùgain againn laiste air a' choineanach bhochd, 's e air a dhubh-dhalladh.

Chithinn Uncail Dòmhnall a-nis air cùl a' choineanaich. Thog e an toirds aige fhèin an àird agus shlaic e sìos i le deagh bhrag air amhaich a' choineanaich, a thuit air a chliathaich. Thog Dòmhnall e agus stob e na phoca e.

'Thusa an ath thrup!' dh'èigh e fhad 's a laigh sinn uile air ais sìos nar n-àiteachan.

Chùm sinn ar sùilean air a' mhachaire, a bha nise laiste suas le solus na gealaich.

An uair sin chunna mi e, mu dheich troighean air falbh bhuam, a shùilean beaga donn a' coimhead a-mach o dhoras an tuill.

Chuir e a shròn dhan adhar, 's thìll e air ais a-steach, ach nochd e air ais an ceann mionaid.

Dh'fhàil e an adhar a-rithist, agus an turas seo cheumnaich e a-mach gu slaodach, faiceallach. Stob mi air an toirds, ghlaodh mi 'Coineanach' fhad 's a chrùb am beathach beag air mu bheulaibh mu chòig troighean air falbh. Bha fhiaclan air chrith. An dà spòg bheag aige air muin a chèile.

B' e seo e. An rud ris an robh mi feitheamh. A dhèanadh duine dhìom. Duine mòr.

Shnàig mi air adhart. Chithinn an t-eagal na shùilean. Cha robh e coimhead orm. Cha robh e coimhead air rud sam bith. Cha robh e dèanamh tagradh sam bith. Dìreach reòite leis an eagal. Thog mi an toirds agus shlaic mi sìos i cho cruaidh 's a b' urrainn dhomh air cùl amhaich le aon bhuille. Cha do rinn e fuaim sam bith nuair a bhàsaich e, ged a thàinig fuil a mach às a bheul agus à amhaich.

Roinn sinn an t-seilg agus a' chreach an oidhche sin: sia coineanaich an urra.

Dh'fheann mo mhàthair iad dhomh sa mhadainn, a' sealltainn dhomh mar a bhogaicheadh tu am beathach an toiseach mus gearradh tu na casan dheth, 's mar a rùisgeadh tu an craiceann air ais tarsainn làrach nan casan deiridh.

'Dìreach mar gum biodh tu toirt do stocainnean dhìot – seall.'

'An uair sin dragh an craiceann air adhart mar seo, agus lùb a-mach gach cas-aghaidh. Eil thu faicinn? Dragh seo air adhart an uair sin, mar seo, agus ma gheibh thu fhèin grèim air an tuagh faodaidh tu an ceann a ghearradh dheth.'

Thug sinn dheth an t-earball agus na faireagain agus an uair sin shuath sinn an fheòil le clobhd teth airson fionnadh is gaoiseadan sam bith a bha air fhàgail a thogail air falbh. Ghlan sinn e an uair sin agus bha stiubha choineanach blasta againn airson làithean mòra: an fheòil air a goil còmhla le currain, uinneinean agus celery le gu leòr de shalainn.

Dh'fheuch Julianna agus mi fhìn pògadh, ach cha robh sinn ro mhath air. Bha e faireachdainn uabhasach gòrach – agus, an fhìrinn innse, gun fheum. Thàinig ar beòil còmhla agus an uair sin cha robh sìon a dh'fhios againn dè dhèanamaid, ach dìreach gun do bhrùth sinn na bu chruaidhe, ach cha b' urrainn dhìse a h-anail fhaighinn an uair sin agus thòisich i casadaich 's b' fheudar dhuinn dealachadh.

Mar sin, laigh sinn air ais air a' mhuran airson ùine ri taobh a chèile a' cumail làmhan a chèile. Bha mise nam laighe air an taobh deas dhith, 's mar sin bha mo làmh chlì na làimhe deas-se, rud a bha faireachdainn gu math annasach, oir cha robh fhios a'm an cuirinn mo dheàrnag ri a deàrnag-se, neo cùl mo dhùirn ri cùl a dùirn-se. Ach dh'obraich ise mach an gnothach, a' fuaigheal a corragan a-steach an lùib mo chorragan-se, agus le sin bha cùl mo dhùirn-sa na laighe air a' mhachaire fhad 's a bha a meuran deàrnag sìos ormsa.

Cha robh fhios a'm gun robh meuran cho seang san t-saoghal. Bha iad mar pìosan tana ùeir nam làimh. Mar na sreangan a bhiodh mo sheanair a' cleachdadh son a bhrògan a cheangal.

Às dèidh greis bhrùth mi a làmh, agus bhrùth ise air ais.

Laigh sinn mar sin greis gu sàmhach.

Bha mi 'n dòchas nach robh mo làmhan fallasach.

Bha sgòthan beaga a' gluasad ann an diofar chumaidhean àraid os ar cionn.

'Ailbhean,' thuirt mise.

'Chan e,' thuirt ise. 'Sioraf.'

'Panda?'

'Uh-uh-uh. Mathan!'

'Eil thu da-rìreabh dhen bheachd,' thuirt i, 'gur ann agamsa a tha am baidhsagal as fheàrr san sgoil?'

'Tha. Gu cinnteach. Na theirinn-sa airson baic mar sin!'

'Ach 's e baidhsagal nighinn a th' ann,' thuirt i. 'Gun chrossbar.'

Cha robh mi cinnteach dè chanainn. Ghluais mi mo ghuailnean. 'Chan eil sin gu diofar?'

'Nach eil! Da-rìreabh?'

'Chan eil.'

Bha sinn sàmhach son greis eile. An uair sin thuirt i,

'Eil thu da-rìreabh ag iarraidh cothrom air?'

'Tha.'

Shuidh i suas air aon uilinn, a' coimhead sìos orm.

''S an geall thu dhomh nach bris thu e?'

'Geallaidh.'

Phut i mi suas a-null chun a' bhaic agus leum mi air.

Sìos na cnuic cho luath le Stirling Moss agus suas mar Robbie Brightwell, le na gìoraichean ag atharrachadh tro na chicanes gainmhich agus lasairean a' tighinn on roth chùil. Chaidh mi gun stiùir airson treis, a' togail mo chasan seachad air na handle-bars fhad 's a rèis am baidhsagal sìos an cnoc gus an do bhuail e gnoban diabhlaidh air choreigin, gam thilgeil bun-os-cionn dhan fheur.

Rinn i gàire, a' magadh orm, agus saoilidh mi nach d' fhuair mi riamh seachad air an tàmailt, ged nach duirt i sìon mu dheidhinn riamh gu duine sam bith eile, ach bha e mar dhìomhair bheag dhorcha eadarainn a chùm astar eadar an dithis againn o sin a mach.

Chan eil mi smaointinn gun robh mi mothachail air an seo, ach bha mi ag amas air an sgothaidh.

O, bha fhios a'm cà' an robh i ceart gu leòr – mu dheich mìle gu deas, na laighe dol a dholaidh ann an seann bhàthaich an turas mu dheireadh a chuala mi. Am biodh a' bhàthach fhèin ann a-nis às dèidh nam bliadhnachan mòra?

Ghabh mi mo lòn taobh an rathaid: pìosan agus beagan mheasan a cheannaich mi sa Cho-op, 's chùm mi orm gu deas. Suas gu deas mar a chanadh iad. Up sous.

'Help me, I'm sinking,' ghlaodh towrie agus e sa bhoglaich taobh an rathaid.

'O,' ars am bodach ris, 'What are you sinking about?'

Neo am fear ud eile mu na balaich ann an seada nan obrach air latha fada fliuch. Mu dheireadh cha robh sìon air fhàgail ach gun cluicheadh iad I Spy.

'I Spy,' arsa Dòmhnall, 'rudeigin a' tòiseachadh le S.'

'Socks?' dh'fhaighnich fear. 'Siùcar? Spaid? Searbhadair? Semolina?'

'Chan e, chan e, chan e, chan e…'

Mu dheireadh thall leig iad suas.

'Och, tha e cho furasta,' arsa Dòmhnall. 'Tha sibh air a bhith 'g òl tì a-mach às fad an latha! Sermos Flask!'

Tha ghaoth nam aghaidh, blàth bhon deas.

Tha mi cromadh ìseal os cionn na handle-bars, na rothan a' dol timcheall gu ruitheamach.

Tha an teàrr a' leaghadh an siud san seo air an rathad.

Tha mi seòladh a-mach 's a-steach eadar na bratagan a th' air an rathad mhòr.

Tha dìgean an rathaid a' cur thairis le sìtheinean – ùrachan-bhallach, sòbhragan, neòinean agus seamragan-Muire, agus nuair a thogas mi mo cheann 's mi dol sìos an cnoc siud agad an locha air an do sceit sinn aon gheamhradh reòite 's e an-diugh fo bhlàth aig na h-oirean le bèarnain-Bealltainn is lilidhean is gucagan.

An trod a thug ar n-athair dhuinn airson a bhith sceiteadh an àite cho cunnartach – nach robh fhios againn gun robh an t-each uisge a' fuireach an sin a shluigeadh suas sinn beò aon uair 's gun tigeadh cas fon uisge?

Bhiodh Eàirdsidh Mòr beò le na bòcain. Chluinneadh e buillean an ùird tron oidhche agus madainn an laithairne-mhàireach bhiodh saor a' bhaile a-muigh a' dèanamh ciste-laighe eile. Chitheadh e rudan: taibhsean, manaidhean, dreagan. Chuir mi fhìn 's mo bhràthair Seonaidh geall: dhreasadh aon againn suas mar bhòcan aon oidhche, agus choimheadadh am fear eile son gàire.

Thilg sinn spitheag air an locha feuch's cò bhiodh na bhòcan: bhitheadh am fear a chaill. Rinn an spitheag agamsa còig-leumannan-deug; am fear aigesan ceithir-deug.

Thug e tòrr deasachaidh. Thug sinn an siota geal a-mach à ciste-aodaich mo mhàthar seachdain ro làimh agus dh'fhalaich sinn e anns an 'den' bheag againn shìos taobh na h-aibhne. An uair sin air an oidhche Shatharna nuair a bha an taigh sàmhach agus a h-uile duine nan cadal dhìrich sinn a-mach an uinneag chùil agus sìos dhan den.

Chuir mi an siota geal mu thimcheall agus cheangail mi e suas le prìnichean-mòra agus ghabh mi a làmh agus stiùir mi e gu faiceallach tarsainn na h-aibhne null gu taigh Eàirdsidh.

Dh'fhàg mi an sin aig an doras e agus ruith mi fhìn astar air falbh a-null air cùl a' ghàrraidh, far am faicinn an sgiorradh.

'Whoo… whoo… whoo…' dh' èigh Seonaidh, ach cha do thachair sìon.

Dh'fhàs e na bu dàine agus chaidh e timcheall an taigh gu lèir ag èigheach ann an guth domhain taibhseil.

Mu dheireadh thall chuala sinn fuaim o taobh staigh an taighe.

Las coinneal agus chithinn solas na coinnle a' gluasad gu slaodach eadar a' chlòsaid agus an doras. Bha mo chridhe nam bheul. Dh'fhosgail an doras gu faiceallach agus bha Eàirdsidh an sin na ghùn-oidhche fada geal le piorraid mu cheann. Bha Seonaidh air na faclan aige ionnsachadh son na mionaid seo: 'Whoooooooo,' dh' èigh e. 'Tha mi air tighinn air do shon! Cha bhuin mise dhan t-saoghal seo.'

Dh'èist Eàirdsidh ris gu faiceallach.

'Cha duirt mise gum buineadh. 'S cha bhuin na mi fhìn. Am bu toigh leat rudeigin ri ithe?'

Ruith Seonaidh cho luath 's a b' urrainn dha, a' leum tarsainn balla a' ghàrraidh leis an siota geal a' trialladh às a dhèidh fhad 's a bheannaich Eàirdsidh e às an dol à sealladh ann an ainm na Trianaid.

Seall tobhta na banaltruim. Bhiodh ise air a bhith ann an latha rugar mi, a' chiad phearsa a chunnaic mi tighinn dhan t-saoghal. 'S cha tug mi riamh taing dhith, 's mar sin tha mi bualadh clag a' bhaidhsagal trì tursan mar thaing, an ainm an Athair 's a' Mhic 's an Spioraid Naoimh.

Siud am piods far am b' àbhaist dhomh a bhith Denis Law. Air an locha tha na h-ealachan bàna fhathast a' bogadh an amhaichean seang àlainn a-steach domhainn dhan uisge.

Tha mi stad taobh an rathaid.

Seo far am b' àbhaist Fèill nan Ceàrd a bhith air a chumail. Le na h-eich bheaga thana ghlas aca agus cairtean beaga bìodach làn de stòras an t-saoghail: balùnaichean is riobainean dathach is tòidhs bheaga a dhèanadh fuaim nuair a chrathadh tu iad neo nuair a rothaigeadh tu iad agus aon turas muncaidh a b' urrainn bruidhinn agus a dh'innseadh d' fhortan dhut airson dà bhonn.

Phàigheadh tu dà bhonn-a-sia, agus chluinneadh tu a ghuth bheag gheur a' seinn:

'You'll go far. Far away over land and sea.'

Sin ris na gillean. Agus ris na h-igheanan:

'You'll meet a boy. Tall and fair. Maybe even here today.'

'S e fang chaorach a tha seo an-diugh còmhdaichte leis na grilleagan beaga dubh aca.

Agus seall – siud Cnoc nan Each, far am biodh na searraich a' feurachadh.

Agus na puill-mhònach air feadh an àite a bha làn aig aon àm le daoine a' feannadh neo gearradh neo togail na mòna, ach a tha an-diugh falamh agus sàmhach.

Tha mi fàgail mo bhaidhsagal taobh an rathaid agus a' coiseachd a-null gu poll-mònach na teaghlaich a bha aon uair cho mòr agus cho farsaing ri àite-còmhnaidh nan nèamh. Tha mi ga thomhas a-mach. Seachd meatairean an taobh seo, agus còig an taobh eile.

Tha mi laighe sìos fo fhasgadh na cloiche mòire far am bithinn a' laighe sìos a' falach nam phàiste. Aon, dhà, trì, fhuair mi thù!

Seo cuideachd far am biodh sinn a' gabhail ar bidhe: aran is càise agus bainne on bhotal. Siud an lòn beag far am biodh sinn ga chumail airson fuarachadh.

Seall A' Chreag Mhòr far an robh am fuamhaire a' fuireach! Nan èigheadh tu d' ainm a-staigh dhan toll chluinneadh esan agus dh'èigheadh e d' ainm air ais. B' e an cleas d' ainm èigheach àrd agus an uair sin ruith air falbh cho luath 's a b' urrainn dhut mus tigeadh esan os do dheoghaidh.

Le sin chan fhaigheadh e grèim ort.

Cha do rinn sinn an gnothach riamh, fiù 's ged a ruitheamaid cho luath ri Paavo Nurmi: an dèidh dhut èigheach 's gann gun robh thu air tionndadh nuair chluinneadh tu a ghuth-san gad ghairm air ais. Cha d' fhuair duin' againn riamh nas fhaid air falbh na oir an lòin bhig taobh tuath an rathaid.

Bhiodh iad ag ràdh gun do rinn Seumas a chùis aon turas, ach cò a chreideadh sin?

'Seumas!? An lapach sin? Thalla!'

Agus an uair sin mhìnicheadh iad dhuinn nach robh e daonnan air a bhith na chrioplach, agus aig an àm nach robh duine san dùthaich cho luath ris gus an do thachair an tubaist. 'S an uair sin cha chanadh iad an còrr, mar gun robh sin a' cur crìoch air gach argamaid is deasbad.

Chì thu a h-uile àite bhon a seo.

Gu siar, a mach dhan Atlantaig cho fada ri Ameireagaidh. Gu tuath, suas a Leòdhas. Gu deas, seachad air Ceann Bharraigh gu tìr-mòr. Agus gu sear, a null dhan Eilean Sgitheanach agus beanntan nèamh. Bhithinn daonnan a' faighneachd dhomh fhèin cà robh flathanas. An toiseach bha mi smaointinn gun robh e an àiteigin shuas sna speuran, ach an uair sin às dèidh do phiuthar mo mhàthar tighinn dhachaigh à Canada cha robh mi deònach sin a chreidsinn, oir chuala mi i ag innse do mo phàrantan mun turas aice, 's mar a bha i air itealachadh an toiseach tro na sgòthan agus an uair sin fada os cionn nan sgòthan 'far an robh a h-uile sìon soilleir is gorm is falamh, gun togalaichean sam bith neo gun trafaig neo gun eòin neo eile'.

Cha robh e an sin ma-thà, neo bhiodh i air fhaicinn agus air a ràdh oir 's e boireannach tùireil, coibhneil a bh' innte a bhiodh daonnan ag innse na fìrinn. Thug i prèasantan àlainn dhachaigh thugainn a' bhliadhna sin – deise-sgitheadh airson mo bhràthair Seonaidh agus paidhir de bhrògan-sceiteadh air mo shon-sa a mhill mi ann an ùine ghoirid le bhith gan cleachdadh dol sìos cliathaich na seann chuaraidh taobh thall an rathaid.

Agus seo far an robh e fad na h-ùine.

Agus siud làrach na seann sgoile a chaidh a leagail anns na 1970an. Aon latha bu mhì an aon sgoilear a ràinig an sgoil an dèidh dhomh coiseachd tron t-sneachda. Las an tidsear, Miss MacDonald, an teine-mòna agus leugh i sgeulachd dhomh. *Ivan and the Beech-Tree* ainm na sgeòil. '*Creak, creak, creak said the beech-tree*': sin an aon loidhne air a bheil cuimhn'm on sgeul, ged tha fhios a'm gun d' fhuair Ivan fichead not a-mach às a' chraoibh.

B' e Seonaidh agus mi fhìn na daoine b' fheàrr air sabaid san sgoil. Shuidheadh esan air mo ghuailnean agus phutadh an dithis againn gillean sam bith eile a sheasadh nar n-aghaidh. Casan cuinneag an t-ainm a bh' air a' ghèam' sin.

Agus siud an eaglais. Chaidh mi steach. An t-uisge-coisrigte ann am bobhla-cloiche aig an doras. Bhog mi dà mheur ann agus rinn mi comharra na croise. Chaidh mi air mo ghlùinean san treasta chùil agus chuala mi an còisir binn a' seinn anns na h-àrdaibh os mo chionn – *Tantum Ergo Sacramentum, Veneremur cernui* agus an seann shagart a' cromadh shìos aig a' bheulaibh 's ag ràdh *Introibi ad altare Dei. Ad deum qui laetificat juventutem meam*, mus do ghabh an lioturgaidh ionadail grèim, *An ainm an Athar* 's *a' Mhic* 's *an Spiorad Naomh. Amen.*

Bhiodh iad a' tarraing anail a-steach an seo seach ga bhrùthadh a-mach, a toirt nèamh a-staigh, chan ann a' putadh talamh a-mach.

12

BHA SGIATHADH CHO àlainn. Cha mhòr nach robh i air dìochuimhneachadh am faothachadh mòr a bh' ann nuair a dh' èireadh am plèana mu dheireadh thall suas seachad air na sgòthan 's a shìneadh i a-mach, a' toirt dhut an sealladh leanabail ud air na neòil fodhad mar chanach an t-slèibh.

Anns na beàrnan chitheadh tu Sasainn le na h-achaidhean ceàrnagach uaine fhathast ann eadar na mòr-rathaidean, agus an uair sin an sealladh clis dhen Chaolas mus teàrnadh tu sìos gu Charles de Gaulle. A bha uair na shaighdear agus na ghaisgeach, ach a bha a-nis na phort-adhar. Agus às dèidh sin cho gorm agus a bha ceann a deas na Frainge agus cho liath agus a bha a' Mhuir Mheadhanach agus cho ruadh agus a bha Afraga. Cha mhòr nach robh i air dìochuimhneachadh cuideachd cho bruthainneach agus a bha e nuair thigeadh tu a-mach às a' phlèana ann an Afraga, a-steach dhan òbhainn.

Choinnich dà oifigeir o UNICEF rithe, a thug chun an taigh-òsta i far an do choinnich i ris an luchd-obrach agus ris an luchd-cuidichidh eile. Agus cha mhòr nach robh sin cuideachd air a dhol san dìochuimhn' – an toileachas a bh' ann coinneachadh ri daoine ùr aig toiseach gnothaich, agus coinneachadh a-rithist ri neach neo dhà ris an robh thu air a bhith ag obrachadh uaireigin roimhe.

'Helen!' thuirt Anna. 'Goodness – don't you look wonderful!' Anna o Helsinki ris an robh i air a bhith ag obair o chionn deich bliadhna shìos anns na Falklands. Ghabh iad uile biadh còmhla a' chiad oidhche sin, ag ath-nuadhachadh nan seann dòchasan 's nan seann iomagain 's na draghan. Mar nach biodh feum air obair mar seo aon latha brèagha air choreigin; mar a dh'fheumadh iad dìon na b' fheàrr nuair a ghluaiseadh iad a-steach dhan dùthaich; an dòchas an turas seo gun leanadh na còmhraidhean-sìth air adhart gu sìth mhaireannach; agus daonnan an dragh mun fheadhainn neochiontach a bha iad a' dol a fhrithealadh. A' chlann agus na boireannaich.

Agus stòiridhean beaga pearsanta cuideachd. Dh'innis Anna mun leanabh bheag ùr a chaidh a bhreith a-steach dhan teaghlach aice: nighean a peathar, a chaidh a baisteadh anns a' bhad anns an t-sneachda a reir gnàthasan nan Saami. 'Abair glanadh! Bidh mi fhìn a-nis ga dhèanamh a h-uile madainn! Dol a mach agus gam bhogadh fhìn san t-sneachda. Aig an taigh! Chan eil mòran cothrom airson sin an seo.'

Bha a' ghrian a' losgadh sìos. Agus dh'innis Eilidh dhaibh uile mun t-seanfhacal Gàidhlig a tha ag ràdh 'Is e deireadh gach cogadh sìth.' 'Agus on is e sin an fhìrinn, carson a tha iad a' bodraigeadh ris sa chiad aite.'

Bha 5000 neach air bàsachadh cheana anns a' chogadh a bha air tighinn gu seòrsa de cheann ain-fhoiseil o chionn trì mìosan. Bha Anna is Eilidh is Irene is Johan is Vincent uile gu bhith ag obair còmhla shuas ann an ceann a tuath na dùthcha, a' cudeachadh nam mnathan-cràbhach agus nan dotairean aig Ospadal Naomh Pòl de Vincent a bha dèiligeadh ri daoine chaidh a losgadh.

Bha an siubhal chun an ospadail a' toirt 48 uair slaodach

ann an Land Rover tarsainn rathaidean corrach. Bha iad uile a' faireachdainn tinn an toiseach le na snàthadan-leighis a b' fheudar dhaibh a ghabhail, ach bha iad uile ann an deagh shunnd madainn an dara latha. Cho iongantach agus a bha àrainneachd na fàsach: aon uair agus gun do dh'fhàg thu na tràighean àlainn faisg air Mogadishu 's a ghluais thu gu tuath bha thu tuigsinn cho crochte leis an àrainneachd 's a bha beatha gu lèir. Cumhachd uisge, cumhachd nan rudan uaine a bha a' fàs, na 'oases' bheag ud anns an fhàsach a bha toirt beatha is dòchas is neart. Mar cèilidhean beaga tron gheamhradh a chumadh a' dol thu gu earrach.

Agus mìlseachd nam measan sa ghrèin. Mar a fhliuchadh na mangoes do chorp gu lèir nuair a shùghadh tu orra, agus an uair sin an sìor fheum a bh' agad air uisge mar a b' fhaide tuath a chaidh thu. Mar a chumadh sliseag orains neo cnap anainn beò thu gu bràth. Agus an uair sin mar a thigeadh an dorchadas cho luath agus cho fìor fhuar agus a dh'fhàsadh e às dèidh teas mhòr an là. Nochdadh rionnagan agus dheàrrsadh rudan anns an adhar dhubh-ghorm agus bhuaileadh e ort le tiamhaidheachd agus le tomhas de chianalas cho àlainn agus a bha an saoghal agus cho iongantach a bha e a bhith beò, agus cò leis a bha e coltach 'Seall! Siud agad Bhèunus!' a ràdh, agus an uair sin coimhead air do charaid Anna a' coimhead suas feuch am faiceadh i dìreach an rud a bha thusa faicinn.

B' e seann togalach shìmplidh a bh' anns an ospadal a bha air an gnothach a dhèanamh gun a bhith air a mhilleadh ri linn a' chogaidh, ged nach b' ann gun dhamaist. B' e muinntir an àite fhèin a bha ga ruith le cuideachadh o spèisealtaich o thall thairis agus bha an luchd-obrach a' dèiligeadh cho math 's a b' urrainn dhaibh ri tinneasan àbhaisteach a bharrachd air leòintean cogaidh. Bhiodh iad a' làimhseachadh cholera uair san t-seachdain nuair a thigeadh dotairean sònraichte nuas a thadhal o Mogadishu fhèin agus gach latha ri gach tinneas is galair is bochdainn eile eadar acras agus call buill-bodhaig.

Ann an dòigh air choreigin bha ceòl air struthadh a-steach dhan ospadal agus bhiodh feadhainn a bha air a bhith air an leigheas nan suidhe ann an oiseanan dùbhrach an siud 's an seo a' cluich ionnsramaidean bheaga a bhiodh a' sgaoileadh togail-cridhe feadh an àite, mar oicseidin. Cha mhòr nach fhaiceadh tu na h-euslaintich a' fàs nas fheàrr nuair a rachadh iad seachad air Abukkar a' cluich an *Oud* aige, neo air Mahad a' bualadh a dhruma bhig.

Cha diochuimhnich thu mar a leighiseas tu. Èistidh tu, le gaol nad shùilean, agus an uair sin bheir thu a-steach iad dhan t-seòmar 'antiseptic' far an glan thu an lotan. Suathaidhean beaga leis a' bhruis bhìodach, agus boinne neo dhà dhen antiseptic agus am plàsdair beag a bhios daonnan toirt creideas gu bheil cuideigin ann aig a bheil dragh, gu bheil cuideigin ann aig a bheil dragh a bheil thu beò neo marbh.

Bha fhios riamh aig Eilidh gur anns an t-suathadh fhèin a bu mhotha a bha an leigheas, fhad 's a bheireadh tu seachad an druga an aghaidh cholera neo fhad 's a ghlanadh tu an lot bhon phìos iarainn neo fhad 's a chuidich thu am boireannach agus an leanabh a' tighinn dhan t-saoghal. Luachmhor agus gun robh an obair àrainneachd a bhiodh i dèanamh, seo far an robh a cridhe: anns an obair-chùraim seo air ionnsachadh tro obair fad-beatha.

B' e seo a màthair ann an lios nan ùbhlan agus a h-athair leis a' mhealoidian bheag dhearg. B' e seo Bella Chaimbeul an turus ud a thadhail i agus a dhèilig i le glùn gheàirrte a bh' aig Eilidh nuair bha i seachd. Thog Bella i agus ghiùlain i sìos i gu taobh na h-aibhne far an do ghlan i an gearradh anns an uisge ruitheach mus do shuath i an lot beag le buadhalan buidhe o thaobh na h-aibhne.

Bha Bella làn de leighisean iongantach – mar a shuathadh tu seilcheag air builgean agus mar a chagnadh tu cairt shleamhna airson beul goirt. Nam biodh ceann goirt aig duine bhruicheadh Bella duilleagan Lus nan Laogh agus bheireadh i air an duine aig an robh an ceann gort an sùgh bhon a sin a ghabhail a chiad char sa mhadainn. Bha fiù 's leigheas aice airson stobadh – stamh ùr on chladach a ghearradh i na phìosan beaga agus a dh'fheumadh am fear a bha stobte a chagnadh agus a shluigeadh.

Bha deagh eòlas aice cuideachd air leigheasan eile nach biodh i fhèin a' cleachdadh ged nach do chuir sin stad oirre a bhith ag innse do dh'Eilidh òg mun deidhinn! Mar a cheangaileadh tu fear sam bith aig an robh cràdh na stamaig le ròpa timcheall adhbrainn agus mar a chrochadh tu e greis an uair sin bun os cionn o na sailtheann, agus mar a rùisgeadh tu an craiceann far na h-easgainn airson bann a dhèanadh a theannachadh tu mu sgochadh sam bith.

Bha deagh fhios aig Eilidh gum biodh leigheasan a cheart cho miorbhaileach aig muinntir an àite ann an Somalia, ged nach d' fhuair i ùine sin fhaighinn a-mach. Cha robh signal-mobile sam bith ri fhaotainn on ospadal ach dìreach gum biodh fear dhe na dotairean òga o Mogadishu a' tighinn a-nuas gach trì sheachdainean neo mar sin 's bheireadh e leis inneal beag saideal às am faigheadh daoine fònadh a-mach airson greis. B' ann bhon inneal sin a chuir Eilidh fios thugam an oidhche mu dheireadh ud am meadhain a' Chèitein.

Còmhla leis a' chòrr cha robh teansa sam bith aig Eilidh aon uair 's gun deach an loidhne marbh.

Tha mi cinnteach co-dhiù nach robh ann ach ceist cuin a thachradh e. Cha do rinn na mìneachaidhean creudach agus poilitigeach às dèidh làimh ach a' chùis nas mi-chiatache buileach. Chaidh iad uile a mharbhadh ann an diogan gun adhbhar sam bith ach an t-seann adhbhar: gum b' iadsan samhlaidhean an nàmhaid.

Chuala mi an naidheachd air a' mhobile an siud anns a' pholl-mhònadh. Dh`èist mi le guth shèimh an duine o Oifis nan Dùthchannan Cèin aig an robh an obair m' fhònadh. Dh'fhaighnich e dhomh an robh mi ag iarraidh gun rachadh an corp a thoirt dhachaigh, 's thuirt mi nach robh fhios a'm.

Thuirt e gun robh e uamhasach duilich agus gum faodainn fònadh thuige uair sam bith latha neo dh'oidhche aon uair 's gun dèiliginn ris an naidheachd. Thuirt e gun robh feadhainn air taghadh an cuideachd a thiodhlaigeach ann an Afraga fhèin, ann an cladh nam mnathan-cràbhaidh. Thug mi taing dha agus chuir mi am fòn dheth.

Laigh mi sìos air an fheur eadar an dà chreig far am biodh na caoraich a' fasgadh sa gheamhradh. Bha na speuran gorm 's itealan a' dol gu tuath. Chan eil crìochan air cràdh. Bha sruthan uisge fodham, fon talamh, 's fhios a'm gum biodh iad a' dòirteadh a mach dhan chuan mu mhìle an iar. Dè bh' ann an astar? Shil na deòir airson gach àilleachd a dh'fhalbh, airson bàs an dòchais. Cha thachradh sìon tuilleadh, gu sìorraidh bràth tuilleadh.

Cha robh còir aig sìon dhen seo tachairt.

B' e am plàna an seann sgoth fhaighinn agus 's dòcha a càradh agus a seòladh sìos a Mhuile uaireigin a-rithist còmhla le Eilidh. Ged nach robh mi air sin a ràdh rithe. Air a chumail dìomhair, fiù 's bhuam fhìn.

Sgàin an dìomhaireachd mi. An dìomhaireachd mhòr sgràthail seo, mar gum b' e dìomhaireachd fhalaichte a bh' ann am beatha seach iongnadh agus taisbeanadh. Rud ri fhalach, seach ri innse.

Cha b' aithne dhomh am boireannach: cha robh eòlas idir agam oirre, nuair a thàinig e gu aon 's gu dhà. Cha robh innte fhathast ach aisling nuair a thàinig e gu cnag na cùise. Strainnsear ris an robh mi air coinneachadh, agus mise

strainnsear a bha air coinneachadh rithe-se: dithis inbhich a
bha air beagan rudan a roinn agus air fàgail às cha mhòr a
h-uile rud a bu phrìseile.

'S dòcha dìreach gur e ceist ùine, neo tìm, a bha sin: nam
biodh barrachd ùine air a bhith againn, na bhiodh sinn air
a dhèanamh 's a choileanadh còmhla. Nam biodh sinn air
coinneachadh a' chiad turas us cho eadar-dhealaichte 's a
dh'fhaodadh cùisean a bhith. An saoghal a bhiodh sinn air
a dhealbh. Nam biodh gràdh da-rìreabh againn air a chèile,
cha bhiodh sinn air dealachadh. Cha robh fiù 's dealbh agam
dhith, ach dealbh bheag air an fhòn. Chuir mi am fòn air,
ach bha an cumhachd air falbh.

Bha mi air mo dhìol fhaighinn de dhust. Dh'fhaighnich
mi dhith. Am b' fheàrr leat a bhith air do thiodhlaigeadh an
Afraga neo am Muile? Cha do fhreagair i airson ùine mus
duirt i gum b' e gràdh an uile, agus gum bu chòir dhi a bhith
air a tiodhlaigeadh anns an àite air an robh gràdh aice. Cha
do fhreagair mi fhìn son ùine. A bheil àrainneachd ann an
gràdh? Choimhead mi timcheall orm, air an àite seo air an
robh gaol agam.

Cha robh mi air àite neo duine sam bith a ghràdhachadh
riamh mar a ghràdhaich mi an t-àite seo.

Margherita neo Marion neo Eilidh neo Julianna neo
gnothach sam bith eile san t-saoghal mhòr, ach dìreach an
t-àite dìomhair seo a bha air mo bheatha a dhealbh.

'Tiodhlaigidh mi an seo thu,' thuirt mi. 'Ri taobh gach nì
a ghiùlain sinn.'

B' e beatha a bha cunntais.

Chaidh mi air a' bhaidhsagal sìos tro bhaile mo bhreith
far an d' fhuair mi bogsa-telefòn a bha fhathast ag obrachadh
agus dh'fhòn mi an duine an Lunnainn 's dh'innis mi dha gum
bu chòir do dh'Eilidh a bhith air a toirt dhachaigh. Gheall

e gun tachradh sin, ged a bheireadh e beagan làithean, ach bha an RAF a' deisealachadh son cuid dhe na cuirp a thoirt dhachaigh.

Dh'fhaighnich mi dhith am bu chòir dhòmhsa cuideachd tilleadh ach thuirt i rium fuireach. Neo co-dhiù thuirt a' ghaoth neo na tuinn neo an talamh neo na creagan rium fuireach, oir thòisich i sileadh agus thionndaidh an t-eilean na àite geal le ceò is call.

Fuirich, thuirt i.

Ach thig air ais dhan taigh-òsta an toiseach. Gabh fois. Smaoinich orm agus dèan ùrnaigh. Las coinneal ma dh'fheumas tu. Ma chuidicheas e. Èigh ma dh' fheumas tu. Neo cagarsaich. Dh' fhaodadh e bhith nach eil am freagairt idir anns a' ghaoith neo anns a' chrith-thalmhainn neo anns an teine ach anns a ghuth chiùin chaol.

Agus mar sin shiubhail mi air ais chun an taigh-òsta air mo bhaidhsagal anns an dìle-dheàrrsach. Seachad air a phàirc eile far an robh mi Jimmy Greaves.

Bha an tuba sean-fhasanta agus thug an t-uisge ùine mhòr a' ruith tro na pìoban ach nochd e mu dheireadh thall, teth ceòthach.

Rinn mi sgoth bheag a-mach às an t-siabann agus stob mi kirby-grip a bha air taobh na tuba ann mar chrann agus sheòl mi i fo dhrochaid mo ghlùinean. Ach ge brith dè an taobh a dh'fheuchainn a stiùireadh, sheòladh i daonnan a-nuas gum chom far an stadadh i.

Thug mi ainm air an sgoth shiabainn – An Leumadair Gorm – agus sheòl mi i air ais agus air adhart ann an cuan mòr an amair gus an do leagh i steach na cop. Dh'fhalbhainn sa mhadainn.

Shil i fad na h-oidhche. Tè dhe na stoirmean ud a thig san tràth-shamhradh gun rabhadh, gun fhiost', agus an uair sin a rachas à sealladh a cheart cho clis, gun chron neo gun bhuaidh sam bith. Fuaim is fraoch a' comharrachadh neoni.

Anns a' mhadainn, bha a h-uile nì a' deàrrsadh soilleir lainnireach às dèidh uisge na h-oidhche.

Seo e. Chaidh mi siar air a' bhaidhsagal a-rithist, seachad air uile chuimhneachain an dè, air adhart chun an t-samhraidh far an robh Ruairidh Mòr agus mi fhìn air an sgoth a thogail.

Ràinig mi an t-àite far an robh còir aig Dòmhnall tilleadh à Woodstock agus nach tàinig, agus choimhead mi a-null far am biodh sinn air a bhith, dìreach air cliathaich a' bhruthaich os cionn a' bhàigh. Bha mi cho miannach gum biodh Alasdair agus Ceit an sin a' feitheamh. Cha b' ann air mo shon-sa ach air a shon-san.

Air taobh chlì an rathaid bha an ìomhaigh bheag gu Moire Mhàthair. Thàinig mi far a' bhaic 's rinn mi comharradh na croise fhad 's a choisich mi seachad.

Chaidh mi air a' bhaic a-rithist, a' gluasad gu slaodach suas am bruthach a bheireadh dhomh an sealladh deireannach dhen bhàgh.

Stad mi son ùine bheag aig a' mhullach agus an uair sin rèis mi gun pheadladh sam bith aig astar sìos an cnoc, a' ghaoth blàth air m' aodann.

Shìn mi am baic sìos ri taobh grid nam beathaichean, a bha comharrachadh toiseach a' bhaile, agus choisich mi tarsainn a' chnuic bhig chun a' bhàigh far an do lains sinn An Leumadair Gorm an latha samhraidh ud eile.

Bha an t-àite falamh agus sàmhach. Cha chluinneadh tu sìon ach na gillean-brìghde a' ruith aig oir a' chladaich.

Shreap mi tarsainn nan creagan far an robh an sgoth air a bhith aig acair. Bha tràghadh ann agus bha na creagan 's na sgeirean uile còmhdaichte le feamainn. Bhuail mo chas air rudeigin, agus siud e: an seann ròpa fhathast an sin, ceangailte ri sgùrr na creige.

Chaidh mi air mo ghlùinean, a' faighinn grèim air an ròpa, a bha fhathast tiugh is làidir.

Chuir mi aon làmh air beulaibh làimh eile agus lean mi an ròpa mach seachad o na creagan a-null dhan ghainmhich. Letheach-slighe null dhan ghainmheach bha an ròpa ceangailte ri slabhraidh.

Leum mo chridhe. Hah! Slabhraidh na h-acrach. Às dèidh nam bliadhnachan mòra, bha i an seo fhathast: an acair, daingeann sa ghainmheach.

Shlaod mi, agus ghluais an slabhraidh òirleach, ach b' e sin e: bha fhios a'm cho math 's a ghabhas gum biodh an acair fhèin a-nis tiodhlaigte domhainn anns a' ghainmhich chruaidh, còmhdaichte le leth-cheud bliadhna de lìonadh. Cha ghluaiseadh fiù 's fear de fhuamhairean Fhearchair i a-nis. Ghluaiseadh digger neo JCB i le obair, ach mhilleadh an aircealladh eachdraidh.

Chaidh mi air mo ghlùinean sa ghainmhich agus shuath mi slabhraidh na h-acrach. Cearcall os deoghaigh cearcall.

Chithinn an seann tobhta aig Alasdair is Ceit air fàire, letheach-slighe shuas am bruthach.

Chithinn an t-seann bhàthach cuideachd, far an do dh'fhàg sinn an sgoth uair dhen t-saoghal.

Choisichinn ann. Dh'fheumainn am baidhsagal fhàgail.

Gu faiceallach tarsainn grid nam beathaichean air m' fhiaradh.

An uair sin sìos taobh an t-seann bhalla-cloiche taobh na h-aibhne. Bha seann chuibheall cartach air a' fàgail an sin. Feur air fàs air mullach na seann muilne.

Cha robh an taigh fhèin ann an droch staid, ged nach robh duine air a bhith ann son bliadhnachan mòra.

Cha robh dorsan neo uinneagan air, ged air dhòigh air choreigin bha am mullach fhathast air agus a' chagailte 's cuid de na bha na bhroinn fhathast tèarainte.

Siud far am biodh Katell a' fuine nan sgonaichean, agus siud far am biodh i roinn a-mach na peistridhean agus na *galletes*, agus siud far am biodh iad a' cadal, fon uinneig le sealladh gu deas.

Agus seo far an robh an stòbh, far an robh na sgeulachdan mòra agus siud, fhios agad, far an robh am bòrd far an robh an hama agus an càise air a shìneadh air na truinnsearan a b' fheàrr.

Tha mi a' gluasad a-mach dhan bhàthaich a tha coimhead fada nas tèarainte na an taigh fhèin.

Tha am mullach fhathast slàn agus an seann bhalla-cloiche na sheasamh agus an aon uinneag bheag ghloinne air an taobh tuath fhathast slàn gun bhristeadh. Tha an doras cuideachd mar a bha, le deagh chabar fiodh tarsainn ga chumail glaiste, dìreach mar a bhiodh Alasdair fhèin ga dhèanamh.

Tha e mar gun do chuir e air an dè e, agus gun do dh'fhalbh e air cuairt a dh'àiteigin. Tha an cabar teann agus cha tèid agam a ghluasad 's chan eil mi ag iarraidh a bhriseadh.

Thèid mi chun na h-uinneig feuch am faic mi sìon a-staigh. Tha i salach agus còmhdaichte le dust agus ged a tha mi air a suathadh agus air a glanadh le mo mhuilichinn chan fhaic mi sìon tron leòsan bhig.

Tha mi seasamh air ais. Coltach ris an lapach ud eile 's dòcha gum bu chòir dhomh dhol suas air mullach na bàthcha agus crùbadh a-steach?

Tha mi dol chun an dorais a-rithist. Chan eil e glaiste idir: bha mi dìreach a' putadh an taobh ceàrr. An gàire a dhèanadh Alasdair, agus am magadh a dhèanadh Ruairidh Mòr!

'Thusa led fhoghlam! Nach eil fhios agad an diofar eadar put is slaod? Mar nach urrainn dhut draghadh, a bhalaich, slaod!'

Agus shlaod mi, agus dh'èirich an cabar agus dhìosg an ursainn agus dh'fhosgail an doras.

Abracadabra.

Chaidh mi steach, agus siud i fhathast cho bòidheach sa bha i riamh: An Leumadair Gorm, na suidhe slàn tèarainte mar an QE2 a' feitheamh son lainseadh, mar eun a' feitheamh ri sgiathadh air falbh. Bha i cho coltach 's a ghabhas ri corra-ghritheach air gob cloiche a' feitheamh son a' mhòmaid gun fhios ud nuair a nì i a h-inntinn an àird togail oirre, a' sgaoileadh a sgiathan a-mach ann an cearclan iongantach.

Leis an doras fosgailte bha solas gu leòr ann son an sgoth fhaicinn na làn-eireachdas.

Bha i da-rìreabh àlainn, agus cha robh aois is ùine ach cur ri a' bòidhchead. Bha am fiodh nas duirche, an cumadh nas cinntiche. Dh'fhairich mi i anns an leth-sholas le mo làmhan: na craimb 's na slatan-ladhraich 's na cìrean 's na roithleanan 's na pìosan beaga eile a bha air a dhol anns an dìochuimhn', ged a bha sinn air an dèanamh nuair a bha sinn òg is fallain is làn cuimhne.

Am b' e seo an tè nach seirgeadh?

'S an call gun robh i an seo falaichte, air cùl dhorsan seann bhàthaich. Mar rud suarach salach air choreigin. Rud mòr air a cur gu aon taobh nuair a dh'fhaodadh i a bhith na h-eal' air an t-snàmh, a' seòladh suas an Cuan Sgìth, tarsainn na h-Atlantaig, tron Phanama Canal. Timcheall Cape Horn agus Cape of Good Hope agus Cape Cod.

A' glacadh ghiomach is chrùbagan, sgadan is rionnach, leumadairean is mucan-mara is siorcan. A toiseach a' gearradh nan tonn, a siùil a' crathadh sa ghaoith. Am fiodh a' suathadh nan stuaghan.

Bu toigh le Ruairidh Mòr a bhith feadaireachd. A' seòladh dhachaigh gu Miùghlaidh. An Caiòra. Balaich an Iasgaich. Dh'fhalbh mo rùn 's dh'fhàg e 'n cala. Fear a' bhàta. A

Pheigi, a ghràidh, 's tu dh'fhàg mi buileach gun sunnd, 's mi seòladh an-dràst thar sàil a dh'Astrailia null. Tha 'n oidhche fliuch fuar, 's mi shuas ga cumail air chùrs', 's tu daonnan nam smuain, a luaidh, bhon dhealaich thu rium.

'S toigh leam thu. Tha gaol agam ort. Tha gràdh agam ort. Mo rùn geal dìleas a chailinn àlainn a ghruagaich òig an fhuilt bhàin nach smaoinich sibh gur mi bha tinn 's mo chridhe sgìth fo leòn a Pheigi a ghràidh 's tu dh`fhàg mi buileach gun sunnd 's mi seòladh an-dràst thar sàil dh'Astràilia null 's thàinig poidhleat steach air bòrd innt 's rinn i seòladh sìos an Clyde.

Mar a bhiodh i air còrdadh ri Dòmhnall.

Airson adhbhar air choreigin thàinig Abramovich agus na iataichean aige nam chuimhne. Thàinig mi mach às a' bhàthaich a-mach dhan t-solas. Bha na rudan a' ghràdhaich mi air gach nì eile a chuir ann an suarachas.

Cha b' ann leamsa a bha am bàta 's mar sin dhùin mi doras na bàthcha air mo chùlaibh agus choisich mi sìos rathad a' mhorghain chun a' bhaidhsagal a bha mi air fhàgail aig grid nam beathaichean.

Thàinig nighean agus gille òg – cha bhiodh iad sìon na bu shine na 10 neo 11 – air baidhsagalan a-nuas an rathad mum choinneamh agus thug iad smèid bhlàth dhomh fhad 's a chaidh iad seachad.

Choimhead mi air ais tarsainn mo ghualainn orra 's iad a' dol às an t-sealladh sìos an cnoc, a' gàireachdainn 's ag èigheach.

Tha mi an dòchas gum pòg iad mar a rinn sinne agus gum mair e gu siorraidh mar rud soilleir follaiseach a cheanglas iad ri chèile mar ghlaodh an damhain-allaidh.

13

CHAIDH EILIDH A CHUR fon fhòd anns an àite a ghràdhaich i fhèin. Tha an t-àite sin fo fhasgadh a' Chàirn Mhòir, agus nuair a thèid thu an sin a chuimhneachadh, bheir e dhut sealladh àlainn tarsainn an Loch a' Tuath a-null gu Fladaidh, Lungaidh, Gòmastra agus Ulbhaidh.

Thàinig mise air ais an seo cuideachd, oir cha robh àite mo ghràidh ann tuilleadh, ma bha e riamh ann.

Ghabh mi bothan beag air mhàl aig ceann eile an eilein, shìos faisg air Loch Buidhe. Àite eireachdail – fo fhasgadh a' Bheinn Bhuidhe air aon taobh agus Beinn na Croise air an taobh eile, dìreach leth-cheud slat neo mar sin bhon locha fhèin far a bheil mi cumail eathar bheag.

Dh'iarr tiomnadh Eilidh gun rachadh an taigh a reic agus an t-airgead a thoirt do Oxfam agus airgead sam bith a thigeadh o bhith reic àirneis an taighe chun an RNLI gu h-ionadail. Dh'iarr i gun dèiliginn-sa ri gnothaichean pearsanta sam bith a chaidh fhàgail mar a bha mi faicinn iomchaidh. Thug mi an t-aodach dhan Salvation Army anns an Òban agus na leabhraichean dhan leabhar-lann ann am Muile fhèin. Shàbhail mi an fhidheall agus an seann deasga-sgrìobhaidh fhiodh airson a' bhothain bhig anns am bheil mi fhìn a' fuireach.

Bha an latha sgreamhail ud agam nuair a b' fheudar dhomh rudan a losgadh: a' tilgeil nan gnothaichean beaga nach robh gu feum dhan teine. Cò mise son a ràdh dè bha gu feum? Ach dè eile bha ri dhèanamh – an obair a thoirt do shrainnsear air choreigin mar gun dèanamh sin e sìon nas fheàrr? Feumaidh gràdh losgadh a bharrachd air lasadh.

Chuimhnich mi tòrradh mo mhàthar, agus mar a bha sinn fhìn a' dèanamh a h-uile rud sna làithean ud. Chladhaich muinntir a' bhaile fhèin an uaigh, agus nuair a thàinig àm an tòrraidh cha deach an gnothach a shìneadh a-null gu 'proifeiseantaich' sam bith. Chuir sinn uile a' chiste dhan talamh agus an uair sin ghabh sinn uile an cothrom air tòrradh na h-uaghach.

Cha robh àicheadh sam bith nach do thachair an t-uabhas. Fhad 's a thilg thu a' ghainmheach a-steach leis an t-sluasaid agus fhad 's a phronn thu na sgrathan sìos air mullach na gainmhich bha fhios agad gun robh an obair dèanta. O cheann gu ceann. O thùs gu deireadh. Dust gu dust. An seo, bha agam ri sabaid airson na còir sin, leis an luchd-tiodhlaigidh gar stiùireadh air falbh gu tì is brot is sgonaichean fhad 's a chrìochnaich iad fhèin an obair.

Bha cuid de rudan nach b' urrainn dhut a losgadh. Nuair bha mi beag bhiodh m' athair ag ràdh gun tilleadh gach criomag arain a thilgeadh sinn dhan teine thugainn anns an ath-bheatha mar luaithre ri ithe, agus gun robh stracadh duilleig a-mach à leabhar na pheacadh na bu mhotha na goid.

Fad mo bheatha tha gràin air a bhith agam mu mhilleadh leabhraichean 's chan urrainn dhomh smaoineachadh air mòran rudan nas gràineile na daoine a bhith losgadh leabhraichean. Fiù 's feadhainn nach fuiling mi. Tha mi air a dhèanamh, gun teagamh, ach tha aithreachas air a bhith orm air a shon. Tha cuimhn'm turas a loisg mi Reader's

Digest, agus fhathast chì mi na faclan a' dol dubh mus deach iad glas is geal agus às an t-sealladh.

Tha cuimhn'm turas a bhith ann an taigh sheann chaillich ann an Uibhist nuair bha i lasadh an stòbh air madainn fhuar gheamhraidh.

Bha a' mhòine fliuch, 's cha robh leithid a rud ri 'firelighters' ann an uair sin, ged a bha bioran neo dhà aice, 's dh' fhalbh i sìos dhan chlòsaid 's thìll i leis an t-seann mhablach de leabhar seo, 's thòisich i stracadh dhuilleagan às, gam pronnadh teann agus gan stobadh a-staigh a bhonn an stòbh.

Las i iad agus cha robh fada gus an robh lasairean gu leòr ann airson an coire a chuir air an stòbh.

B' e seann lethbhreac de fhaclair Dwelly a bh' ann.

Cha do chuir mi stad oirre. Bha mi òg, agus cò mise co-dhiù innse do sheann bhoireannach a bha fuar is acrach dè a loisgeadh i.

Nach deach fada nas miosa a losgadh?

'Bhiodh Dòmhnall a toirt sùil air an-dràsta 's a-rithist nuair a bha e beò,' thuirt a' chailleach bhochd. 'Ach chan eil e gu feum sam bith dhomh nist. Cha tèid agam leughadh co-dhiù.'

Tha mi cuimhneachadh air làmh-sgrìobhaidhean Chlann Mhuirich.

Tha iad ag ràdh gun deach an cleachdadh aig a' cheann thall mar bharailean-bròige airson bodach air choreigin à Staidhleagearraidh. Agus 's e bha ceart, oir cò a choisicheadh tro na boglaichean le brògan fosgailte nuair a b' urrainn dha an ceangal suas le seann phìos vellum?

Dh'fhàg Eilidh làmh-sgrìobhaidhean agus litrichean a dhiùlt mi a losgadh. Cha robh i air stiùireadh sam bith fhàgail mun deidhinn na tiomnadh, agus gu seachd cinnteach cha robh iad rin reic neo rin toirt air falbh do dhuine neo do bhuidheann sam bith. Cha robh 'luach' gu leòr unnta airson an toirt do dh'oilthigh neo do leabharlann – oir cò nach eil coma mu dheidhinn sgròbagan an duine chumanta nach d' fhuair cliù is inbhe, 's air nach robh aithne phoblach sam bith?

Dh'fhàg mi litrichean agus notaichean agus leabhraichean-latha Eilidh nan laighe air an deasga airson ùine mhòr. An uair sin thug iad guth dhomh. Tha cuimhn'm air an latha a thug mi orm fhìn coimhead orra, a dhol a-steach a thìr nam marbh far an robh mi smaointinn an robh iad, far an d' fhuair mi mach nach b' e uaigh dhustach a bha seo ach tiodhlac bheò.

B' e madainn Shatharna bh' ann – tè dhe na madnaidhean ciatach foghair ud dìreach an dèidhs dhan cheò èirigh far an locha 's tha an saoghal laiste às ùr le solas ciùin. Bha an cofaidh a' goil anns a' phoit agus aon uair 's gun do dhòirt mi e steach dhan a' mhuga rinn mi air a' phoirds bheag ghloinne bha aig beulaibh an taighe. Bidh am poirds a' glèidheadh na grèine anns an tràth-mhadainn, agus b' e a leithid de mhadainn a bh' ann.

Bha an doras chun an t-seòmair far an robh a pàipearan fosgailte agus bha gathan grèine is gathan solais a' dòirteadh a-steach tron uinneag dìreach air na litrichean aice. Choisich mi null chun nam pàipearan agus thog mi iad leam a-mach dhan phoirds.

An fheum thu cead a dhol a-steach a thaigh cuideigin eile? A dhùthaich eile. An robh passport agam? Dh'fhaighnich mi, agus chùm a' ghrian oirre deàrrsadh. Bha an cofaidh blasta. Cho fìor bhrèagha agus a bha an sgrìobhadh aice, le na Cs agus na Fs agus na Ls cruinn is ealanta. Nas fhaid air adhart dh'fhàs iad beagan na b' fhìnealta, ach chùm iad an nòs fhosgailte a bha gan dèanamh cho tarraingeach an toiseach.

Seo a beatha, neo co-dhiù na criomagan beaga a fhuair i

cothrom innse: a' dìreadh Beinn Nibheis, a' toirt a màthair air saor-làithean dha na Seychelles, an latha bhàsaich an cù. Cha tug mi ach sùil son mionaid neo dhà, a' leughadh gun a bhith leughadh, mus do thuig mi mo pheacadh: cumhangas. Bha an guth anns na beàrnan, far an robh an saoghal fosgailte. An dànadas a dh'fheumas tu son gràdh. Aig a cheann thall chan eil ach dànadas.

Agus saoilidh mi gur ann an uair sin a bhuail e orm nach b' e rud a bharrachd a bh' ann am bruidhinn, rud a dhèanadh tu nuair a bha gach nì eile air a dhèiligeadh ris, ach gum b' e bruidhinn beatha.

Oir nuair a bha saothair seachad, cha robh air fhàgail ach bith. 'S cha robh sinn air gu leòr a roinn. Cha robh sinn air bleidrich gu leòr a dhèanamh. Air bruidhinn, gàireachdainn, caoineadh, iarraidh, diùltadh. Cha robh sinn air uaireannan mòra a chosg mar bu chòir ag innse jokes neo cluich chairtean neo san leabaidh còmhla a' seinn seann òrain neo laoidhean neo gearradh ìnnean-coise a chèile, 's ag ràdh 'Oooof – abair samh!'

Bha Natasha ceart – b' e sàmchair an eucoir bu mhotha an aghaidh a' chinne-daonnda.

Bhiodh i cleachdadh peann-ionc seann-fhasanta. Chrìochnaich mi mo chofaidh agus chaidh mi chun an deasga aice far an do shuidh mi sìos. Bha an fhidheall aice na laighe air bòrd beag taobh na deasga. Am pàipear foolscap le loidhnichean a bhiodh i cleachdadh fhathast air taobh chlì na deasga.

Bha an tobar ionc tioram agus choimhead mi anns na dràthraichean far an d' fhuair mi trì tubaichean beaga anns an drathair ìseal – fear air a chomharrachadh 'Ionc Dearg', fear 'Ionc Dubh', agus fear 'Ionc Uaine', ged nach dèanadh tu mach an diofar eatarra tron bhotal.

'S dòcha gun robh i cleachdadh aon dhiubh airson na

notaichean, aon airson a litrichean, agus aon airson a leabhar-latha, ach cha robh mi airson coimhead: bhuineadh sin dhan bheàrn.

Dh'fhosgail mi an tuba beag a bha comharraichte 'Uaine' agus dhòirt mi sin a-steach dhan tobar bheag a bha air mullach na deasga.

Bha am peann cuideachd gun ghob, ach anns an drathair eile lorg mi bogsa beag air an robh sgrìobhte 'Nibs'.

Bha mi air dìochuimhneachadh na bh' ann dhiubh: na diofar sheòrsachan. Chuir mi seachad uair neo mar sin gam feuchainn uile mach: an fheadhainn fhada thana a bheir dhut làmh-sgrìobhaidh an damhain-allaidh, an fheadhainn bheaga thiugh a bheir dhut na litrichean àlainn cruinn, agus gach cumadh eadar sin a dh'atharraicheas dealbh do shaoghal a rèir mar a chumas tu grèim air.

Bha mi air ais san sgoil leis a' pheann-bogaidh.

Am Maighstir-Sgoile a' dòirteadh an ionc gu faiceallach a-steach do gach tobar. Fàileadh tèarrach. Agus e na sheasamh ag innse dhuinn mar a bu chòir dhuinn am peann a chumail – an òrdag mhòr teann (ach gun a bhith ro theann) mu chairteal na h-òirlich os cionn a' ghuib, agus a' cholgag agus Fionnlagh Fada a' cothromachadh an taoibh eile.

Bogadh beag bìodach dhen ghob a-steach dhan ionc, oir nan cuireadh tu ro domhainn e thachdadh sin am peann suas 's cha bhiodh e gu feum sam bith. Agus mar a dh'fheumadh tu a thogail às an tobar gu faiceallach agus leigeil leis na boinnean drùdhadh às son mionaid mus toireadh tu null chun a' phàipeir e. Cho faiceallach agus a dh'fheumadh tu bhith uaireigin mus canadh tu, neo mus sgrìobhadh tu, rudeigin!

Dh'obraich sinn air na fuaimreagan an toiseach. Agus mar a rinn sinn uile an aon mhearachd – a' sgròbadh ar slighe sìos 's a stad, agus an uair sin a' ceangal an taobh eile ris an loidhne sin.

'Chan e, chan e, chan e, chan e,' chanadh e, 'feumaidh sibh a dhèanamh o thoiseach gu deireadh, a bhun gu bàrr, o cheann gu ceann, mar aon stràc, gun sgur gun stad.'

Agus chromadh e os ar cionn, le anail le fàileadh nan toitean agus uaireannan fàileadh an uisge-bheatha nar cluasan, a làmh a' stiùireadh ar làmhan-ne.

'Mar seo – seall. Sìos, is mu chuairt, is suas. Sìos, is mu chuairt, is suas. Sìos, is mu chuairt, is suas.'

Agus mu dheireadh thall rinn a' mhòr-chuid againn an gnothach air – bogadh a' ghuib, crathadh nam boinnean, agus a-mach leinn a b c d e f g h i j k l m n o p q r s t u v w x y z.

Cha robh mi air sìon dhe dhìochuimhneachadh. Cheangail mi an gob air a' pheann, bhog mi e san ionc uaine, thug mi crathadh beag dha air a' bhlotter, agus thòisich mi sgrìobhadh.

Chan e – 's e breug tha sin. Cha bhi thu uair sam bith dìreach a' tòiseachadh ri sgrìobhadh. Tha thu mar na daoine sin a bhios a' dèanamh pole-vaulting: feumaidh tu ùine mhòr a ghabhail a' tulgadh air ais 's air adhart, air ais 's air adhart, mus dèan thu ionnsaigh air a mhaide-tarsainn a tha cho àrd shuas anns na nèamhan.

Rinn mi doodles son greis, agus an uair sin chaidh mi tron aibidil airson practais-sgrìobhaidh: na fuaimreagan an toiseach mar a chaidh a theagasg dhomh anns an linn ud eile le Maighstir Mac a' Phì, agus às dèidh sin na connragan, an turas seo ann an litrichean mòra: B C D F G H J K L M N P Q R S T V W X Y Z. An diofar a bha eadar iad beag is mòr. Upper-case is lower-case, mar anns an castaichean Innseanach.

Amo, sgrìobh mi. An uair sin Amas, Amat, Amamus, Amatis, Amant. Ablative, sgrìobh mi, fuaim an fhacail milis mar shuiteas air mo bhilean. ABLATIVE. Dative, sgrìobh mi. Agus rinn mi cumadh ceàrnagach air a chliathaich air an duilleig agus sgrìobh mi:

Nominative
Vocative
Accusative
Genitive
Dative
Ablative

Laideann is Gàidhlig. An aifreann Laideann agus an Vernacular. Ri taobh Nominative sgrìobh Porta. Bòrd. Table. An uairsin dèan an clàr:

Nom:	Porta.	Dorus.	Door.
Voc:	Porta.	A' Dhoruis!	O Door!
Acc:	Portam.	Dorus.	Door.
Gen:	Portae.	Doruis.	Of the Door.
Dat:	Portae.	An, 'n dorus.	To the Door.
Abl:	Porta.	Doruis.	By/With/From the Door.

An Tuiseal Ainmneach. An Tuiseal Gairmeach. An Tuiseal Ginideach. An Tuiseal Tabhartach.

Cha b' e sgrìobhadh a bha sin. Stòiridh a bh' ann, seach sgeul. Agus mar sin dh'fheuch mi ri sgeulachd a sgrìobhadh. Sgrìobh mi 'Bha an doras dùinte. Choisich an duine chun an dorais. 'A dhorais' thuirt e, 'Fosgail.' Ach cha do dh' fhosgail an doras. Choimhead e an uair sin air làmh an dorais. Chuir e a làmh air an làimh. Lùb e sìos ga ionnsaigh. Dh'fheuch e fhosgladh, agus choisich e air falbh.'

Cha b' e sgeul ro mhath a bh' ann, ach bha i cleachdadh cuid dhe na tuisealan a chòrdadh le Iain Mòr. Dh'fheuch

mi anns a' Bheurla. 'The door was closed. The man walked
to the door. 'O door' he said, 'Open'. But the door did not
open. He then looked at the door's handle. He put his hand
on the handle. He leant over towards it. He tried to open it,
and walked away.'

B' e an aon sgeul a bh' ann, a rèir choltais, ge brith dè an
cànan a chleachdadh tu.

Ach dè mu nach robh an doras dùinte idir, ge-tà?

Thòisich mi rithist. 'Bha an doras fosgailte.' Uh-uh, cha
robh sin ceart a bharrachd.

'S dòcha nach robh e fosgailte neo dùinte – leth-fhosgailte,
neo leth-dhùinte, mar gum bitheadh?

Nise, ciamar a chanadh tu sin?

'Cha robh an doras fosgailte neo dùinte?' 'Bha an doras
leth-fhosgailte?' 'Bha an doras leth-dhùinte?' 'Bha pìos dhen
doras fosgailte?' 'Bha pìos dhen doras dùinte?' 'Bha an
doras fosgailte òirleach neo dha?' 'Bha an doras dùinte, ach
dìreach òirleach neo dhà?'

'S dòcha gun robh an doras air a bhith dùinte airson ùine
mhòr, agus dìreach air fosgladh. Neo 's dòcha gun robh e air
a bhith fosgailte airson ùine mhòr agus dìreach air dùnadh.

'S dòcha gur e ghaoth a dh'fhosgail, neo a dhùin, an
doras. Neo mèirleach neo murtair. Duine neo boireannach
air choreigin ann an cabhaig. Gu banca, gu leannan, gu
tòrradh, gu banais.

Bheachdaich mi mun doras. Agus mun duine. Agus mun
bhoireannach.

'B' e samhradh fada teth a bh' ann,' sgrìobh mi. Sin e. Sin
an idea. An smuain. A' chuimhne. An aisling. Bha e uile an
sin. Agus b' e sin dà-rìreabh a bh' ann: b' e samhradh fada
teth a bha air a bhith ann.

Samhradh fada teth. An samhradh a dhealbh an còrr

dhem bheatha. An samhradh leis an do thomhais mi dòchas, buaidh, aithreachas, call.

Thog mi suas leabhar o dheasg Eilidh. Sgrìobht' air an taobh an staigh bha – 'To Janet. With best wishes. From Robert, Alex and Chris. Xmas 1948.'

Thionndidh mi gu duilleag aon: 'Christopholus is eight. He is the only man in the family, as his father sailed away to America to make money, and never came back.'

Sin agad a-nis dòigh sgeulachd a thòiseachadh! Soilleir, cinnteach, fiosrachail.

Tha an t-astar air a chlàradh.

B' e samhradh fada teth a bh' ann.

Choimhead mi air fosglaidhean eile.

Bha siud ann roimhe Rìgh ann an Èireann aig nach robh aon duine cloinne. Bha Rìgh ann turas aig an robh triùir mhic. A poor woodcutter lived with his wife and three daughters in a little cottage on the edge of a lonely forest. The King of the East had a beautiful garden, and in the garden grew a tree that bore golden apples. Anns an toiseach chruthaich Dia na nèamhan agus an talamh. There was once a King's son, who had a sweetheart, and loved her much. Once upon a time there was a dear little girl who was liked by everyone who met her, but especially by her grandmother, who would have given her anything. 1801 – I have just returned from a visit to my landlord – the solitary neighbour that I shall be troubled with. He lay flat on the brown, pine-needled floor of the forest, his chin on his folded arms, and high overhead the wind blew in the tops of the pine trees. Call me Ishmael. Alexei Fyodorovich Karamazov was the third son of a landowner from our district, Fyodor Pavlovich Karamazov, well known in his own day (and still remembered among us) because of his dark and tragic death, which happened exactly thirteen years ago and which I shall speak of in its proper place. There is a lovely road that runs from Ixopo into the hills.

Stèids airson na cluich. Frèam airson na deilbh. Eilean. Dùthaich. Saoghal, cruinne-cè. Cuimhne. Teachd. Chan eil sìon dhe cunntais ach am mac-meanmna.

Tha mi 'g iarraidh sgrìobhadh mu Eilidh, on a bha mi bruadar mu deidhinn fad mo bheatha, agus nuair a fhuair mi eòlas oirre cha d' fhuair mi eòlas idir oirre. 'S chan inns a h-uile litir seo a dh'fhàg i, agus na notaichean agus na leabhraichean-latha, ach a bheag dheth.

Agus tha mi airson innse mu Mhargherita, oir tha cuimhn'm oirre am feasgar ud air mullach a' bhalla-cloiche agus i 'g èigheach orm tarsainn na fainge, agus an suirghe cracte a bh' againn, agus an glòir a bha na lùib. Agus tha mi airson innse mun bhean a bh' ann, Marion. Agus 's e stèids agus frèam na sgeòil an samhradh ud: an samhradh fada teth ud a chosg sinn a' togail na sgothaidh.

Agus thòisich mi. B' e samhradh fada teth a bh' ann. Agus dh'fheumainn stad an uair sin. Anail a tharraing. Colon, 's dòcha: an seòrsa a dh'fhuiricheas anns a' chuimhne gu bràth. Bhuineadh e dhan h-uile duine. Mar an taigh seo a tha agam air mhàl, agus nach buin dhomh ach anns a bheil mi beò. Cò aig tha fios cò bh' ann romham, agus cò aig tha fios cò bhios ann às mo dhèidh. Chan eil Leabhar nan Aoighean ann. 'S ged a bhitheadh.

Agus sin nuair a thàinig smuain na fidhle steach: rud a chaidh air chall, agus a fhuairear, ach nach buineadh do dhuine sam bith aig a' cheann thall. Fiù 's dhan fhear a rinn i, a reic i dhan duine a reic i dhan t-seòladair ud eile. Agus an sgoth: an seòladh an sgoth eireachdail ud a-rithist?

Chuimhnich mi John Gordon of Cluny, dham buineadh an saoghal agus a chrìochnaich ann a' vault fo Rathad Loudaidh an Dùn Èideann. Agus cha robh anns a' chòrr ach mac-meanmna: an fhìrinn ghlan a shuath orm.

Bha nighean àlainn ann a chunnaic mi air an aiseag, agus chaidh sinn a shealg nan coineanach, shealg nan coineanach, agus chunna mi iataichean-tòidh a rèiseadh air locha bheag am meadhan Paris, agus jazz a' cluich tràth sa mhadainn, agus bodaich a' cluich cribbage, agus cailleachan a' cluich whist, agus chaidh Lachaidh a-mach a dh'iasgach.

Agus choisich i sìos Byres Road agus chunnaic i an sanas ud ann an uinneag na bùtha, a dh'atharraich a beatha, agus chaidh i air a bhaidhsagal seachad air na bollards air a' chidhe, agus bhiodh i cluich na fìdhle, agus bha i ag obair ann am Madagascar agus ann am Peru, agus a dh'innis dhomh an dreach Lochlannan dhen Chearc Chiallach agus mu dheidhinn Tikki Tikki Tembo-no Sa Rembo-chari Bari Ruchi-pip Peri Pembo, agus mu dheireadh thall chùm i grèim air mo làmh aig stèisean-trèana air latha socair samhraidh.

Dh'fheuch mi cho cruaidh 's a b' urrainn dhomh guth a thoirt dhi, 's cha b' urrainn dhomh.

An gaol a bh' agam, thuirt i. 'S eil cuimhn' agad an turus ud a dh'abseil mi sìos an cnoc, agus an turas a ruith mathan às mo dhèidh tro choilltean New Hampshire, agus an turas a bha mi caoineadh nuair a chuala mi Maria Callas a' seinn a-muigh anns an amphitheatre fhosgailte ud ann am Baile na h-Àithne?

Bha mi beag agus breacan-siantan orm a' sgaoileadh mar phopaidhean a' mhachaire agus bhithinn daonnan a' gearradh mo ghlùinean nuair bhithinn a-muigh a' cluich 's bheireadh iad tom-boy orm, agus b' e an rud a b' fheàrr leam san t-saoghal a bhith grunnachadh son èisg air feasgairean samhraidh shìos anns na sruthan beaga bha ruith a steach gu Abhainn Àrois. Saoilidh mi fhathast gum fairich mi fàilleadh an iadh-shlait.

Agus gach Disathairne rachamaid suas a Thobar Mhoire

's chuireadh sinn seachad a' mhadainn a' coimhead ann an uinneagan nam bùitean beaga agus a' blasadh nan suiteis a gheobhadh tu measgaichte airson tastan. 'S a bheil cuimhn' agad an turas ud a sheas mi fhèin 's mo charaid Lyn taobh a-muigh uinneag Bùth nan Cèicean, agus dìreach aig an dearbh mhionaid sin thuit an rud air an robh an cèic na laighe, 's thàinig bodach nan cèic fhèin – Ernie – na ruith a-mach a' trod rinn aig àird a' chlaiginn 's ag èigheach gun do bhuail sinne an uinneag, rud nach robh sinn idir idir air a dhèanamh? Agus an toiseach b' e sgoil nigheanan a-mhàin a bh' ann, ach dh' atharraich sin aig deireadh mo chiad bhliadhna nuair a chaidh e comprehensive, agus an do dh'innis mi riamh dhut mun latha a thuit Mr Guthrie air muin nam bunsen-burners, agus cha mhòr nach do chuir e teine leis fhèin – agus leis an sgoil gu lèir?

Bha gaol agam dha. Gaol milis neochiontach na h-òige. Bha càr aige, agus gach oidhche Haoine agus Disathairne ghabhamaid cuairtean – 'spins' a bh' aige orra – tarsainn an eilein. Uaireannan stadamaid aig lay-bys bheaga, ag èisteachd le ceòl agus a' pògadh. Luxemburg a bha dol an uair sin, dìreach o chionns gum faigheadh tu deagh signal. Fiù 's a-staigh ann am meadhain na coille far an rachamaid uaireannan, nam biodh muinntir a' Forestry air na geatachan fhàgail fosgailte.

Agus an uair sin sgar sin timcheall rud a bha cho gòrach 's gu bheil cuimhn'm air fhathast: mar a bhiodh esan ag iarraidh gun cumainn m' fhalt sìos, fhad 's a b' fheàrr leams a cumail suas ann am 'bun', mar a bha am fasan aig an àm.

B' àbhaist dhuinn a bhith dol gu na Geamachan Gàidhealach. Chan ann o chionns gun robh iad a' ciallachadh sìon dhuinn gu cultarach, mar a chanas iad an-diugh, neo o chionns gun robh sinn a' gabhail pàirt anns na farpaisean neo sìon mar sin, ach dìreach o chionns gun robh e cho spòrsail. Ann an seagh fealla-dhà. Fealla-dhà gòrach, aotrom, aoibhneach.

Bhiodh sinn a dol thuca nar buidheann, oir chan eil spòrs sam bith a bhith dèanamh nan rudan sin nad aonar. Dìreach nigheanan: nigheanan còmhla. Maighread is Ceannag is 'Tips' is Lucy is Seònaid. Chuireadh sinn seachad an oidhche ron a sin aig taigh aon dhe na h-igheanan, a' feuchainn aodach oirnn 's a' cur an lipstick seo oirnn agus am fear ud eile agus gach seòrsa de maise-gnùis a gheobhamaid, eye-liners agus nail-polish purpaidh is eile, agus ceòl air gun sgur.

'No – he won't be there,' chanadh aon againn 's rachadh a h-uile duine às àicheadh sin 's a' gealltainn gum bitheadh, oir chuala sinn e ag ràdh gum bitheadh dìreach an latha roimhe. Agus bhitheadh, na ghlòraidh, agus e ruith tarsainn na pàirce mar gazelle aig toiseach rèis na beinne.

Bhiodh cuid dhe na rudan aig an Fhèill an sin cho cracte ach cho spòrsail – a' helter-skelter agus a' chuibhle-mhòr agus aon turas an t-inneal a bha seo a ghabh an t-sianar againn aig an aon àm agus an uair sin a loisg sinn suas dha na speuran aig astar eagalach, far an do stad e; an uair sin gad thilgeil sìos aig astar far an do thòisich thu, a' fàgail do stamaig fhathast shuas anns na nèamhan!

Agus bhiodh an latha daonnan a' crìochnachadh anns an aon dòigh: a' coiseachd an achlaisean a chèile sìos gu talla a' bhaile far an dannsadh na h-igheanan uile còmhla gus an nochdadh na gillean a-rithist, a' seinn, às dèidh dhan phub dùnadh.

Aon uair 's gun tàinig iad thòisicheadh na h-eightsome reels agus na strip-the-willows gu ceart, agus 's e an aon rud a chuimhnicheas mi às dèidh sin dìreach am fuaim: glaodh an toileachais.

Laighinn nam dhùisg an uair sin gu madainn, ceòl na

pìoba dol 's a' dol nam cheann.

Tha cuimhn'm air an dearbh dhiog cho math. Nuair a fhuair i an fhidheall. Bha sinn air a bhith muigh sna h-achaidhean fad an latha, a' cruinneachadh nan caorach, gam faighinn deiseil airson an rùsgadh, 's chaidh Mam a-null dhan bhàthaich mhòr airson rudeigin a chur air falbh agus an ath rud chuala mi an sgiamh a bha seo 's dùil a'm gun do thuit rudeigin oirre 's ruith mi a-steach dhan bhàthaich far an robh i na seasamh shuas aig mullach na staidhre a' leum suas is sìos 's a' dol, 'Bha e seo fad na h-ùine. Bha e seo fad na h-ùine.'

Agus dh'innis i dhomh uile mu dheidhinn an uair sin 's rinn i cinnteach gun d' fhuair mi leasanan ceart – gu Miss Smart airson Violin agus gu bàrd a' bhaile, Dunnchadh Bàn Mac ille Bhrath, airson leasanan dùthchasach air an Fhidhill.

Agus sheasadh Eilidh daonnan aig an fhiosrachadh sin 's thòisicheadh i ri canntaireachd – 'Hai diddly hum di, hai diddly di...sia-ochd, suas is sìos,... fiddle ma ri!'

Bha seann phuirt iongantach aige – fìor sheann phuirt Gàidhlig air nach robh ainm sam bith, a bharrachd air puirt a rinn e fhèin. Chan eil iongnadh gun robh an saoghal caillte nuair a chaidh an fhidheall a ghoid.

Dh'innis i dhomh a h-uile rud a chaidh innse an seo, a bharrachd air mìle rud eile nach deach innse o chionns nach eil iad a' freagairt na sgeòil. Sin mo cho-dhùnadh-sa, agus tha mi an dòchas gun toir sibh mathanas dhomh air a shon. Uaireannan dh'innis i dhomh iad ann an còmhradh, uaireannan mar shàmhchair, an dà chuid ann an da-rìreabh agus anns a' mhac-meanmna. Dìreach mar a dh'innis Alasdair agus Ceit agus Ruairidh Mòr agus a h-uile duin' eile.

Tha na guthan aca a' lìonadh mo thaigh a tha cho falamh.

Na gluasadan aca 's na faileasan. Èibhleagan mòine 's bainne dòirteadh dhan ghloinne, 's cù a' comhartaich an àiteigin a-muigh.

An-raoir fhad 's a bha mi nam laighe san tuba bha mi smaointinn mu Margherita a-rithist agus dh'fheuch mi fònadh thuice, ach cha robh freagairt ann. Chan eil sìon cho cianail ri fòn a' seirm ann an seòmar falamh thall thairis.

Tràth madainn an-diugh nuair a dh'èirich mi bha an ceò a' laighe ìseal air na beanntan agus a' còmhdachadh an locha agus an uair sin chunna mi maigheach a' leum tarsainn a' ghàrraidh.

B' e bana-bhuidsichean a bh' anns na maighichean – air an toir cuid na geàrran – agus dh'innis Fearchar dhomh turas mu dhuine a marbh tè dhiubh le urchair air a dhèanamh a-mach à seann bhonn-a-sia, ach an uair sin a theich a-null a dh'Astralia air eagal 's gun rachadh a dhìol leatha. Ach na dheoghaidh sin, thuit e gu bàs ann an sloc ann an cuaraidh thall an sin nuair a ràinig e New South Wales.

Bhiodh cuid ag ràdh gun do chuir e às dha fhèin, thuirt Fearchar, agus smaoinich mi air uaigh aonarach air an tàinig mi tarsainn bliadhnachan air ais air Meall Bhuidhe. Dh'fhaighnich mi timcheall a' ghnothaich agus thuirt cuid de dhaoine gun robh iad dhen bheachd gur e corp streapadair Sasannach air choreigin a bh' ann, ach dh'innis Beataidh Nic Dhòmhnaill, a bha cho eòlach air na rudan sin, dhomh gur e corp 'duine bochd a thàinig ris fhèin. Fear dom b' ainm MacRath a bhuineadh do Chinn t-Sàile ach a bha bhos an seo na chìobair. Tha e air a thiodhlacadh shuas an sin a-mach à sealladh on mhuir.

'Bhiodh iad a' tiodhlacadh feadhainn a chuir an làmh nam beatha fhèin a-mach à sealladh on mhuir air eagal 's gum falbhadh na h-èisg às na h-aibhnichean 's na lochan 's às a chuan nam biodh iad rim faicinn. Dìreach mar a dh'fheumas tu corp leanabh a chaidh a bhreith marbh a thiodhlaiceadh ro èirigh air neo às dèidh dol fodha na grèine. Tha leigheas ann cuideachd airson an tinneas-tuiteamas' thuirt Beataidh. 'Bheir thu trì deochan an ainm na Trianaid dhan duin' tha fulang, o sruth ruitheach, ann an claiginn chuideigin a chuir às dha fhèin.'

Tha h-uile sìon dhe sin a dhìth.

Le sin, tha mi ciallachadh a h-uile rud nach eil an seo, nach deach a ràdh, a tha an àiteigin eile. Àiteigin eile. An rud nach eil ann. Claigeann falamh. Am fear a chuir às dha fhèin a-mach à sealladh. An t-eagal a tha stiùireadh an eagail. An t-athair a chaidh a bhàthadh. An fhidheall chaillte. An sgoth air tìr, sa bhàthaich. Agus an cnàimh-lorgaidh seo. A h-uile rud a tha dèanamh na beatha luachmhor, ciallach, saor. An cumhachd a tha dol tron fheur uaine agus a' toirt an t-sìthein fo bhlàth cuideachd a' blàthachadh na h-aois.

Tha an ceò ag èirigh far an locha. Tha e ag èirigh os cionn nam beann. Tha an locha a' deàrrsadh, gorm. Tha na monaidhean a' deàlradh, airgeadach. B' e an gille agus an nighean bheag air na baidhsagalan mise agus Eilidh. Chaidh sinn luath sìos an cnoc, gun ar làmhan idir air an stiùir agus gun ar casan idir air na cuibhleachan, agus leum sinn dhiubh aig a' bhonn gun na baidhsagalan a stad, a-null dhan fheur.

Laigh sinn an sin air muin 's an lùib a chèile fhad 's a chùm na baidhsagalan fhèin orra, a' lùbadh an taobh seo agus an taobh ud eile son greis gus an do thuit iad far an rathaid faisg air grid-nam-beathaichean far an do laigh iad ùine, na ceithir cuibhlichean a' dol timcheall leotha fhèin.

Rinn sinne gàire agus fhuair sinn grèim air làmhan a chèile agus ruith sinn tarsainn an fheòir airson ùine gus an do ràinig sinn a' ghainmheach.

Bha creag ann a shin agus sheas an dithis againn oirre, a'

dànachadh a chèile leum. Mu dheireadh thall dh'aontaich
sinn air dòigh.

'Canaidh mise 'Aon',' thuirt ise.

'Agus canaidh mise 'Dhà',' thuirt mise.

'Agus an uair sin èighidh an dithis againn 'Trì!"

'Aon,' thuirt ise.

'Dhà,' thuirt mise.

'Trì!' dh'èigh sinn fhad 's a leum sinn far na creige,
seachad air an fheamainn, a-steach dhan uisge.

14

BIDH MI FÀS AONRANACH ceart gu leòr. Cò nach bi? Ach tha seann duine airidh air bruadair is dòchas is cuimhne, nach eil? Mar Rìgh Dàibhidh, cò againn nach gabhadh gruagach mhaiseach airson a chumail blàth oidhche? Agus gheibh sinn i.

Uaireannan bidh mi dol a-mach san sgoth agus a' leigeil leis a' ghaoith crathadh a thoirt dha na siùil, dìreach airson an toileachas fhaighinn bhith cluinntinn fuaim a' chanabhais a' sèideadh, agus airson faicinn a-rithist mar a thèid agad air an eathar a ghluasad an taobh seo neo an taobh ud eile dìreach le suathadh beag air an fhalmadair.

Bidh mi leughadh thrillers, agus 's toigh leam Hammet a thug – ann am faclan Raymond Chandler – 'murt air ais dha na daoine a nì e airson adhbharan, agus chan ann dìreach airson corp a thaisbeanadh; agus a nì e leis na gnothaichean a tha gu làimh, chan ann le piostalan neònach neo le curare agus iasg troipigeach. Thug e murt a-mach às a vase Venetianach, agus stob e anns a' chùl-shràid e.'

Bidh mise beachdachadh air na h-adhbharan cuideachd, chan ann dìreach mun chorp, agus a' beachdachadh air na gnothaichean a tha gu làimh, nach eil coimheach neo fad às.

Dh'fhaighnich gille do nighinn, agus i aig uinneig

fhosgailte, cuin a rachadh i leis air chuairt, agus fhuair e am
freagairt a leanas:

'An uair a thogas mi an lìon,
A leagas mi a' ghlainne,
Agus a chuireas mi am marbh a thiodhlaiceadh a' bheò.'

Thug esan an sin suas a dhòchas, sheòl e thairis, agus
air dha tilleadh an ceann trì bliadhna, chuala e gu robh i
pòsta aig fear eile, ach nach robh i idir toilichte. Chuir seo
smuairean air, agus chaidh e a choimhead oirre, agus fhuair
e fuasgladh air na facail mar seo:

'Cho luath agus a thogainn an t-anart den bhòrd,
A dhùininn an uinneag,
Agus a smàlainn an teine, agus cha do chùm sin fada
mise, ged bha thusa mi-fhoidhidneach.'

Tha mi an-còmhnaidh a' smaontinn mun fheadhainn a
thog an lìon, a leag a' ghlainne agus a chòmhdaich na beò
le na mairbh. Alasdair is Ceit fhèin a-muigh an sin ann an
glinn Shiorrachd Obar Dheathain, agus mar a ghabhadh iad
am bus a h-uile feasgar Diardaoin a-staigh tro shrathan nam
Mearns gus an ruigeadh iad Sròn na h-Aibhne mu dheireadh
thall far am faiceadh iad a' mhuir. Ghabhadh iad lòn an sin
aig Cafaidh a' Bhàigh 's an uair sin choisicheadh iad mun
tràigh airson an dà uair a bh' aca mus tilleadh am bus air ais
dhachaigh.

'S e bàigh brèagh' a th' ann le deagh shealladh dhen Chuan
a Tuath 's chuireadh iad seachad ùine chiatach a' coimhead
air na iataichean agus na sgothan beaga a bha fhathast a'
cleachdadh na caladh. Bha cabhsairean farsaing snog ann
far am b' urrainn dhut coimhead sìos thairis nam ballachan
dìon far an robh na bàtaichean beaga air acair.

Às dèidh na Càisg thigeadh luchd-reic nan reòiteagan, 's
cha robh sìon a chòrdadh na b' fheàrr ri Alasdair agus Ceit
na dà chòn a cheannach agus coiseachd timcheall, gàirdein

ri gàirdein, gan gabhail sa ghrèin. Agus an uair sin as t-samhradh thigeadh gach seòrsa fèill is stàl a' lasadh suas an àite: cleasaichean agus cluicheadairean pupaid punch-and-judy agus an uair sin an Fhèill Mhòr fhèin leis na dodgems agus na helter-skelters. Aig an àm sin bheireadh iad na h-oghaichean còmhla riutha airson an latha agus gheobhadh iad toileachas mòr às an toileachas-san fhad 's a rachadh an fheadhainn bheaga suas is sios is sios is suas air na h-eich dhathach air a' charousel, agus fhad 's a ghlaodhadh agus a dh'èigheadh an fheadhainn mu mhotha le sgreuchainn àrda eagalach 's iad air an tilgeadh an taobh seo agus an taobh ud eile air na cuibhlichean mòra.

Bhiodh iad daonnan a' ceannach fish-supper aig deireadh an fheasgair mus rachadh iad air ais siar tro na glinn air bus 6 uairean.

Agus tha oghaichean ann, agus tha fhios a nis iar-oghaichean agus dubh-oghaichean a-muigh an sin an Aimearagaidh aig nach eil fios sam bith mun an seo. Às dèidh greis tha grian na maidne dol na cuimhne agus àiteachan air an robh thu eòlach nuair a bha thu òg a' fàs fann agus fad às. Cuimhnichidh tu balla an àiteigin agus mar a dh' fhàsadh a' chonnlach air ach chan eil buileach cuimhn' agad an robh geata ann agus an robh na ceumannan fiodh a bha gad thoirt a dh' ionnsaigh na craoibh daraich air am peantadh uaine neo gorm.

Tha rudan eile a' gabhail àite na cuimhne, agus an sealladh feurach ud a bha gad thoirt sìos chun na tràigh gainmhich a-nise air a' còmhdachadh le dealbhan eile: eil cumhn' agad cho luath agus a bha na càraichean-cèibil a' gluasad sìos an cnoc ann an San Francisco agus blas nan easairean ud a dh'ith sinn an turas ud eile anns Na Canaries? Agus cluinnidh tu rudan, air an innse le cuideigin a bha thall sa chunnaic, ach tha e mar fhuaim fad às, mar faicinn film a-mach air oir do shealladh fhad 's tha thu ann an còmhradh le cuideigin eile.

Bhiodh Dòmhnall, ann a' Philadelphia, uaireannan ag innse mu dheidhinn rudan mar sin ach bha e mar sgeul fuadan dha chuid chloinne, mar mhìrean-measgaichte fiodh airson seann daoine. Gu tric bidh mi smaointinn mun ghille agus mun nighinn aig an uinneig, agus mar a thuirt ise aon rud agus i ciallachadh rud eile, agus mar a chuala esan aon rud agus mar a thuig e rud eile. Chaidh an gràdh a bh' againn cuideachd a labhairt tro leòsan thana do chuideigin òirlich air falbh.

Togaidh mise an t-anart a nis cuideachd, fosglaidh mi an uinneag, agus lasaidh mi an teine.

Leabhraichean eile le **LUATH**

Archie and the North Wind
Angus Peter Campbell
ISBN 978-1906817-38-1 PBK £8.99

The old story has it that
Archie, tired of the north wind,
sought to extinguish it.

Archie genuinely believes
the old legends he was told
as a child. Growing up on a
small island off the Scottish
coast and sheltered from the
rest of the world, despite all
the knowledge he gains as
an adult, he still believes in
the underlying truth of these
stories. To escape his mundane
life, Archie leaves home to find the hole where the North Wind
originates, to stop it blowing so harshly in winter.

Funny, original and very moving, *Archie and the North Wind*
demonstrates the raw power of storytelling.

The tale is complex, but told in confident style. Although every
page is marked with some unquiet reflection, these are offset by
amusing observations which give the novel a sparkle.
SCOTTISH REVIEW OF BOOKS

The Guga Stone
Donald S Murray
with illustrations by Douglas Robertson
ISBN 978-908373-74-8 HBK £12.99

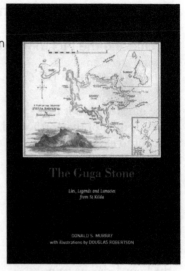

Place one guga [almost fully grown gannet chick] and one stone in a pan of water and boil.

Once you can pierce the stone with a fork, the guga is ready for eating...

Meet Calum. In 1930, the last remaining St Kildans evacuated their isolated outpost 100 miles off the west coast of Scotland. Calum returns a few years later, alone and troubled, the sole guardian of the islanders' abandoned homes. Haunted by the memories that linger there, he begins to relive the experiences of residents long past.

Acrobats, airmen, cormorants, cragsmen and angels leap, climb, shimmer and swoop through the pages of *The Guga Stone*. With subtle humour, Donald S Murray mixes mythology, fiction and history to recreate St Kilda's tales and legends for our time.

If anyone deserves to be considered a classic writer, Donald S. Murray does. CHAPMAN

He writes with an inherent understanding of Highland culture, language and way of life.
THE HERALD on *The Guga Hunters*

Tall Tales from an Island

Peter Macnab
ISBN 978-0-946487-07-3 PBK £8.99

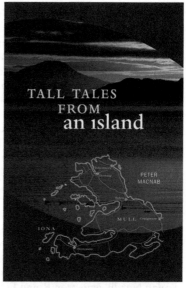

Peter Macnab was reared on Mull, as was his father, and his grandfather before him, He heard many of these tales as a lad, and others he has listened to in later years. Although collected on Mull, these tales could have come from any one of the Hebridean islands. They are timeless and universal, and they are the tales still told round the fireside when the visitors have all gone home. There are unforgettable characters like Do'l Gorm, and philosophical roadman, and Calum nan Croig, the Gaelic storyteller whose highly developed art of convincing exaggeration mesmerised his listeners. There is a headless horseman, and a whole coven of witches. Heroes, fools, lairds, herdsmen, lovers and liars, dead men and live cats all have a place in this entrancing collection.

Details of these and other books published by Luath Press can be found at:

www.luath.co.uk

Luath foillsichearan earranta

le rùn leabhraichean as d' fhiach a leughadh fhoillseachadh

Thog na foillsichearan Luath an t-ainm aca o Raibeart Burns, aig an robh cuilean beag dom b' ainm Luath. Aig banais, thachair gun do thuit Jean Armour tarsainn a' chuilein bhig, agus thug sin adhbhar do Raibeart bruidhinn ris a' bhoireannach a phòs e an ceann ùine. Nach iomadh doras a tha steach do ghaol! Bha Burns fhèin mothachail gum be Luath cuideachd an t-ainm a bh' air a chù aig Cú Chulainn anns na dàn aig Oisean. Chaidh na foillsichearan Luath a stèidheachadh an toiseach ann an 1981 ann an sgìre Bhurns, agus tha iad a nis stèidhichte air a' Mhìle Rìoghail an Dùn Èideann, beagan shlatan shuas on togalach far an do dh'fhuirich Burns a chiad turas a thàinig e dhan bhaile mhòr.

Tha Luath a' foillseachadh leabhraichean a tha ùidheil, tarraingeach agus tlachdmhor. Tha na leabhraichean againn anns a' mhòr-chuid dhe na bùitean am Breatann, na Stàitean Aonaichte, Canada, Astràilia, Sealan Nuadh, agus tron Roinn Eòrpa – 's mur a bheil iad aca air na sgeilpichean thèid aca an òrdachadh dhut. Airson leabhraichean fhaighinn dìreach bhuainn fhìn, cuiribh seic, òrdugh-puist òrdugh-airgid-eadar-nàiseanta neo fiosrachaidh cairt-creideis (àireamh, seòladh, ceann-latha) thugainn aig an t-seòladh gu h-ìseal. Feuch gun cuir sibh a' chosgais son postachd is cèiseachd mar a leanas: An Rìoghachd Aonaichte – £1.00 gach seòladh; postachd àbhaisteach a-null thairis – £2.50 gach seòladh; postachd adhar a-null thairis – £3.50 son a' chiad leabhar gu gach seòladh agus £1.00 airson gach leabhar a bharrachd chun an aon t-seòlaidh. Mas e gibht a tha sibh a' toirt seachad bidh sinn glè thoilichte ur cairt neo ur teachdaireachd a chuir cuide ris an leabhar an-asgaidh.

Luath foillsichearan earranta

543/2 Barraid a' Chaisteil
Am Mìle Rìoghail
Dùn Èideann EH1 2ND
Alba
Fòn: +44 (0)131 225 4326 (24 uair)
Post-dealain: sales@luath. co.uk
Làrach-lìn: www. luath.co.uk